제인 에어 2

Jane Eyre

제인 에어 2

큰 글씨 책

샬럿 브론테

최인하 옮김

midnight bookstore

차례

제17장

일주일이 지나도 로체스터 씨한테서는 아무런 연락이 없었다. 열흘이 지나도 돌아오지 않았다. 페어팩스 부인은 그가 리스에서 곧바로 런던으로 떠나 그 후 다시 대륙으로 건너가 앞으로 일 년간 손필드에 돌아오지 않는다 해도 놀랄 일이 아니라고 했다. 예전에도 갑작스레 떠나곤 했다는 것이다.

그 말을 들으니 이상하게도 서늘한 느낌이 들면서 가슴이 철렁 내려앉는 듯했다. 사실 엄청나게 실망했다. 정신을 가다듬고 내 신조를 되새기면서 감정을 진정시켜야 했다. 꽤 훌륭하게 순간적인 실수를 바로잡고 로체스터 씨의 행동에 내가 엄청난 관심을 가질 만한 이유라도 있는 듯 생각한 것은 오해였다고 마음을 고쳐먹었다. 나는 자격지심에서 나 자신을 비하한 것이 아니다. 오히려 나는 자신에게 이렇게 말했다.

'그저 로체스터 씨의 양녀를 가르치고 그분이 주는 보수를 받는 것 말고 나와 손필드의 주인은 아무 관계도 없는 거야. 네 본분을 다하면 격식을 갖춘 친절한 대우를 받을 자격이 있고, 또 거기에 고마워하면 돼. 로체스터 씨와의 관계는 그뿐이라는 걸 명심해. 그러니 그분을 사모하거나 동경하거나 그분 때문에 괴로워하거나 해서는 안 돼. 너와 그분은 신분이 달라. 그러니 분수를 지켜야지. 그리고 사랑을 원하기는커녕 우습게 보는 사람에게 내 온 마음과 영혼, 에너지를 낭비하지 않도록 나 자신을 아껴야 해.'

나는 평온하게 하루 일과를 해나갔다. 그러나 가끔 머릿속에 손필드를 떠나야 하는 이유가 막연하게 떠올라 무의식적으로 광고 문구를 만들고 새로운 일자리를 추측해보기도 했다. 나는 이런 생각을 억눌러야 할 필요가 있다고 여기지 않았다. 어쩌면 이런 생각이 싹을 틔우고 열매를 맺을지도 모를 일이었다.

로체스터 씨가 떠난 지 이 주일째 되는 날 페어팩스 부인 앞으로 편지 한 통이 도착했다.

"로체스터 씨가 보내셨네요. 이제 돌아오실지 말지 알겠군요."

그녀가 봉투에 쓰인 주소를 보면서 말했다.

부인이 봉투를 열고 편지를 읽는 동안 나는 커피를 마시고 있었다. 우리는 아침 식사 중이었다. 커피가 뜨거웠다. 나는 별안간 얼굴이 새빨갛게 달아오르는 이유를 그 때문이라고 생각했다. 손이 떨려 커피를 절반이나 받침에 쏟은 이유가 뭔지 생각하지 않기로 했다.

"음, 여기가 너무 한적하다고 생각했는데 곧 바빠지게 생겼네요. 적어도 한동안은요."

페어팩스 부인은 여전히 안경을 쓴 채 편지를 펼쳐 들고 말했다.

나는 풀려버린 아델의 앞치마 끈을 여며주고 빵 하나를 건네준 다음 우유도 한 잔 따라주고 나서야 그 이유를 물었다.

"로체스터 씨께서는 곧 돌아오지 않으시려나 봐요?"

"아니에요. 사흘 후에 오신대요. 목요일에요. 그런데 혼자 오시는 게 아니라 몇 분인지 모르겠지만 리스에서 같이 계시던 분들도 함께 오시나 봐요. 가장 좋은 침실을 준비해두고 서재와 응접실도 청소해놓으라고 하시네요. 밀코트의 조지 여관이나 또 다른 곳에서 부엌일을 도와줄 사람들을 구해와야겠어요. 귀부인들은 하녀를, 신사들은 하인을 데리고 올 테니 온 집안이 발 디딜 틈도 없겠네요."

말을 마친 페어팩스 부인은 서둘러 식사를 마치고 일을 시작하기 위해 급히 자리를 떴다.

부인이 예상한 대로 사흘간 정신없이 바빴다. 그전까지 손필드 저택의 모든 방이 언제나 깨끗이 정돈되어 있다고 생각했는데 그건 내 착각이었다. 여자 셋을 더 써서 쓸고 닦고 손질하고 페인트칠도 했다. 카펫을 털고 그림을 바꿔 달고 거울과 샹들리에를 닦고 침실 벽난로에 불을 피워 이불과 시트를 말렸다. 그전에도, 그 후에도 그런 광경을 본 적이 없었다. 아델은 그 와중에 제멋대로 뛰어다녔다. 손님들 맞이할 준비를 하고 그들을 맞이할 생각에 한껏 들떠 있었다. 소피에게 부탁해 아델이 '의상'이라 부르는 드레스들을 전부 살펴보고 '유행에 뒤떨어진' 옷들은 전부 손질한 뒤 새 옷은 바람에 말려 정리했다. 아델은 방마다 뛰어다니며 침대 위를 올라갔다 내려왔다 하거나 굴뚝에서 요란한 소리를 내며 타오르고 있는 큰 벽난로 앞에 쌓아놓은 매트리스나 베개에 드러눕기도 했다. 아델은 공부에서 해방되었다. 페어팩스 부인이 나까지 동원했기 때문이다. 그래서 나는 온종일 식품저장실에서 그녀와 요리사를 거들었다(때로는 방해가 되기도 했다). 그 덕분에 커스터드나 치즈 케이크, 프랑스식 패스트리 만드는 법과 새의 다리를 꼬챙이에 끼워 요리하는 법, 디저트 장식하는 법 등을 배웠다.

손님들은 목요일 저녁 여섯 시 만찬 시간에 맞춰 도착하기로 되어 있었다. 그동안 나는 생각에 잠길 여유가 없었다. 아델을 빼고 그 누구보다 활기차고 쾌활하게 움직였기 때문이다. 하지만 신나는 기분에 찬물이라도 끼얹었듯 나도 모르게 불길한 의혹의 기운이 느껴지고 암울한 추측이 고개를 들곤 했다. 3층으로 통하는 계단의 문이 (최근에는 늘 잠겨 있었다) 서서히 열리면서 모자를 단정히 쓰고 흰 치마와 하얀 목수건을 두른 그레이스 풀이 그 모습을 드러낼 때마다 그런 기분에 휩싸였다. 그녀는 슬리퍼를 신고 소리 없이 복도를 미끄러지듯 내려와 온통 뒤죽박죽인 침실로 들어가 청소하는 사람들에게 벽난로 장작 받침쇠나 대리석 벽난로 장식을 청소하는 방법이며 벽지 얼룩을 지우는 방법을 일러주고 사라졌다. 이렇게 하루에 한 번 부엌으로 내려와 식사를 하고 난롯불을 쬐면서 담배를 한 대 피우고는 위안 삼아 마실 흑맥주 한 병을 들고 음침한 3층 소굴로 돌아갔다. 하루 이십사 시간 중 딱 한 시간만 하인들과 함께 보내다가 나머지 시간은 천장이 낮은 참나무로 만들어진 3층의 자기 방에서 보냈다. 그녀는 그 방에서 지하 감옥에 갇힌 죄수처럼 홀로 앉아 바느질을 했다. 쓸쓸하게 혼자 웃으면서 말이다.

가장 이상한 점은 나를 빼고는 단 한 명도 그레이스의 생활에 주목하거나 궁금해하지 않는다는 것이었다. 이 집에서 그녀의 위치나 하는 일에 왈가왈부하거나 그녀 혼자 떨어져 지낸다고 불쌍하게 여기는 사람이 한 명도 없었다. 언젠가 품팔이 여자와 리어가 그레이스 이야기를 하는 것을 엿들은 적이 있었다. 리어가 뭐라고 하자 품팔이 여자가 대꾸했다.

"월급은 많겠어요, 그렇죠?"

"그럼요. 나도 그만큼만 받았으면 좋겠네. 그렇다고 지금 월급에 불만 있는 건 아니에요. 손필드가 인색하지는 않거든요.

하지만 풀 부인은 그 다섯 배도 넘을 거예요. 그러니 저축까지 하겠지요. 석 달에 한 번씩 밀코트 은행으로 간대요. 마음만 먹으면 여기 일을 그만두고 혼자 살 수 있을 만큼 모았을 거예요. 하지만 여기 오래 있었고 아직 마흔도 안 되어 뭐든 할 수 있고 건강하니까 계속하겠죠. 그만두기는 아직 이르니까요.”

“일을 잘하나 봐요.”

품팔이 여자가 말했다.

“그럼요. 어떻게 해야 할지 정확히 알아요. 아무도 못 따라갈 정도예요. 그리고 아무나 그 일을 할 수 있는 것도 아니고요. 그 돈을 다 준다고 해도 말이에요.”

리어가 맞장구를 쳤다.

“네, 그런데 주인어른은 왜…….”

품팔이 여자가 말을 하려다가 멈췄다. 리어가 뒤를 돌아보다 나를 발견하고는 팔꿈치로 그녀를 찔렀던 것이다.

“저분은 몰라요?”

품팔이 여자가 속삭였다.

리어는 고개를 가로저었고 대화가 끊겼다. 그들의 대화를 듣고 내가 내린 결론은 이랬다. 손필드에는 뭔가 비밀이 숨겨져 있고 의도적으로 나만 그 비밀에서 소외된 것이다.

드디어 목요일이 되었다. 전날 밤 모든 준비가 끝났다. 카펫을 깔고 침대 커튼은 꽃 줄로 장식했으며 새하얀 이불을 깔고 화장대도 옮겨다 놓았다. 가구는 반짝반짝 윤이 날 정도로 닦아놓았고 꽃병에는 꽃이 한 아름 꽂혀 있었다. 침실과 응접실은 더없이 밝고 깔끔했다. 싹싹 닦아놓은 큰 홀과 조각으로 장식된 시계뿐 아니라 계단과 난간 모두 반들반들 윤이 났다. 식당 찬장의 그릇들도 반짝반짝 빛이 나고 있었다. 응접식과 내실에는 활짝 핀 희귀한 꽃들이 꽂힌 꽃병이 여기저기에 놓여져 있었다.

오후가 되자 페어팩스 부인은 가진 옷들 가운데 가장 좋은 검은 비단 드레스를 꺼내 입고 장갑을 낀 뒤 금시계를 찼다. 현관에서 손님들을 맞이하고 부인들을 각자의 방으로 안내해야 했다. 아델도 단장하고 싶어 했다. 이날 아델이 손님들에게 소개될 기회는 없을 것 같았지만 그래도 나는 아델을 기쁘게 해주려고 소피에게 짧고 풍성한 모슬린 드레스를 입혀달라고 했다. 하지만 나는 옷을 갈아입을 필요가 없었다. 나는 성역과 같은 공부방에서 불려 나갈 일이 없을 테니까. 이제 공부방은 내 성역이었다. '골치 아플 때 아주 기분 좋은 피난처' 말이다.

여름의 전령처럼 3월 말이나 4월 초면 나타나는 포근하고 화창한 봄날이었다. 날이 저물었지만 저녁 날씨가 여전히 따뜻해서 나는 공부방에서 창문을 열어놓은 채 일하고 있었다. 그때 페어팩스 부인이 옷자락을 바스락바스락 스치는 소리를 내면서 들어와 말했다.

"좀 늦으시나 봐요. 주인님께서 이야기하신 시간보다 한 시간 늦게 만찬을 준비하길 잘했어요. 벌써 여섯 시가 넘었으니 말이에요. 누가 오는지 좀 보라고 존을 대문 밖으로 내보냈어요. 거기서는 밀코트 쪽으로 멀리까지 보이거든요."

그러고는 창가로 다가갔다.

"저기 있네! 존! 뭐가 좀 보이나요?"

그녀가 창밖으로 몸을 내밀고 소리쳤다.

"다들 오고 계세요. 십 분 안에 도착하실 거예요."

아델이 창가로 달려갔고 나도 뒤를 따랐다. 하지만 밖에서는 내가 보이지 않게 커튼 뒤쪽으로 살짝 숨었다.

존이 말한 십 분이 너무나 길게 느껴졌는데 마침내 마차 소리가 들려왔다. 네 사람은 말을 타고 달려오고 그 뒤로 펄럭이는 베일과 물결치는 깃털 장식으로 가득 찬 지붕 없는 마차 두 대가 따라왔다. 말을 탄 사람들 가운데 둘은 젊고 늠름하게 생긴 신사였다. 또 한 남자는 흑마 메스루어를 탄 로체스터 씨였다. 파일럿이 그 앞에서 달리고 있었다. 그리고 한 숙녀가 말을 타고 그의 옆에서 달려왔다. 그들이 선두였다. 그녀의 자줏빛 승마복은 거의 땅에 닿을 듯했고 베일은 산들바람에 길게 펄럭였다. 투명한 베일의 주름 사이로 새까맣고 풍성한 곱슬머리가 반짝거리며 빛나고 있었다.

"잉그램 양이에요!"

페어팩스 부인은 이렇게 외치고 서둘러 아래층으로 내려갔다. 마차 행렬은 마찻길을 따라 저택을 돌아 들어가면서 시야에서 사라졌다. 아델이 아래층으로 내려가겠다고 졸라댔다. 하지만 나는 아이를 무릎에 앉힌 뒤 내려오라고 부르시기 전에는 무슨 일이 있어도 손님들 앞에 나서면 안 된다고 이르며, 그러지 않으면 로체스터 씨가 크게 화를 내실 거라고 타일렀다. 아델은 이야기를 들으며 '자연히' 눈물을 흘렸으나 내가 짐짓 엄한 표정을 지어 보이자 마침내 눈물을 닦았다.

홀은 흥겹고 시끌벅적했다. 신사들의 굵은 음성과 부인들의 낭랑한 목소리가 조화롭게 어우러졌다. 그 가운데서도 크지는 않지만 귀에 뚜렷이 들리는 것은 어여쁘고 멋진 손님들을 크게 반기는 손필드 저택 주인의 듣기 좋은 목소리였다. 그리고 가벼운 발걸음으로 계단을 올라오는 소리가 들렸다. 복도를 경쾌하게 걷는가 싶더니 명랑하고 부드럽게 웃는 소리와 문을 여닫는 소리가 났다. 그러고는 한참 동안 잠잠했다.

"옷을 갈아입나 봐요."

아델은 손님들의 일거수일투족에 귀를 기울이다 이렇게 말하고 한숨을 내쉬었다.

"엄마랑 집에 있을 때 손님이 오시면 저는 응접실이건 침실이건 어디나 따라다녔어요. 하녀가 부인들의 머리를 빗겨주거나 옷 입혀주는 것도 다 봤고요. 정말 재미있었어요. 그렇게 여러

가지를 배우는 거지요.”

“아델, 배고프지 않니?”

“배고파요. 밥 먹고 나서 시간이 많이 지난걸요.”

“그러면 지금은 부인들이 방에 계시니까 내가 아래층에 가서 먹을 걸 갖다 줄게.”

나는 조심스레 은신처에서 나와 곧바로 부엌으로 통하는 뒤쪽 계단을 내려갔다. 부엌은 온통 불이 켜져 있었고 난리법석이었다. 수프와 생선 요리는 당장 상에 내놓아도 될 정도로 준비되었고 요리사는 불이라도 붙은 듯한 몸과 마음으로 냄비 위에 몸을 숙이고 있었다. 하인들 방에서는 마부 둘과 하인 셋이 난롯불을 둘러싸고 서거나 앉아 있었다. 하녀들은 여주인들과 함께 2층에 있는 모양이었다. 밀코트에서 임시로 고용한 품팔이 일꾼들이 사방에서 정신없이 움직였다. 나는 난리 통을 요리조리 빠져나와 간신히 식품창고로 들어가 식은 닭고기와 빵한 줄, 타르트, 접시 한두 개, 나이프, 포크를 얼른 챙겼다. 2층 복도로 돌아와 층계 뒷문을 닫고 있는데 웅성거리는 소리가 커지는 걸 보니 귀부인들이 방에서 나오려는 듯했다. 공부방까지 가려면 그녀들 방을 지나가야 했고 음식을 든 채로 마주치면 깜짝 놀랄 수도 있어 위험했다. 그래서 나는 유리창이 없어 어두운 복도 끝 구석에 가만히 서 있었다. 마침 해가 지고 땅거미가 내리는 중이라 꽤 컴컴했다.

곧이어 각자의 방에서 아름다운 부인들이 나오기 시작했다. 어두컴컴한 가운데도 빛나는 드레스를 입은 채 명랑하고 경쾌한 모습이었다. 그들은 잠시 복도 반대쪽 방에 모여 부드럽고 쾌활한 말투로 이야기를 나눴다. 그러고 나서 투명한 안개가 언덕 아래로 흘러내리듯 소리도 없이 계단을 내려갔다. 이들이 모여 있는 모습을 보고 나는 예전에 본 적이 없는 귀족의 우아함을 느꼈다.

아델은 공부방 문을 빼꼼히 열고 그 모습을 보고 있었다.

"부인들이 정말 예뻐요. 아, 저분들한테 갈 수 있으면 좋겠어요! 식사 후에 로체스터 아저씨가 우리를 부르실까요?"

아델이 영어로 말했다.

"아니, 그러지 않으실 거야. 그것 말고도 로체스터 씨는 생각할 게 너무 많으셔. 오늘 저녁은 부인들 생각을 하지 않는 게 좋겠어. 하지만 내일은 만날 수 있겠지. 자, 저녁 먹자."

아델은 정말 배가 고팠는지 한동안 닭고기와 타르트를 정신없이 먹었다. 먹을 걸 가져온 건 잘한 일이었다. 안 그랬으면 아델과 나 그리고 음식을 같이 먹은 소피까지 세 사람 모두 저녁을 굶을 뻔했다. 아래층 사람들 모두 너무 바빠서 우리 생각을 할 겨를이 없었다. 아홉 시가 넘어서야 후식이 나왔고 열 시쯤에도 하인들은 쟁반과 커피 잔을 들고 이리저리 바삐 움직였다. 나는 평소보다 훨씬 늦게까지 아델이 깨어 있도록 허락했다. 아래층 문이 연신 열렸다가 닫히고 사람들이 부산스럽게 움직이는 소리에 도저히 잠을 못 자겠다고 우겼기 때문이다. 게다가 옷을 갈아입었는데 로체스터 아저씨가 내려오라는 소식을 보내면 정말 애석한 일이라고까지 말했다.

나는 아델이 듣기 싫다고 할 때까지 오랫동안 옛날이야기를 들려주었다. 그리고 나서 기분 전환을 시킬 겸 해서 복도로 데리고 나갔다. 홀의 등불이 환하게 켜져 있어 난간 너머로 하인들이 바삐 왔다 갔다 하는 모습을 보는 것만으로도 아델은 신나했다. 밤이 더 깊어지자 응접실에서 음악 소리가 들렸다. 피아노가 응접실로 옮겨져 있었다. 아델과 나는 계단 꼭대기에 앉아 귀를 기울였다. 곧 풍부한 피아노 선율에 노랫소리가 더해졌다. 감미로운 부인의 목소리였다. 독창이 끝나자 이중창과 합창이 이어졌다. 노래 사이사이 즐겁게 소곤소곤 이야기하는 소리도 들렸다. 한참을 듣고 있던 나는 어느새 내가 온 신경을 집중해 여러 소리 가운데 로체스터 씨의 목소리를 찾아내기 위해 애쓴다는 사실을 깨달았다. 금세 그의 목소리를 찾아냈지만 너무 멀리 있어 불분명하게 들리는 통에 무슨 말을 하는지 알 수 없었다.

시계가 열한 시를 알렸다. 아델을 보니 내 어깨에 머리를 기댄 채 겨우 눈을 뜨고 있었다. 나는 아델을 안아다가 침대에 눕혔다. 손님들은 한 시가 다 되어서야 각자의 침실로 돌아갔다.

다음 날도 전날처럼 날씨가 맑았다. 손님들은 근처로 나들이를 다녀오기도 했다. 이른 아침부터 몇몇은 말을 타고 나머지는 마차를 타고 길을 나섰다. 나는 그들이 나가고 돌아오는 모습을 모두 지켜봤다. 어제와 마찬가지로 여자들 가운데 말을 탄 사람은 잉그램 양뿐이었다. 그리고 어제와 같이 로체스터 씨가 그녀 곁에서 말을 달렸다. 둘은 나머지 일행과 좀 떨어져 달리고 있었다. 창가에 나란히 서 있던 페어팩스 부인에게 말을 건넸다.

"저분들이 결혼할 생각이 없을 거라고 말씀하셨지만 로체스터 씨는 확실히 다른 여성분들보다 저 아가씨를 좋아하는 것 같아요."

"그러네요. 틀림없이 잉그램 양을 좋아하는 것 같아요."

"그리고 잉그램 양도 그런 것 같아요. 마치 은밀한 이야기라도 하듯이 로체스터 씨 쪽으로 머리를 기울이고 있는 걸 보세요. 얼굴을 좀 보고 싶어요. 아직 살짝도 못 봤거든요."

"이따 저녁에 보게 될 거예요. 어쩌다가 주인님께 아델이 숙녀분들께 어찌나 인사드리고 싶어 하는지 모르겠다고 말씀드렸더니 '아, 그래요! 저녁 식사 후에 응접실로 보내세요. 에어 양도 같이요'라고 하셨어요."

"그저 예의상 말씀하신 거겠죠. 저까지 내려갈 필요는 없을 거예요."

내가 대답했다.

"나도 선생님이 사람들하고 있는 데 익숙지 않아 이런 화려한 모임에서 온통 낯선 사람들 앞에 서고 싶어 하지 않을 거라고 했어요. 그랬더니 그 성질 급한 말투로 '말도 안 되는 소리! 에어 양이 거절하면 내가 특별히 청했다고 하세요. 그래도 끝까지 싫다고 버티면 내가 직접 데리러 올 거라고 해요'라고 하시더군요."

"그렇게까지 수고스럽게 만들 수는 없죠. 썩 내키지는 않지만 다른 방법이 없으니 가야겠네요. 부인도 같이 가실 거죠?"

"아니요. 저는 안 가겠다고 했더니 허락해주셨어요. 안으로 들어갈 때가 가장 거북한데 쑥스럽지 않게 들어가는 방법을 알려줄게요. 숙녀들이 식탁에 앉아 있어서 응접실에 아무도 없을 때 들어가세요. 그리고 마음에 드는 조용한 구석 자리에 앉아요. 신사들까지 다 들어오면 그다음에는 오래 있을 필요 없어요. 그냥 로체스터 씨에게 왔다는 것만 보여주고 빠져나오는 거예요. 아무도 신경 안 쓸 테니까요."

"손님들이 여기 오래 계실까요?"

"이삼 주 정도 계실 텐데 확실히 그 이상은 아닐 거예요. 근래에 밀코트 의원으로 선출되신 조지 린 경은 부활절 휴가가 끝나면 런던으로 가서 등원해야 하니까요. 아마 주인님도 같이 가실 거예요. 그분이 손필드에 이만큼 오래 머무르시다니 놀라울 정도예요."

아델과 함께 응접실에 갈 시간이 다가오자 왠지 두려웠다. 아델은 저녁에 귀부인들한테 소개될 거라는 말을 듣고는 종일 흥분해 있었는데 소피가 옷을 입혀줄 때가 되어서야 얌전해졌다. 옷을 입으면서 어느새 진정된 것이다. 곱슬머리를 잘 빗어 다발을 길게 늘어뜨리고 분홍빛 새틴 드레스를 입은 채 허리띠를 매고 긴 레이스 벙어리장갑을 끼자 판사처럼 엄숙한 표정이 되었다. 옷을 헝클어트리지 말라고 잔소리를 할 필요도 없었다. 옷을 입자 아델은 새틴 치마가 구겨질까 봐 신경 써서 살짝 추켜올리고는 얌전하게 의자에 앉았다. 그리고 내가 준비를 마칠 때까지 거기서 꼼짝도 하지 않겠다고 말했다. 나는 서둘러 준비를 마쳤다. 가장 좋은 드레스를 꺼내 입었는데 템플 선생의 결혼식 때 사서 입은 뒤 여지껏 한 번도 입지 않은 회색 드레스였다. 머리를 재빨리 빗고 하나밖에 없는 장신구인 진주 브로치를 달았다. 그리고서 우리는 함께 아래층으로 내려갔다.

다행히 손님들이 모두 앉아 식사를 하고 있는 식당을 통하지 않고 응접실로 들어가는 문이 또 하나 있었다. 응접실에는 아무도 없었다. 대리석으로 된 벽난로가 조용히 타고 있으며, 탁자 위에는 장식된 아름다운 꽃들 가운데서 촛불이 외롭게 빛나고 있었다.

손님들이 있는 바로 옆방과의 사이에는 아치형 문에 걸린 얇은 진홍빛 커튼밖에 없었지만, 목소리가 작아서 중얼거리는 듯 들릴 뿐 무슨 내용인지 알 수 없었다.

무척 엄숙한 인상을 받고 조용해진 아델은 내가 가리킨 의자에 말없이 앉았다. 나는 창가 쪽 의자로 가서 가까운 탁자에 있던 책 한 권을 집어 읽으려고 했다. 그때 아델이 내 앞으로 의자를 끌고 와서는 이내 내 무릎을 툭툭 쳤다.

"아델, 왜?"

"선생님, 저 예쁜 꽃을 한 송이만 뽑아도 될까요? 의상을 꾸미려고요."

"너는 '의상'에 너무 신경을 쓰는구나. 하지만 한 송이 정도는 괜찮아."

나는 꽃병에서 장미 한 송이를 뽑아 아델의 허리띠에 꽂아주었다. 그 애는 그제야 행복이라는 잔이 가득 채워진 듯 말로 다할 수 없이 흡족해하며 크게 숨을 내쉬었다. 나는 새어나오는 웃음을 감추려고 고개를 돌렸다. 파리에서 온 이 조그만 아가씨의 옷에 대한 진지함과 타고난 애착은 마음이 아프면서도 어딘가 우스꽝스러운 구석이 있었다.

이때 손님들이 의자에서 일어나는 소리가 나직하게 들렸다. 아치형 문의 커튼이 걷히고 식당이 보였다. 기다란 식탁에 잔뜩 늘어놓은 은그릇과 화려한 디저트용 유리 접시가 샹들리에 불빛을 받아 반짝거렸다. 그리고 한 무리의 귀부인이 서 있는 모습이 보였는데, 그들이 응접실로 들어서자 그 뒤로 커튼이 내려졌다.

손님들은 여덟 명밖에 되지 않았지만 몰려 있으니 어쩐지 더 많아 보였다. 그중 몇 사람은 키가 매우 컸으며, 대부분 흰 옷을 입었다. 모두 폭이 넓은 풍성한 옷차림이어서 마치 안개 때문에 달이 커 보이듯 사람들이 더 커 보였다.

나는 일어나 그들에게 무릎을 굽혀 인사했다. 그러자 한두 명 정도만 답례로 고개를 끄덕였을 뿐 나머지는 그저 쳐다보기만 했다.

귀부인들은 방 안 여기저기로 흩어졌다. 그 모습이 가볍고 경쾌해 마치 흰 깃털을 가진 새들 같았다. 몇몇은 소파와 긴 의자에 몸을 반쯤 기대고 또 몇몇은 몸을 숙여 탁자 위에 놓인 꽃과 책을 들여다보았다. 나머지 사람들은 난롯가에 몰려 있었다. 습관인 듯 모두 낮지만 또렷한 목소리로 이야기를 나누었다. 나는 나중에야 그들의 이름을 알게 됐지만 여기서 말해두는 편이 좋겠다.

먼저 애슈턴 부인과 두 딸이 있었다. 부인은 지금도 그 미모가 남아 있는 걸로 봐서 젊었을 때 분명 미인이었을 것이다. 큰딸 에이미는 몸집이 작은 편인데 생김새나 태도가 순진하고 앳되어 보였다. 반면 몸매는 매력적이어서 흰 모슬린 드레스에 푸른 띠가 잘 어울렸다. 동생 루이자는 언니보다 키가 더 크고 우아했다. 프랑스식 표현으로 '호감 가는 얼굴'이었으며 매우 예뻤다. 두 자매가 모두 백합꽃처럼 우아하고 아름다웠다.

린 경 부인은 크고 통통하며 마흔 살 정도 되어 보였다. 광택이 나는 새틴 드레스로 화려하게 꾸미고 몸을 꼿꼿이 세워 매우 거만해 보였다. 하늘색 깃털과 보석 고리로 장식한 까만 머리에는 반짝반짝 윤기가 흘렀다.

덴트 대령 부인은 린 경 부인만큼 화려하지는 않지만 더 고상해 보였다. 날씬한 몸매에 창백하고 점잖은 얼굴 그리고 아름다운 머릿결을 가졌다. 검은 새틴 드레스에 외국산 고급 레이스 스카프, 진주 장신구는 작위를 가진 린 경 부인의 무지개처럼 화려한 모습보다 훨씬 더 예뻐 보였다.

그러나 가장 눈에 띈 사람은 미망인 잉그램 부인 그리고 딸 블랜치와 메리였다. 어쩌면 키가 커서일지도 모르겠다. 셋 다 여자치고는 키가 매우 컸다. 언뜻 보기에 미망인의 나이는 마흔에서 쉰 살 사이로 여전히 몸매가 아름다웠다. 촛불에 비친 그녀의 머리는 새카맣고 치아도 고르고 좋아 보였다. 모두 그녀를 나이에 비해 아름답다고 평할 듯했다. 겉모습만 놓고 본다면 확실히 미인이었다. 하지만 태도나 얼굴은 참기 어려울 정도로 거만했다. 그녀의 이목구비는 로마인 같았으며 늘어진 이중 턱은 마치 하나의 기둥처럼 목 속으로 사라지고 있었다. 이런 특징은 오만함으로 말미암아 더 도드라지고 깊은 주름까지 생긴 듯 보였다. 기이할 정도로 꼿꼿하게 세워진 턱은 오만이 떠받치고 있는 듯했다. 사납고 매정한 눈은 리드 부인의 눈과 비슷했다. 말투에도 거만함이 묻어 있었다. 말할 때는 입을 크게 벌리고 말하는데 목소리가 낮았고, 듣기 거북할 정도로 말투가 매우 거만하고 독단적이었다. 간단히 말해 정말이지 참을 수가 없었다. 진홍빛 벨벳 드레스를 입고 금실로 수놓은 인도 천으로 만든 숄 터번을 쓴 모습에선 왕실의 위엄이 느껴졌는데, 그녀도 그렇게 생각하고 있는 듯했다.

블랜치와 메리는 키가 똑같았다. 포플러처럼 늘씬했다. 메리는 키에 비해 매우 마른 편이지만 블랜치의 몸매는 달의 여신처럼 풍만했다. 물론 나는 특별히 관심 있게 그녀를 살펴보았다. 페어팩스 부인이 말한 대로 생겼는지, 내가 상상해서 그린 초상화와 조금이라도 닮았는지, 로체스터 씨의 취양에 어울리는 모습인지 보고 싶었다. 이제 그 궁금증이 해소될 참이었다.

몸매는 내가 그린 그림이나 페어팩스 부인의 말과 하나하나 딱 들어맞았다. 풍만한 가슴과 부드러운 어깨선, 우아한 목덜미, 검은 눈동자와 새까만 곱슬머리까지 말이다. 하지만 얼굴은? 그녀의 얼굴은 어머니와 똑같았다. 젊고 주름만 없었을 뿐이다. 좁은 이마와 오만한 생김새, 거만함까지 똑같았다. 다만 무뚝뚝하지는 않았다. 그녀는 끊임없이 미소를 지었다. 하지만 그녀의 웃음은 비웃음이었고 습관적으로 입 꼬리를 내린 채 입가에 거만한 표정을 짓고 있었다.

천재는 자의식이 강하다고 한다. 잉그램 양이 천재인지는 모르겠지만 유독 자의식이 강한 것만은 확실했다. 그녀는 온화한 성격의 덴트 부인과 식물학을 이야기하기 시작했다. 덴트 부인은 식물학을 배운 적이 없는 듯했다. 하지만 그분이 꽃을 좋아하고 그중에서도 야생화가 좋다고 하자 잉그램 양은 자신만만하게 식물학 용어를 늘어놓았다. 나는 속된 말로 그녀가 덴트 부인을 '가지고 놀고 있다'는 걸 알아차렸다. 말하자면 덴트 부인의 무지함을 비웃으며 놀리고 있었다. 교묘하기는 했지만 분명 선의에서 나온 행동은 아니었다. 그녀는 피아노를 쳤는데 연주 실력도 훌륭하고 노래하는 목소리도 아름다웠다. 자기 어머니와는 프랑스어로 대화했는데 유창하고 발음도 정확했다.

메리는 블랜치보다 온순하고 솔직한 인상이었는데, 이목구비가 부드럽고 피부는 더 하얬다. 반면 잉그램 양은 스페인 사람처럼 가무잡잡했다. 다만 메리는 생기가 없었다. 무표정한 얼굴과 눈에는 총기가 보이지 않았다. 할 이야기가 없는지 한번 자리를 잡고 앉자 그 자리에 마치 조각상처럼 미동도 없이 앉아 있었다. 자매는 모두 순백의 드레스를 입었다.

그렇다면 나는 잉그램 양이 로체스터 씨가 선택할 만한 상대라고 생각할까? 잘 모르겠다. 그가 어떤 여성을 좋아하는지 모르니까. 위엄 있고 당당한 여성을 좋아한다면 그녀가 바로 그랬다. 게다가 그녀는 교양이 있고 성격도 활발했다. 대부분의 신사가 그녀를 좋아할 것 같았다. 지금까지 본 바로는 로체스터 씨도 그녀를 좋아하는 듯했다. 이제 둘이 함께 있는 모습을 보면 남아 있는 약간의 의혹이 풀릴 것 같았다.

놀랍게도 아델은 내 발치에 있는 의자에 움직이지도 않고 앉아 있었다. 귀부인들이 들어오자 그 애는 일어나 부인들 앞으로 나가 공손히 인사하며 침착하게 말했다.

"여러분, 안녕하세요?"

그러자 잉그램 양은 조롱하듯 아델을 내려다보며 소리쳤다.

"어머, 인형 같은 아이네."

그러자 린 경 부인이 말했다.

"로체스터 씨의 양녀인가 봐요. 그분이 말한 프랑스 소녀요."

덴트 부인은 친절히 아델의 손에 키스해주었다. 애슈턴 가의 에이미와 루이자는 동시에 소리쳤다.

"정말 예쁘다!"

그리고는 아델을 소파로 데려갔다. 아델은 아가씨들 사이에 앉아 프랑스어와 서투른 영어를 섞어 이야기했다. 아가씨들뿐 아니라 애슈턴 부인과 린 경 부인의 관심을 받으며 마음껏 응석을 부리기 시작했다.

마침내 커피가 나오자 신사들을 불러모았다. 나는 어두운 구석에 앉아 있었다. 불빛이 밝은 방이지만 창문 커튼 뒤에 있으니 몸이 반쯤 가려졌다. 아치형 문의 커튼이 하품하듯 열리더니 남자들이 들어왔다. 부인들과 마찬가지로 무리지어 들어오는 신사들의 모습도 당당하기 그지없었다. 모두 검게 차려입은 신사들은 대부분 키가 컸으며, 젊은 사람도 있었다. 헨리 린과 프레더릭 린 형제는 멋진 청년들이었다. 덴트 대령은 훌륭한 군인다운 모습이었다. 이 지방의 치안판사인 애슈턴 씨도 신사다웠다. 머리는 백발에 가깝지만 눈썹과 수염은 아직 까맸는데 어딘가 모르게 '연극 무대에 오른 노년의 귀족' 같은 느낌이었다. 젊은 잉그램 경은 누이들처럼 키가 크고 얼굴도 잘생겼으나 메리처럼 매사에 심드렁하고 무기력해 보였다. 그는 혈기 왕성하거나 두뇌 활동이 뛰어나기보다는 그저 팔다리만 긴 것 같았다.

그런데 이 저택의 주인은 어디에 있는 걸까?

로체스터 씨는 가장 마지막으로 들어왔다. 나는 아치형 문 쪽을 보지 않았지만 그가 들어오는 걸 알 수 있었다. 지갑을 뜨고 있던 나는 뜨개바늘과 그물코에 집중하려고 했다. 손에 든 일감만을 생각하고 무릎을 덮고 있는 은구슬과 비단실만 보려고 했다. 하지만 머릿속에 그의 모습이 보이고 마지막으로 그를 보았을 때가 떠올랐다. 그의 말처럼 내가 중요한 봉사를 마친 뒤의 모습이었다. 그는 내 손을 잡고 내 얼굴을 내려다보며 가슴이 벅차올라 터질 듯한 눈빛으로 나를 뚫어지게 바라보았다. 내 마음도 그랬다. 그 순간 우리는 얼마나 가까이 있었던가! 그 후 왜 우리의 처지는 서로 바뀌었을까? 지금 우리는 왜 이렇게 멀어지고 말았는가! 그가 서먹해하며 다가와 말을 걸지는 않을 거라는 생각이 들었다. 그는 내게 눈길 한번 주지 않고 응접실 건너편에 앉아 부인들과 이야기를 나누기 시작했다. 하지만 나는 별로 놀라지 않았다.

로체스터 씨의 관심이 귀부인들에게 쏠려 있어 들키지 않고 그를 쳐다볼 수 있다는 사실을 알게 되자 내 눈은 저절로 그의 얼굴로 향했다. 내 마음과 달리 눈꺼풀이 제멋대로 자꾸 올라가면서 눈동자가 그에게 고정됐다. 이렇게 그를 바라보고 있는 것만으로도 몹시 기뻤다. 소중하지만 가슴 저미는 기쁨이 있었다. 갈증으로 죽어가는 사람이 어렵게 찾아낸 오아시스에 독이 들어 있다는 걸 알면서도 허리를 숙여 그 물을 마시는 듯한 기쁨이었다.

"아름다움이란 보는 사람의 눈에 달려 있다"는 말은 사실이다. 로체스터 씨의 창백하고 가무잡잡한 얼굴, 넓고 각진 이마, 검고 굵은 눈썹, 깊고 움푹 들어간 눈, 선명한 이목구비, 굳게 다문 단호해 보이는 입 등은 활력과 결단성, 굳은 의지를 드러내 보여주지만 일반적 기준에서 보면 잘생기지 않았다. 하지만 내 눈에는 아름다움을 넘어 매력으로 가득 차서 나를 꼼짝 못하게 하는 힘을 가졌고, 나의 모든 감정마저 빼앗은 채 온전히 그에게 사로잡히도록 만들었다.

　나는 로체스터 씨를 사랑하려고 하지 않았다. 여러분도 아시다시피 오히려 내 마음속에서 사랑의 싹을 찾아내 뿌리째 뽑아버리려고 애썼다. 그런데 지금 그를 보자마자 사라진 줄 알았던 그 감정이 순식간에 생생하고 강력하게 되살아났다. 그는 나를 쳐다보지 않고도 다시 사랑에 빠뜨렸다.

　나는 로체스터 씨와 손님들을 비교하기 시작했다.

　린 형제의 당당한 품위, 잉그램 경의 느긋한 우아함, 덴트 대령의 군인다운 당당함까지도 로체스터 씨의 타고난 에너지와 활기 넘치는 모습에 비할 바가 아니었다. 그들의 외양이나 얼굴 표정을 보고도 나는 아무 감정이 느껴지지 않았다. 하지만 대부분의 사람은 그들이 매력적이며 잘생겼다고 말할 것이다. 반면 로체스터 씨는 못생겼으며 우울한 얼굴이라고 말할 것이다. 나는 그들이 미소 짓거나 소리 내어 웃는 모습을 보았지만 아무런 느낌도 들지 않았다. 촛불에도 그들이 짓는 미소만큼의 영혼은 담겨 있을 것이다. 종소리에도 그들의 웃음소리 못지않는 의미가 담겨 있을 것이다. 나는 로체스터 씨의 미소를 보았다. 근엄한 표정이 부드러워지고 눈은 점점 온화해지며 빛이 났다. 또한 눈빛은 날카롭지만 다정했다. 그는 애슈턴 자매와 이야기하는 중이었다. 나는 꿰뚫어보는 듯한 그의 시선을 그 여자들이 무덤덤하게 마주 보는 것이 놀라웠다. 얼굴을 붉히며 눈을 내리깔게 될 거라고 예상했던 것이다. 하지만 그녀들은 아무 느낌도 없는 듯해서 나는 내심 기뻤다.

'저들에게 로체스터 씨는 내게 있어서의 로체스터 씨와 의미가 달라. 그는 저 아가씨들과 다른 부류야. 그는 나와 같은 부류지. 틀림없어. 로체스터 씨가 정말 가깝게 느껴지고 그의 표정이나 행동만 갖고도 무슨 말을 하려는지 다 이해할 수 있어. 신분과 재산의 차이가 우리를 멀리 떨어뜨려 놓고 있지만 내 머리와 가슴, 핏줄과 신경 속에는 정신적으로 그에게 동화되는 무언가가 있어. 불과 며칠 전까지만 해도 나는 그분에게 봉급을 받는 것 말곤 아무런 관계도 없다고 생각했어. 고용주 말고는 다른 어떤 관계로도 생각하지 말라고 했지. 그런데 그건 자연을 거스르는 신성 모독이야! 내가 가진 온갖 착하고 진실하고 건강한 감정이 그의 주변에 몰리고 있어. 하지만 나는 이런 감정을 감춰야 해. 희망을 억눌러야 해. 그가 나를 좋아하지 않는다는 걸 잊어버려선 안 돼. 내가 그와 같은 부류라고 했을 때 내게도 그처럼 사람을 끌어당기는 마법 같은 힘이 있다는 뜻은 아니야. 그저 그와 비슷한 취미와 감정을 느끼고 있다는 뜻이지. 그러니 나는 우리가 영원히 가까워질 수 없다는 사실을 끊임없이 되뇌어야 해. 하지만 내가 숨 쉬고 생각하는 한 그를 사랑할 거야.'

커피가 나왔다. 신사들이 들어온 뒤 부인들은 종달새처럼 생기가 넘쳤으며 대화도 활발해지고 즐거운 분위기가 무르익었다. 덴트 대령과 애슈턴 씨는 정치에 대해 토론했고 아내들은 그 이야기를 듣고 있었다. 거만한 귀부인 린 경 부인과 잉그램 부인은 담소를 나누는 중이었다. 그러고 보니 조지 린 경의 설명을 잊고 있었다. 그는 덩치가 크고 혈색 좋은 이 지방의 대지주로 한 손에는 커피 잔을 든 채 소파 앞에 서서 이따금 대화에 끼어들었다. 프레더릭 린 씨는 메리 잉그램 옆에 앉아서 아주 훌륭한 판화 그림책을 보여주고 있었다. 메리는 그림을 보며 가끔 미소를 지었지만 말을 거의 하지 않았다. 키가 크고 침착한 잉그램 경은 팔짱을 낀 채 작고 발랄한 에이미 애슈턴의 의자 등에 기대서 있었다. 에이미는 그를 올려다보며 굴뚝새처럼 종알거렸다. 그녀는 로체스터 씨보다 잉그램 경을 더 좋아하는 듯했다. 헨리 린 씨는 루이자 애슈턴의 발치에 놓인 낮고 긴 의자에 앉아 있었는데 아델도 함께 앉아 있었다. 그는 아델에게 프랑스어로 말하려 했지만 루이자는 그의 실수를 비웃었다. 그러면 블랜치 잉그램은 누구와 함께 있었을까? 그녀는 홀로 탁자 옆에 서서 우아하게 몸을 숙여 앨범을 보고 있었다. 누가 자신에게 말을 걸어주기를 기다리는 눈치였으나 그녀는 오래 기다릴 것도 없이 직접 상대를 골랐다.

로체스터 씨는 애슈턴 형제 곁을 떠나 블랜치 잉그램과 마찬가지로 혼자 난롯가에 서 있었다. 블랜치는 벽난로의 반대편으로 가서 로체스터 씨와 마주 보았다.

"로체스터 씨, 저는 당신이 아이들을 좋아하지 않는 줄 알았어요."

"안 좋아합니다."

"그럼 저 귀여운 인형은 어쩌다가 맡게 되신 건가요? 어디서 주워오셨어요?"

그녀가 아델을 가리키며 물었다.

"주워온 게 아니라 누군가 내게 놓고 갔지요."

"학교에 보내는 게 좋을 텐데요."

"학교는 비용을 감당하기가 힘들어서요."

"왜요, 저 아이한테 가정교사도 붙여주셨잖아요. 방금 저 애랑 같이 있는 사람을 봤는데……. 아, 아니네. 저 커튼 뒤에 아직 있어요. 당연히 보수를 주시겠지요. 학교에 보내는 것만큼, 아니면 그보다 더 비쌀 텐데요. 둘을 다 데리고 계시니까요."

나는 걱정스러웠다. 아니, 오히려 바랐다고 해야 할까? 나를 언급하게 되면 로체스터 씨가 내 쪽을 볼 것이기 때문이다. 나도 모르게 커튼 뒤로 더 깊이 몸을 숨겼지만 그는 내 쪽을 쳐다보지도 않았다.

"그 문제는 생각해보지 않았네요."

그가 앞을 보며 관심 없다는 듯 말했다.

"그렇겠죠. 남자들은 경제나 상식 같은 건 깊이 생각하지 않으니까요. 가정교사에 대해서는 어머니 말씀을 들어보세요. 어릴 때 메리와 저를 가르친 가정교사가 모두 한 다스는 될 거예요. 그중 절반 정도는 밉살스럽고 나머지는 바보 같은 사람들이었어요. 전부 악마 같았다니까요. 어머니, 그랬죠?"

"내 딸, 뭐라고 했니?"

미망인이 특별한 소유물인 양 딸에게 대답하자 그 딸은 다시 한 번 설명했다.

"가정교사라니, 말도 마라. 그 말만 들어도 속이 탄다니까. 무능하고 변덕스러운 사람들 때문에 죽을 만큼 고생했잖니. 이제 그런 단계를 지나왔으니 하느님께 감사할 뿐이지."

이때 덴트 대령 부인이 독실한 체하는 잉그램 부인에게 허리를 굽혀 귀에 뭐라고 속삭였다. 미망인의 다음 말로 미루어봤을 때 비난받고 있는 족속이 여기에도 하나 더 있다고 알려준 듯했다.

"할 수 없지. 내 말이 뭔가 도움이 됐으면 좋겠네!"

그러고는 좀 더 낮지만 여전히 내 귀에 들리고도 남을 정도의 큰 목소리로 말했다.

"나도 알고 있어요. 내가 사람 얼굴을 좀 볼 줄 아는데, 저 여자 얼굴을 보니 저런 부류들이 가진 결점을 전부 갖고 있네요."

"부인, 그 결점이란 게 뭔가요?"

로체스터 씨가 큰 소리로 물었다.

34

"나중에 따로 말씀드릴게요."

그녀는 거창한 이야기라도 있는 듯 대답하며 터번을 쓴 머리를 세 번 흔들었다.

"제 호기심이 언제 사라질지 몰라서요. 지금 당장 듣고 싶은데요."

"그렇다면 블랜치에게 물어보세요. 나보다 더 가까이 있으니까요."

"어머니! 저한테 미루지 마세요. 그런 부류를 얘기한다면 한 마디밖에 없네요. 바로 골칫거리라는 거예요. 그들한테 제가 시달린 건 아니에요. 오히려 제가 고생을 좀 시켰죠. 시어도어 오빠와 제가 작당해서 윌슨 선생, 그레이 선생, 주베르 선생을 엄청 골탕 먹였거든요. 메리는 항상 졸아서 적극적으로 끼지는 않았어요. 주베르 선생을 놀릴 때가 가장 재미있었어요. 윌슨 선생은 궁상맞고 허약해서 걸핏하면 울고 기운도 없어 괴롭혀봤자 재미가 없었어요. 그레이 선생은 상스럽고 둔감해 무슨 장난을 쳐도 소용없었고요. 불쌍한 주베르 선생! 벌컥 화내던 모습이 지금도 눈에 선해요. 우리가 끝장을 봤거든요. 차를 쏟아버리고 버터 바른 빵을 뭉개놓고 책을 천장까지 집어던지고 자로 책상을 두드리고 부젓가락으로 벽난로 망을 때리고 난리도 아니었어요. 오빠, 그때 재미있었지?"

"그럼, 그 가여운 노인네는 이렇게 소리쳤지. '이 녀석들!' 그러면 우리가 따끔하게 일러줬잖아. 무식한 주제에 건방지게 우리처럼 영리한 애들을 가르치려 든다고 말이야."

잉그램 경이 느릿느릿 대꾸했다.

"그랬지. 그리고 오빠 가정교사였던 바이닝 씨 있잖아. 우리가 '언짢은 목사'라고 불렀고 얼굴이 창백했던 사람 말이야. 그 사람을 골탕 먹일 때 내가 도와줬잖아. 그가 허락도 없이 윌슨 선생과 사랑에 빠졌으니까. 적어도 우리는 그렇게 생각했지. 그래서 온 집안 사람들이 다 알게 소문을 냈고 그 구실로 골칫거리들을 내쫓았지. 어머니도 눈치 채자마자 부도덕한 짓이란 걸 아셨죠?"

그러자 그 어머니가 말했다.

"당연하지. 그리고 내 생각이 옳았단다. 그런 점에서 반듯한 집안에서 남자와 여자 가정교사가 잠시라도 사귀면 안 되는 이유가 수도 없이 많지."

"세상에 맙소사! 어머니, 일일이 이야기해주지 않으셔도 돼요. 우리도 다 알아요. 순수한 어린아이들에게 나쁜 영향을 끼칠 수도 있어요. 정신이 팔려 일에 소홀해지고요. 서로 돕고 의지하다 보면 대담해지고 건방져져 주인에게 반항하며 들고 일어날 위험도 있고요. 잉그램 대정원의 잉그램 남작 부인, 제 말이 맞죠?"

"백합 같은 내 딸, 너는 늘 옳은 소리만 하는구나."

"그러면 이제 이런 이야기는 그만하고 다른 이야기로 넘어가죠."

하지만 에이미 애슈턴은 이 말을 못 들었는지, 아니면 듣고도 신경 쓰지 않는 건지 부드럽고 순진한 말투로 끼어들었다.

"나랑 루이자도 가정교사를 놀려주곤 했어요. 하지만 우리 가정교사는 성격이 꽤 좋아서 어지간한 건 참아줬어요. 어떻게 해도 화내지 않고 한 번도 우리에게 분노를 드러낸 적이 없었어요. 루이자, 그랬지?"

"맞아요, 없었어요. 우리는 하고 싶은 대로 했거든요. 그분의 책상과 반짇고리를 뒤지기도 하고, 서랍을 뒤집어엎기도 했어요. 그런데도 워낙 착해서 우리가 해달라는 건 뭐든 다 들어주었어요."

그러자 잉그램 양이 입을 삐죽거리며 빈정거리듯 말했다.

"가정교사들의 회고록 발췌본이라도 듣는 것 같네. 그런 일이 벌어지기 전에 다시 한 번 화제를 돌려요. 로체스터 씨, 이 제안에 찬성하십니까?"

"다른 모든 일에서 그렇듯 아가씨의 의견을 지지합니다."

"그럼 제가 새로운 화젯거리를 꺼내야겠군요. 세뇨르 에두아르도, 오늘 밤 노래를 불러주시겠어요?"

"돈나 비앙카의 명령이라면 기꺼이 따라야지요."

"그럼 그대의 폐와 발성기관을 갈고 닦도록 명령을 내리겠어요. 우리의 훌륭한 연주를 위해!"

"거룩하신 메리 여왕님의 리치오(스코틀랜드 메리 여왕의 총애를 받다가 살해된 이탈리아 음악가—옮긴이)가 되는 걸 누가 마다하겠소?"

"리치오 따위가! 바이올린 연주자 리치오는 매력이 없어요. 차라리 해적 보스웰(메리 여왕의 남편으로 나중에 해적이 되었음—옮긴이)이 더 좋아요. 남자란 사악한 구석이 있어야 해요. 역사는 보스웰을 어떻게 평가하는지 모르지만 제가 청혼을 받아들일 정도로 그는 야성적이고 거칠며 영웅적이었죠."

그녀는 곱슬머리가 흔들리도록 고개를 새침하게 돌리며 피아노 앞으로 걸어가면서 말했다.

"여러분, 들으셨죠? 그럼 여러분 중에 누가 가장 보스웰과 닮았죠?"

로체스터 씨가 소리쳤다.

"우선권은 당신에게 있는 것 같군요."

덴트 대령이 말했다.

"정말 감사합니다."

로체스터 씨도 대답했다.

이때 잉그램 양은 여왕처럼 풍성하고 눈처럼 새하얀 드레스를 펼치며 자랑스럽게 피아노 앞에 앉아 멋진 전주곡을 연주하면서 잠시 이야기를 나눴다. 오늘 밤 그녀는 기고만장해 있었다. 그녀의 말과 분위기는 감탄을 넘어 사람들을 놀라게 해주고 싶어 하는 듯했다. 참으로 매력적이고 대담한 여자라는 인상을 심어주려고 작정한 게 분명했다.

그녀가 피아노를 치며 외쳤다.

"저는 요즘 젊은이들에게 질렸어요. 아버지의 장원 대문에서 한 걸음도 떼지 못하고 엄마의 허락이나 보호 없이는 멀리 가지도 못하는 한심한 모습이라니! 곱상한 얼굴이나 흰 손, 조그만 발을 관리하는 데만 온통 관심을 기울이는 사람들! 남자에게 미모가 무슨 소용이라고! 사랑스러운 모습이 마치 여자들만의 특권이 아닌 듯 말이에요. 여자에게 못난 얼굴은 흠이지만 남자에겐 힘과 용기만 있으면 돼요. 남자들은 사냥하고 총을 쏘고 싸움에서 외치기만 하면 되지요. 그 밖의 것들은 의미가 없어요. 제가 남자라면 그런 걸 무기로 삼을 거예요."

그녀는 잠시 멈췄다가 모두 조용하자 다시 말을 이었다.

"제가 결혼한다면 남편과 경쟁하지 않고 저를 돋보이게 하도록 만들 거예요. 왕좌 근처에는 경쟁자를 두고 싶지 않아요. 충성을 맹세하게 할 거예요. 남편의 충성은 자기 자신도 안 되고 오롯이 저한테만 보여야 해요. 로체스터 씨, 이제 노래하세요. 제가 반주를 하지요."

"기꺼이 복종하리다."

로체스터 씨가 대답했다.

"자, 여기 해적의 노래가 있어요. 제가 해적을 애지중지한다는 사실을 아시니 활기차게 부르셔야 해요."

"잉그램 양의 분부라면 물 탄 우유도 술이 될 거요."

"그러면 조심하세요. 노래가 마음에 들지 않으면 어떻게 불러야 하는지 보여줘서 망신을 줄 테니."

"노래를 못하면 오히려 상을 주겠다는 거군요. 못 부르도록 애써야겠네요."

"조심하세요! 일부러 그러시면 거기에 합당한 벌을 내릴 거예요."

"관대함을 보여주시길 바랍니다. 잉그램 양은 인간이 인내할 수 없는 벌을 내릴 힘이 있소."

"어머, 그게 무슨 뜻이에요?"

"실례했습니다. 사실 설명할 필요도 없죠. 당신의 찌푸린 얼굴을 보는 것만으로도 충분히 사형에 맞먹는 형벌이라는 걸 아실 테니까요."

"노래나 부르세요!"

잉그램 양은 다시 피아노에 손을 올려놓고 힘차게 반주를 시작했다.

'지금이 빠져나갈 때다.'

나는 속으로 말했다. 하지만 공기를 가르는 노랫소리에 꼼짝할 수가 없었다. 페어팩스 부인은 로체스터 씨의 목소리가 좋다고 했는데 사실이었다. 그의 목소리는 굉장히 부드럽고 힘 있는 저음에 감정과 설득력이 더해져 사람의 귀에서 가슴으로 파고들어 묘한 감동을 불러일으켰다. 나는 맨 마지막의 깊고 풍부한 바이브레이션이 사라지고 잠시 끊어졌던 이야기가 시작될 때까지 기다렸다. 그리고 숨어 있던 구석 자리에서 일어나 다행히 가까이에 있던 옆문으로 빠져나왔다. 나는 홀로 옆문과 통해 있는 좁은 복도를 가로지르다가 샌들 끈이 풀린 걸 발견하고는 고쳐 매려고 멈춰 섰다. 계단 밑의 깔개에서 무릎을 굽히는데 식당 문 열리는 소리가 나더니 한 신사가 나왔다. 서둘러 일어섰는데, 내 앞에 마주 선 사람은 로체스터 씨였다.

"잘 지냈소?"

그가 인사를 건넸다.

"잘 지냈습니다."

"왜 저 방에서 내게 말을 걸지 않았소?"

나는 같은 질문을 그에게 하고 싶었지만 차마 무례하게 굴 수는 없었다.

"바쁘신 것 같아서 방해하고 싶지 않았어요."

"내가 없는 동안 뭘 하고 지냈소?"

"특별한 일은 없었어요. 늘 그렇듯 아델을 가르쳤죠."

"그런데 안색이 창백해졌소. 한눈에 알아봤지. 무슨 일이라도 있소?"

"전혀 없습니다."

"그날 밤 내게 물세례를 퍼붓다가 감기라도 걸린 거요?"

"아니에요."

"응접실로 돌아가요. 너무 일찍 도망치는 것 아니오?"

"피곤해서요."

그는 잠시 내 얼굴을 바라봤다.

"좀 우울해 보이는군. 무슨 일이오? 어서 말해봐요."

"정말 아무 일도 없어요. 우울하지도 않고요."

"틀림없이 우울해. 너무 우울해서 몇 마디만 더 하면 눈물을 쏟을 것 같군. 벌써 눈물이 맺혀 반짝거리는걸. 이런, 눈썹에서 한 방울 흘러서 마루에 떨어졌네. 내게 시간이 있고 수다스러운 하인들이 여기를 지나다닐 염려만 없으면 그 이유를 물어보겠지만 오늘은 보내주겠소. 하지만 손님들이 머무는 동안 매일 밤 응접실에 오시오. 부탁이니 들어주시오. 이제 가봐요. 그리고 소피한테 아델을 데려가라고 해요. 잘 자요. 내……."

그는 갑자기 말을 멈추더니 입술을 깨문 채 가버렸다.

제18장

    손필드 저택은 매일이 떠들썩하고 즐거웠다. 처음 이곳에 와서 석 달은 얼마나 조용하고 단조롭고 고독했던가! 이 집에 있던 모든 슬픔은 사라지고 우울한 분위기도 더는 느낄 수가 없었다. 집안 구석구석 활기가 넘치고 온종일 사람들로 북적거렸다. 그렇게 고요하던 복도에서 이젠 깔끔한 하녀나 말쑥한 하인을 마주치지 않고는 다닐 수가 없었다. 사람 그림자라곤 비치지도 않던 앞채의 방들 역시 마찬가지였다.

    부엌과 식품저장실, 하인들 방, 홀까지 어딜 가나 활기가 넘쳤다. 응접실은 손님들이 화창한 봄날이 선사한 새파란 하늘과 따뜻한 햇볕을 즐기기 위해 밖으로 몰려나가 텅 비어 있을 때만 조용했다. 날이 궂어 며칠 동안 계속 비가 쏟아져도 그들의 흥을 깨뜨리지는 못했다. 야외에서 놀 수 없으니 실내에서 더욱 활기차고 다양한 오락거리를 찾아 즐기게 된 것이다.

그러던 어느 날 저녁에는 지금까지와는 다른 놀이를 해보자는 제안이 나왔다. 나는 그들이 무엇을 할까 궁금했다. 그들이 말하는 '제스처' 게임이 도대체 뭘 하는 건지 알 수 없었다. 하인들을 불러 탁자도 치웠다. 등불들도 다르게 배치하고 의자는 아치형 문을 향해 반원 모양이 되도록 놓았다. 로체스터 씨와 다른 신사들이 위치를 바꾸라는 지시를 내리는 동안 귀부인들은 종을 울리고 계단을 오르내리며 하녀를 불렀다. 페어팩스 부인이 불려와 숄과 드레스, 커튼 등이 집에 얼마나 있는지 대답했고 하녀들은 3층에 있는 옷장을 뒤져 수놓은 속치마, 새틴 조끼, 유행하는 검은 옷, 레이스 모자 등을 한 아름 가지고 내려왔다. 그리고 그중에서 몇 가지 적당한 것을 골라 응접실 안쪽에 있는 내실로 옮겼다.

그사이 로체스터 씨는 귀부인들을 불러모으더니 자기편을 몇 명 골랐다.

"물론 잉그램 양은 우리 편이죠."

그러고선 애슈턴 자매와 덴트 대령 부인도 선택했다. 그가 나를 바라보았다. 덴트 대령 부인의 팔찌 고리가 풀려 다시 채워주느라 내가 그와 가까이 있었기 때문이다.

"선생도 같이 하겠소?"

그가 물었다. 나는 고개를 저었다. 해야 한다고 고집할까 봐 두려웠지만 그는 더 이상 권하지 않았다. 나는 내 자리로 조용히 돌아갔다.

로체스터 씨 팀은 이제 아치형 문 커튼 뒤에 있었다. 상대편인 덴트 대령 팀은 반원형으로 놓아둔 의자에 앉았다. 애슈턴 씨가 나를 보고 같은 편에 들어올 것인지 물어보는 듯했으나 잉그램 부인이 바로 반대하고 나섰다.

"안 돼요. 멍청해서 이런 놀이는 잘 못할 것처럼 생겼어요."

그녀의 말이 내 귀에까지 들렸다.

곧이어 종이 울리고 커튼이 올라갔다. 아치형 문 안쪽에는 로체스터 씨의 편이 된 덩치 큰 조지 린 경이 흰 이불을 뒤집어쓰고 있었다. 그의 앞에 놓인 탁자에는 두꺼운 책 한 권이 펼쳐져 있고, 그 옆에 에이미 애슈턴이 로체스터 씨의 외투를 걸치고 한 손에는 책을 든 채 서 있었다. 보이지 않는 누군가 뒤에서 딸랑딸랑 흥겹게 종을 울렸다. 그러자 아델이 (이 애는 보호자인 로체스터 씨의 편이 되겠다고 떼를 썼다) 꽃바구니를 들고 꽃을 사방에 뿌리면서 폴짝폴짝 뛰어나왔다. 이어서 흰 옷을 입고 긴 베일을 쓴 채 이마에 장미 화환을 두른 아름다운 잉그램 양이 나타났다. 그녀와 로체스터 씨가 나란히 탁자 앞까지 걸어와 무릎을 꿇었다. 마찬가지로 흰 옷을 입은 덴트 대령 부인과 루이자 애슈턴도 두 사람 뒤에 가서 섰다. 무언극이 진행되었고 그게 결혼식이라는 것은 쉽게 알 수 있었다. 극이 끝나자 덴트 대령 편 사람들은 이 분 동안 소곤거리며 상의하더니 마침내 덴트 대령이 크게 외쳤다.

"신부!"

로체스터 씨는 허리를 굽혀 인사했고 커튼이 내려졌다.

한참이 지난 뒤 다시 커튼이 열렸다. 두 번째는 아까보다 좀 더 공을 들여 준비한 장면이었다. 아까도 말했듯 응접실은 식당보다 두 계단 정도 높았는데 응접실 안쪽으로 2미터가량 들어가 있는 계단의 맨 꼭대기 칸에는 대리석으로 된 물독이 놓여 있었다. 나는 이것이 열대식물로 가득 찬 온실의 장식물이라는 것을 금방 알았다. 언제나 그 안에는 금붕어가 들어 있었다. 그렇게 크고 무거운 것을 여기까지 들고 오느라 꽤 고생했을 것이다.

물독 옆 카펫 위에는 로체스터 씨가 숄을 몸에 감고 머리에 터번을 쓴 채 앉아 있었다. 검은 눈과 가무잡잡한 피부, 이슬람교도 같은 얼굴이 의상과 썩 잘 어울렸다. 그야말로 아라비아의 왕족처럼 보였고 교수형 집행자 아니면 교수형을 당하는 사람 같았다. 이어서 잉그램 양이 나타났다. 그녀도 동양식 옷차림으로 새빨간 스카프를 허리에 두르고 수놓은 손수건을 관자놀이에 매고 있었다. 아름다운 양팔을 드러내고 팔 하나는 우아하게 머리에 물동이를 받치고 있는 듯 올리고 있었다. 몸매와 이목구비까지 전체적인 분위기가 족장정치 시대의 이스라엘 공주 같았다. 그녀가 표현하려는 것도 분명 이것이었다.

잉그램 양은 물독에 다가가 허리를 숙여 물동이에 물을 채우고 그것을 다시 머리로 들어올렸다. 그때 우물가에 있던 남자가 그녀에게 다가가 뭔가를 부탁하는 것 같았다. 그녀는 서둘러 물동이를 내려놓고 그에게 물을 주었다. 그러자 남자는 품에서 작은 상자를 꺼내어 열고는 화려한 팔찌와 귀걸이를 그녀에게 보여주었다. 그녀는 놀라며 감탄하는 표정을 지었다. 남자는 무릎을 꿇고 그녀의 발아래 그 보물을 놓았다. 믿기지 않으면서도 몹시 기쁘다는 표정이 그녀의 얼굴에 나타났다. 남자는 그녀의 팔에 팔찌를 채우고 귀에는 귀걸이를 달아주었다. 그들은 엘리자와 리브가(〈창세기〉 24장에 등장하는 인물들—옮긴이)였다. 그저 낙타만 없을 뿐이었다.

알아맞혀야 하는 편 사람들이 다시 머리를 맞대고 의논하기 시작했다. 그렇지만 그 장면이 표현한 단어나 말에서 의견이 일치되지 않는 듯했다. 덴트 대령이 다른 사람들을 대신해 '전체 장면'을 보여달라고 요청하자 커튼이 내려졌다.

세 번째 막에서는 응접실의 일부분만 보였다. 나머지는 올이 성긴 검은 천으로 칸막이를 쳐서 가려놓았다. 대리석 물독은 사라지고 그 자리에 송판으로 만든 탁자 하나와 부엌에서 쓰는 의자 하나가 놓여 있었다. 방 안의 촛불은 모두 꺼지고 희미한 뿔로 만든 등불만이 그들을 비추었다.

이 지저분한 장면에서 한 사나이가 불끈 움켜쥔 두 주먹을 무릎 위에 얹고 시선은 아래를 향한 채 앉아 있었다. 얼룩진 얼굴에 흐트러진 옷차림과(윗옷은 실랑이라도 벌인 듯 등에서부터 뜯어져 한쪽 소매가 늘어져 있었다) 체념한 듯 찌푸린 얼굴, 마구 헝클어트린 머리칼로 분장했지만 나는 그가 로체스터 씨라는 걸 금방 알아챘다. 그가 움직이자 철컹 하고 쇠사슬 소리가 났다. 손목에 수갑이 채워져 있었다.

"브라이드웰 감옥!"

덴트 대령이 외쳤다. 정답이었다.

한참이 지나 참가자들이 옷을 갈아입고 식당으로 돌아왔다. 로체스터 씨는 잉그램 양을 안내해 들어왔다. 그녀는 로체스터 씨의 연기에 칭찬을 늘어놓았다.

"세 가지 역할 중에서 마지막이 가장 잘 어울렸던 것 아세요? 아, 당신이 몇 년만 더 일찍 태어났어도 정말 용감한 신사 도적이 되었을 텐데!"

"숯검정은 깨끗이 지워졌습니까?"

로체스터 씨가 그녀를 향해 돌아서며 물었다.

"네, 아쉽네요. 악역 분장이 당신 피부색에 정말 잘 어울렸는데 말이에요!"

"길 위의 영웅, 도적을 좋아하는군요?"

"영국 도적을 이탈리아 산적 다음으로 좋아해요. 그리고 무엇보다 지중해 해적을 가장 좋아하죠."

"그렇군요. 내가 누구든 간에 당신은 지금 내 아내라는 사실을 잊지 말아요. 한 시간 전에 여기 계시는 모든 사람이 보는 앞에서 결혼했잖소."

그녀는 얼굴을 붉히더니 소리 내어 웃었다.

"자, 덴트. 이번엔 당신 편 차례예요."

로체스터 씨가 말했다.

덴트 대령 편 사람들이 나가자 로체스터 씨 편 사람들이 대신 자리에 앉았다. 잉그램 양은 대표인 로체스터 씨 오른쪽에 앉았고 나머지는 그들의 양쪽에 앉았다. 나는 더 이상 무대 위에 올라온 사람들을 보지 않았다. 관심을 갖고 막이 오르기를 기다리지도 않았다. 내 관심은 온통 관객석을 향해 있었다. 조금 전까지만 해도 아치형 문 안쪽만을 뚫어지게 바라보던 내 시선이 의지와 상관없이 반원형으로 놓인 의자로 향했다. 덴트 대령 편이 어떤 문제를 골라서 어떻게 연기했는지 전혀 기억나지 않는다. 그러나 각 장면이 끝날 때마다 답을 상의하는 모습은 여전히 눈에 들어왔다. 로체스터 씨가 잉그램 양에게 고개를 돌리자 그녀도 그를 마주 보았다. 잉그램 양은 고개를 로체스터 씨 쪽으로 기울어 그녀의 칠흑 같은 곱슬머리가 그의 어깨에 닿고 뺨에 스칠 정도로 가까이 붙어 있었다. 두 사람은 귓속말을 하고 소곤거리며 눈을 마주치기도 했다. 그 광경을 지켜보던 내 심정이 지금도 생생하게 느껴질 정도다.

독자 여러분, 앞서 말했듯이 나는 로체스터 씨를 사랑하게 되었다. 이젠 그가 내게 신경을 쓰지 않아도, 몇 시간째 함께 있지만 내게 눈길 한번 주지 않아도, 또 그가 아름다운 여성에게 온통 정신이 팔려 있어도 그를 향한 내 사랑을 멈출 수가 없었다. 그녀는 내 옆을 지나가다 옷자락이라도 스칠까 봐 기겁을 했고 어쩌다 그 검고 오만한 눈이 내 눈과 마주치면 볼 가치도 없는 천한 것을 봤다는 듯 서둘러 고개를 홱 돌렸다. 그가 머지않아 바로 이 아가씨와 결혼할 거라고 확신하게 되었지만, 매일 그의 마음을 사로잡았다고 자신만만해하는 듯한 그녀를 보았지만, 그의 구애하는 모습을 옆에서 지켜보았지만 (상대가 구애하기를 바라는 무심한 태도여서 더 매력적이었고 당당한 태도여서 거부할 수 없었다) 그에 대한 내 마음을 돌이킬 수가 없었다.

이런 상황에 크게 절망할 수도 있었지만 절대로 사랑이 식거나 사랑을 떨쳐버릴 수는 없었다. 여러분은 내가 질투할 만한 일이 너무 많다고 생각할지 모르겠다. 나 같은 여자가 주제넘게 잉그램 양 같은 여자를 질투할 수 있다면 말이다. 그러나 나는 질투하지 않았다. 질투했다고 하더라도 아주 미미하거나 매우 드물었을 것이다. 내 괴로움과 고통은 질투라는 단어로 설명할 수 없었다. 잉그램 양은 질투를 불러일으킬 만큼 대단한 여자가 아니었다. 얼핏 모순되게 들릴 수 있으니 용서하시라. 하지만 진심이다. 그녀의 겉모습은 매우 아름답지만 속마음은 그렇지 않았다. 아름다운 데다가 재주도 뛰어났지만 천성적으로 지성이 부족하고 감정이 메마른 여자였다.

그런 땅에서는 어떤 꽃도 자연스럽게 피어날 수 없고 어떤 열매도 싱싱한 맛으로 사람들을 즐겁게 할 수 없었다. 그녀는 선량하지 않을뿐더러 창의적이지도 않았다. 늘 책에서 읽은 요란한 문구를 따라 할 뿐 자신만의 생각을 표현하지 못했고 애초에 그런 생각조차 없었다. 고상한 감정을 표현하기는 했지만 동정과 연민의 감정을 몰랐고 다정하거나 진실하지도 않았다. 그녀의 이런 모습은 어린 아델에게 노골적으로 적대감을 표현하면서 자주 드러났다. 어쩌다 아델이 가까이 다가가기라도 하면 그때마다 아주 오만하고 무례한 말을 내뱉으며 그 애를 밀쳐냈다. 때로는 방을 나가라고 명령하기도 했고 쌀쌀맞고 표독스럽게 대했다. 나 말고도 면밀하고 날카롭게 그녀의 본모습을 지켜보는 사람이 또 한 명 있었다. 미래의 남편이 될 로체스터 씨였다. 그는 미래의 아내를 끊임없이 관찰했다. 바로 이런 그의 현명함과 조심성, 그가 사랑하는 사람의 결점을 완벽하고 명확하게 파악하고 있으며 그녀를 열렬하게 사랑하지 않는다는 사실이 끊임없이 내 마음을 아프게 했다.

로체스터 씨는 가문이나 정치적 이유로 잉그램 양과 결혼하려는 듯했다. 사회적 지위나 가문이 그와 어울렸기 때문이다. 나는 그가 그녀를 사랑하지 않으며 그녀가 그의 사랑을 받을 만한 자격이 안 되는 사람이라고 생각했다. 바로 이 점이 문제였다. 이런 점 때문에 신경이 쓰이고 괴로웠다. 이런 점 때문에 내 열정이 식지 않고 계속 불타올랐다. 그녀는 그의 마음을 사로잡을 수 없었다.

잉그램 양이 단번에 승리를 거둬 로체스터 씨가 진심으로 그녀를 사랑하게 되었다면 나는 얼굴을 감싸고 벽을 향해 돌아서서 (비유하자면) 죽은 사람처럼 서 있었을 것이다. 잉그램 양이 열정적이며 친근하고 지각 있는 선량하고 고상한 여자였다면 나는 질투와 절망이라는 두 마리 호랑이와 사투를 벌였을 것이다. 그리고 가슴 찢어지는 고통을 느끼며 비탄에 잠겨 그녀의 우월함을 깨닫고 우러러보면서 남은 생을 쥐죽은 듯 살아갔을 것이다. 나는 그녀가 절대적으로 우월하면 할수록 더 깊이 감탄했을 것이다. 그리고 내 마음은 그만큼 더 잠잠해졌을 것이다. 그러나 실제는 그렇지 않았다. 나는 잉그램 양이 로체스터 씨의 마음을 사로잡으려고 애씀에도 불구하고 계속해서 실패하는 모습을 보았다. 그런데 정작 그녀는 자신이 실패했다는 사실조차 몰랐다. 자신의 교만과 자만심이 상대를 더욱 멀어지게 했지만 자신이 쏜 화살이 과녁을 맞혔다고 생각하며 승리에 도취되어 있었다. 이런 모습을 볼 때마다 나는 끊임없이 홍

분되는 마음을 힘껏 억눌러야 했다. 잉그램 양이 실패할 때마다 어떻게 하면 성공할 수 있을지 알 수 있었기 때문이다. 그녀의 화살은 계속해서 로체스터 씨의 가슴을 빗나가 털끝 하나 건드리지 못한 채 그의 발밑에 떨어졌다. 그 화살을 더 솜씨 좋은 궁수가 쏘았다면 온통 자존심으로 뒤덮인 그의 가슴을 꿰뚫을 수 있을 듯했다. 그 엄숙한 눈동자에 사랑이 담기도록 그 냉소적인 얼굴을 다정하게 만들었을지도 모른다. 심지어 화살도 없이 평화롭고 조용히 승리할 수도 있을 것이다.

'로체스터 씨와 저렇게 가까이 있는데 왜 그의 마음을 움직이지 못하는 걸까?'

나는 속으로 안타까워했다.

잉그램 양은 로체스터 씨를 진심으로 좋아할 수 없는 게 틀림없다. 아니면 좋아하지만 진정으로 사랑하지 못하거나 말이다. 정말 사랑한다면 헤프게 미소를 짓거나 끊임없이 눈길을 보내지 않아도 될 것이다. 또한 애써 행동을 꾸며내거나 온갖 애교를 부릴 필요도 없다. 그저 그의 곁에 조용히 앉아 말없이 눈을 내리깔고 있어도 충분히 그의 마음에 다가갈 수 있을 것이다. 지금 잉그램 양과 이야기를 나누는 그의 표정은 딱딱하게 굳어 있었다. 그러나 나는 지금과는 전혀 다른 표정을 본 적이 있다. 겉만 번지르르한 술책이나 계산된 행동으로 유도한 것이 아니라 그냥 자연스레 나타난 표정이었다. 상대는 그저 있는 그대로 받아들이면 되는 것이다. 가식 없이 그의 질문에 대답하고 필요하면 자연스럽게 말을 건네는 것으로 충분하다. 그러면 그의 표정은 점점 부드러워지고 온화해지며 만물을 포용하는 햇빛처럼 상대의 마음을 따뜻하게 해주었다. 두 사람이 결혼한다면 잉그램 양은 그를 기쁘게 해줄 수 있을까? 그녀는 절대 못할 것이다. 하지만 로체스터 씨를 기쁘게 해줄 수 있다면 그의 아내는 틀림없이 이 세상에서 가장 행복한 여자일 것이다.

이해관계와 연고 때문에 결혼하려는 로체스터 씨의 계획을 나는 아직 한 번도 비난하지 않았다. 그가 그런 결혼을 하려고 한다는 사실을 처음 알았을 때는 매우 놀랐다. 나는 그가 그런 흔한 동기로 아내를 고를 거라고는 생각하지 않았다. 그러나 당사자들의 지위나 교육 등을 생각하면 어릴 때부터 자신들에게 서서히 주입된 관습이나 신념에 따라 행동하는 로체스터 씨와 잉그램 양을 비판하거나 비난하는 건 옳지 못하다는 생각이 들었다. 그들이 속한 계급은 모두 그런 원칙을 지키고 있다. 이해할 수는 없지만 원칙을 지키는 나름의 이유가 있을 것이다. 그러나 내가 로체스터 씨라면 사랑할 수 있는 사람과 결혼할 것이다. 그래야 행복해질 수 있는 게 분명한데도 사람들이 일반적으로 그러지 않는 나만 모르는 이유가 있을 거라고 확신했다. 그렇지 않다면 세상 사람들은 나와 같은 생각으로 배우자를 고르고 바랄 것이 틀림없었다.

그러나 다른 면에서도 나는 로체스터 씨에게 매우 관대해졌다. 예전에는 예민하게 주시하던 그의 단점들을 차츰 잊어버리고 있었다. 그때까지는 그의 성격을 모든 면에서 파악하려고 애썼다. 단점과 장점을 비교해보고 저울질해서 공정하게 평가하려고 했다. 그런데 이제 그의 단점이 보이지 않았다. 예전에 나를 불쾌하게 만들었던 비아냥거리는 말투나 나를 놀라게 하던 냉혹한 태도도 이제는 최고급 요리에 들어가는 맛있는 양념인 것 같았다. 들어가 있으면 톡 쏘는 맛을 내지만 없으면 상당히 심심하리라. 그리고 딱 꼬집어 말할 수 없는 막연한 그 표정이 이제 달라 보였다. 심술궂은 표정이던가 아니면 슬픈 표정이던가, 음험한 표정이던가 아니면 낙심한 표정이던가? 늘 그를 주목하는 사람만 이따금 볼 수 있는, 어느 정도 나타났다가 미처 헤아릴 틈도 없이 금세 사라지는, 마치 화산 언덕을 헤맬 때 갑자기 대지가 흔들리고 땅바닥이 갈라지는 모습을 보기라도 한 듯 언제나 나를 두렵게 하고 기죽게 했다. 나는 이제 그 막연한 표정을 볼 때면 온몸이 마비된 듯 굳어버리는 게 아니라 가슴이 두근거렸다. 피하지 않고 꼭 간파해내겠다는 듯 대담하게 쳐다보았다. 잉그램 양은 참 행복한 사람이라고 생각했다. 언젠가 그녀는 여유 있게 그의 마음 깊은 곳을 들여다보며 저 막연한 표정이 무엇인지 알아내고, 본심을 분석해낼 수 있을 테니 말이다.

내가 주인과 미래의 신부를 지켜보며 그들의 대화에 귀를 기울이고 그들의 행동에 집중하는 동안 다른 손님들은 각자 오락과 재미에 열중해 있었다. 린 경 부인과 잉그램 부인은 아직도 진지한 표정으로 대화를 나누었다. 두 사람은 한 쌍의 커다란 인형처럼 대화 주제가 바뀌면 터번을 쓴 머리를 끄덕이기도 하고, 놀라거나 모르겠다는 표정을 짓기도 하고, 끔찍하다는 표정을 지으면서 두 손을 위로 쳐들기도 했다. 온순한 덴트 부인은 마음씨 착한 애슈턴 부인과 이야기를 나누었다. 가끔 나한테 친절하게 말을 걸기도 하고 미소를 보내기도 했다. 조지 린 경과 덴트 대령, 애슈턴 씨 등은 정치와 지방의 정세, 재판과 관련된 이야기를 두고 토론을 벌였다. 잉그램 경은 에이미 애슈턴과 어울렸다. 루이자는 피아노를 치며 린 형제 중 한 사람과 노래를 불렀다. 린 형제 중 나머지 한 사람은 메리 잉그램의 기분을 맞춰주려고 주절주절 이야기를 늘어놓았는데, 상대는 지루하다는 듯 마지못해 듣고 있었다. 가끔은 그들 모두 마치 약속이나 한 것처럼 하던 일을 멈추고 주인공을 보며 귀를 기울였다. 이곳의 주인공은 로체스터 씨와 그 곁에 있는 잉그램 양이었다. 로체스터 씨가 한 시간만 방을 비워도 손님들은 눈에 띄게 따분해했다. 그러다 그가 다시 나타나면 그들의 대화는 금세 활기가 넘쳤다.

로체스터 씨가 집을 비우면 평소 그가 사람들에게 얼마나 활기를 불어넣는지 분명하게 확인할 수 있었다. 일이 생겨 그가 밀코트에서 밤늦게까지 돌아오지 않던 날에는 특히 더했다. 그날은 헤이 마을 건너편 공유지에 얼마 전 천막을 설치한 집시 캠프를 보러 가기로 했다. 그러나 오후에 비가 내려 가지 못했다. 몇몇 신사는 마구간으로 갔고 젊은 사람들은 아가씨들과 당구실에서 당구를 쳤다. 잉그램 부인과 린 경 부인은 조용히 카드놀이를 하며 시간을 보냈다. 블랜치 잉그램 양은 덴트 부인과 애슈턴 부인이 몇 번이나 말을 건넸지만 오만하게 대꾸조차 하지 않고 피아노 앞에 앉아 감상적인 노래를 나지막하게 읊조렸다. 그러더니 서재에서 소설책 한 권을 들고 와서 내키지 않는다는 듯 소파에 기대앉았다. 로체스터 씨가 올 때까지 소설이나 읽으면서 지루한 시간을 때우려는 듯했다. 응접실과 온 집 안이 조용했다. 이따금씩 2층에서 사람들이 당구를 치며 왁자지껄 떠드는 소리가 들려올 뿐이었다.

사방에 어둠이 내리기 시작했다. 벌써 만찬을 위해 옷을 갈아입을 시간이 가까워졌다. 그때 나와 응접실 창가 자리에 앉아 있던 아델이 갑자기 외쳤다.

"로체스터 아저씨가 돌아오셨어요!"

나는 고개를 돌렸고 소파에 앉아 있던 잉그램 양은 쏜살같이 창가로 달려왔다. 다른 사람들도 각자 하던 일을 멈추고 고개를 들었다. 달가닥거리며 자갈을 밟는 바퀴 소리와 첨벙첨벙

물을 튀기며 바닥을 차는 말발굽 소리가 들렸다. 역마차가 다가오고 있었다.

"왜 저런 역마차를 타고 돌아오시는 거지? 검정 말 메스루어를 타고 나가시지 않았나? 파일럿도 같이. 말이랑 개는 어떻게 하신 거지?"

잉그램 양이 말했다.

이렇게 말하며 그녀가 풍성한 의상을 걸친 큰 몸집으로 창가 쪽에 바짝 붙어서는 바람에 나는 척추가 부러질 정도로 몸을 뒤로 젖혀야 했다. 처음에는 정신없이 밖을 보느라 내가 서 있는 줄도 모르다가 나중에 알아채고는 입을 비쭉거리며 다른 창가로 갔다. 역마차가 멈춰 섰다. 마부가 현관 종을 울렸다. 이윽고 여행복 차림의 한 신사가 마차에서 내렸다. 하지만 로체스터 씨가 아니었다. 키가 크고 멋지게 차려 입은 낯선 남자가 보였다.

"짜증 나! 이 성가신 말썽꾸러기 같으니! (아델에게) 누가 너를 이 창가에 앉혀놓고 거짓말을 하게 시킨 거야!"

잉그램 양은 이렇게 소리치더니 아델한테 화를 냈다. 그러면서 내 잘못이라는 듯 성난 눈초리로 나를 노려보았다. 홀에서 웅성거리며 대화하는 소리가 나더니 곧이어 낯선 사나이가 응접실 안으로 들어왔다. 그는 가장 연장자로 보이는 잉그램 부인에게 허리를 숙여 인사했다.

"부인, 제가 날을 잘못 고른 것 같습니다. 마침 로체스터 군이 집에 없군요. 긴 여행으로 지쳐 있어 오랜 친구가 돌아올 때까지 여기 머물렀으면 합니다."

그 남자의 태도는 공손했다. 억양이 다소 특이하게 들렸는데 외국 억양인지는 모르겠으나 어쨌든 순수한 영국 억양은 아니었다. 나이는 로체스터 씨와 비슷한 서른에서 마흔 살 정도로 보였다. 낯빛에 병색이 비치긴 했지만 그것만 빼면 말쑥한 신사였다. 첫인상은 그랬다. 그러나 자세히 살펴보면 뭔가 불쾌한, 아니 왠지 호감이 가지 않는 인상이었다. 이목구비는 반듯하지만 다부진 느낌이 없었다. 눈은 크고 잘생겼으나 생기가 없고 공허해 보였다. 내 생각에 그랬다.

옷 갈아입을 시간을 알리는 종이 울리자 사람들이 뿔뿔이 흩어졌다. 나는 만찬이 끝난 뒤에야 그 남자를 다시 보았다. 그는 마음이 매우 편안한 듯 보였다. 그러나 나는 그의 생김새가 더욱 마음에 들지 않았다. 생기도 없고 쓸데없이 주위를 두리번거리는 등 뭔가 불안해 보였다. 지금까지 본 적 없는 기이한 인상을 풍겼다. 잘생긴 데다 붙임성도 있어 보였지만 기분 나쁜 인상이었다. 달걀형의 매끈한 얼굴은 나약해 보였고, 매부리코와 버찌처럼 조그만 입술은 단호한 인상이 없었다. 심지어 낮은 이마는 자기 주관이 없어 보였고 멍한 갈색 눈동자는 자제력이 부족해 보였다. 나는 늘 앉는 구석 자리에 앉아 벽난로 위에 놓인 촛불에 환하게 비친 그를 바라보았다. 그는 난롯가에 바짝 갖다 놓은 높은 팔걸이의자에 앉아 추운 듯 몸을 웅크린 채 점점 더 불 가까이 다가갔다. 나는 그를 로체스터 씨와 비교해보았다. 내 생각에 (존경심을 갖고 말하지만) 두 사람은 마치 매끈한 거위와 매서운 독수리, 온순한 양과 날카로운 눈을 가진 개와 같았다.

그 남자는 로체스터 씨와 자신이 오랜 친구 사이라고 했다. 그들은 분명 묘한 친구 사이일 것이다. 실로 "양 극단은 만난다"라는 옛 말을 정확하게 보여주는 사례인 듯했다. 몇몇 신사가 그의 곁에 앉았고 그들이 주고받는 이야기가 내 귀에도 이따금 들렸다. 처음 이야기는 알아들을 수가 없었다. 가까이 있던 루이자 애슈턴과 메리 잉그램의 말소리 때문에 끊어질 듯 간간이 들려오는 남자들의 대화가 제대로 들리지 않았다. 그녀들은 낯선 손님에 대해 이야기하면서 그를 "꽃미남"이라고 불렀다. 루이자는 "사랑스러운 분"이라고 칭찬하며 그를 "흠모한다"고 말했다. 메리는 "작고 귀여운 입과 멋진 코"를 예로 들면서 자신이 매력적이라고 생각하는 이상형이라고 말했다.

"게다가 온순한 성품을 나타내는 이마 좀 보라고! 정말 매끈하지? 내가 정말 싫어하는 주름 하나 없어. 그리고 차분한 눈빛과 미소까지!"

루이자가 말했다.

그때 맞은편에 있던 헨리 린 씨가 연기되었던 헤이 마을 소풍에 대해 의논할 것이 있다면서 여자들을 불렀다. 나는 안도했다. 드디어 난롯가에 모인 사람들 이야기에 집중할 수 있었다. 나는 곧 낯선 손님의 이름이 메이슨 씨라는 것을 알게 되었다. 그는 열대 지방에서 이제 막 영국에 도착했다고 했다. 그 때문인지 안색이 좋지 않고 집 안에서도 외투를 입은 채 난롯가에 바짝 붙어 있는 것도 그 때문이었다. 자메이카니 킹스턴이니 스패니시타운 이야기가 나오는 걸로 보아 서인도제도에서 온 것을 알 수 있었다. 나는 그가 로체스터 씨와 거기서 처음 만나 친구가 되었다는 사실에 몹시 놀랐다. 그는 로체스터 씨가 서인도제도의 더위와 태풍, 우기를 싫어한다고 했다. 여행을 많이 다닌다는 사실은 페어팩스 부인한테 들어 익히 알고 있었지만, 유럽 내에서만 돌아다니는 줄 알았다. 훨씬 더 먼 나라까지 갔다는 이야기는 한 번도 들은 적이 없었다.

이런 생각에 잠겨 있는데 전혀 뜻밖의 사건이 일어나 생각의 끈이 끊어져 버렸다. 누군가 방문을 열자 덜덜 떨고 있던 메이슨 씨가 난로에 석탄을 더 넣어달라고 부탁했다. 아직 남은 석탄 덩어리가 빨갛게 달아 있긴 했지만 불길은 꺼져 있었다. 석탄을 가져온 하인이 방을 나가면서 치안판사인 애슈턴 씨 옆에서 걸음을 멈추고 나지막이 소곤거렸다. "노파가…… 아주 귀찮게……"라는 말이 들려왔다. 그러자 애슈턴 씨가 말했다.

"안 나가면 차꼬를 채우겠다고 해."

그러자 덴트 대령이 끼어들었다.

"아니, 잠깐만! 내보내지 말아요, 애슈턴. 어쩌면 쓸모가 있을지도 몰라. 부인과 상의해보자고."

그리고 대령은 큰 소리로 외쳤다.

"숙녀 여러분! 집시 캠프를 구경하러 헤이 공유지에 가기로 하지 않았습니까? 그런데 여기 있는 샘의 말이 하인들 방에 지금 집시 노파가 나타났다고 합니다. '귀하신 분들'의 점을 쳐드리겠다면서 버티고 있답니다. 한번 만나보시겠습니까?"

"대령님, 설마 그런 천한 사기꾼 편을 들어주시는 건 아니죠? 당장 쫓아버리세요!"

잉그램 부인이 외쳤다.

"부인, 아무리 나가라도 해도 말을 듣지 않습니다. 다른 하인들도 어쩌지 못하고 있습니다. 지금 페어팩스 부인이 곁에 앉아 제발 가라고 애원하시지만 난롯가 의자에 자리를 차지하고서는 여기로 오기 전에는 꼼짝도 하지 않겠다고 우기고 있습니다."

하인이 말했다.

"그럼 어쩌자는 거야?"

애슈턴 부인이 물었다.

"여러분의 점을 치겠다는 겁니다. 꼭 봐드리겠대요."

"어떻게 생겼어?"

애슈턴 자매가 동시에 물었다.

"끔찍하게 못생겼어요. 까마귀처럼 새카맣고요."

"그럼 진짜 마법사인가! 어서 불러봅시다!"

프레더릭 린이 소리쳤다.

"그래요. 이런 재미있는 기회를 놓치면 아까울 것 같은데요."

형제가 맞장구를 쳤다.

"얘들은 도대체 무슨 생각인지?"

어머니 린 경 부인이 말했다.

"그런 허무맹랑한 짓은 저도 찬성할 수가 없네요."

잉그램 부인이 거들었다.

"하지만 허락해주세요. 저도 제 미래를 점쳐보고 싶어요. 샘, 그 노파를 들이라고 해요."

블랜치 잉그램 양이 피아노 의자를 휙 돌리며 거만하게 말했다. 지금까지 그녀는 아무 말 없이 악보만 뒤적이고 있었다.

"블랜치, 생각해봐……."

"알아요. 어머니가 하시는 생각은 저도 다 했어요. 하지만 해봐야겠어요. 샘, 얼른!"

"네, 좋아요! 좋아!"

젊은 신사 숙녀들이 모처럼 의견일치를 본 듯 외쳤다. 하인은 여전히 망설이며 말했다.

"생긴 게 흉해서……."

"어서 데려오라고!"

잉그램 양이 버럭 소리를 지르자 샘이 나갔다. 이내 사람들은 흥분하기 시작했다. 한바탕 야유와 농담이 오가는 가운데 샘이 돌아왔다.

"안 오겠답니다. 노파 말이 속물들 앞에 나타나기 싫다고 하네요. 자기를 다른 방으로 안내하고 점치고 싶은 사람은 한 분씩 오시라는데요."

샘이 말했다.

"거봐라, 우리 공주님. 노파는 이 집에 기어들어 올 생각이라고. 그러니 엄마 말 들어요, 천사 아가씨. 그리고……."

잉그램 부인이 딸을 설득하려고 했지만 그녀는 어머니의 말을 끊었다.

"당연히 서재로 안내해야지. 나도 속물들 앞에서 점을 보고 싶지는 않아. 나 혼자 듣겠어. 서재는 아직 좀 따뜻한가?"

"네, 아가씨. 그런데 어딘가 서툴러 보이는데요."

"잔말 말고 시키는 대로 해. 멍청이 같으니."

샘은 다시 나갔다. 사람들은 또다시 몹시 궁금해하면서 기대에 부풀어 신난 표정이었다.

"준비가 다 됐습니다. 어느 분이 처음으로 오실 건지 알려달랍니다."

샘이 다시 들어와 말했다.

"부인들이 가기 전에 내가 먼저 그 노파를 한번 보는 게 좋겠군. 샘, 신사 한 분이 간다고 전해줘."

덴트 대령이 말했다. 잠시 후 샘이 돌아왔다.

"남자 점은 안 본다고 합니다. 결혼하신 부인도 오실 필요가 없다고 하네요. 결혼 안 한 젊은 아가씨만 보겠답니다."

샘이 가까스로 웃음을 참으며 말했다.

"어이쿠! 까다롭기는!"

헨리 린이 소리쳤다. 그때 잉그램 양이 엄숙한 표정으로 일어섰다.

"제가 먼저 갈게요."

그녀는 선두에서 성벽을 기어올라 돌파구를 열려는 결사대 대장처럼 말했다.

"오, 귀여운 내 딸아! 사랑하는 내 딸, 블랜치! 그만둬라. 다시 생각해보렴!"

어머니의 애절한 말에 잉그램 양은 대꾸도 하지 않고 어머니 앞을 지나 덴트 대령이 열어준 문으로 나갔다. 그리고 서재 문을 열고 들어가는 소리가 들렸다. 한동안 조용했다. 잉그램 부인은 무슨 큰일이라도 난 듯 두 손을 비벼댔다. 메리는 감히 나설 엄두가 안 난다고 했다. 에이미와 루이자 애슈턴은 숨죽여 킥킥거렸지만 약간 겁먹은 듯한 표정이었다. 시간은 천천히 흘러갔다. 십오 분가량 지나자 서재 문이 다시 열렸다. 잉그램 양이 아치형 문을 지나 들어왔다. 그녀는 웃어넘길까? 그저 농담으로 받아넘길까? 호기심이 가득 찬 모두의 시선이 그녀에게로 향했다. 그러자 그녀는 뚱한 표정과 차가운 눈빛으로 사람들을 보았다. 당황하거나 즐거워하는 기색도 아니었다. 그녀는 한 마디도 하지 않고 터벅터벅 걸어와 자리에 앉았다.

"블랜치, 그래 뭐라고 해?"

잉그램 경이 물었다.

"언니, 뭐래?"

메리가 물었다.

"어땠어? 기분이 어때? 진짜 점쟁이 맞아?"

애슈턴 자매가 물었다. 잉그램 양이 대답했다.

"네, 네, 여러분. 재촉하지 마세요. 궁금한 것도 많고 믿기도 잘하는 여러분의 머리는 흥분도 쉽게 하네요. 여러분뿐 아니라 어머니까지 이 일을 진지하게 생각하는 걸 보니 이 집에 악마와 손잡은 진짜 마녀가 왔다고 생각하시나 봐요. 제가 만난 사람은 그냥 떠돌이 집시였어요. 손금이나 보고 흔히들 하는 말이나 지껄이던데요. 제가 궁금해한 건 풀렸어요. 아까 애슈턴 씨가 겁주시던 대로 내일 아침에 저 할망구한테 차꼬나 채워버렸으면 좋겠네요."

잉그램 양은 책을 들고 의자에 기대앉았다. 그리고 더는 말을 하지 않으려 했다. 나는 거의 삼십 분이나 잉그램 양을 지켜보고 있었지만 그녀는 책장을 단 한 장도 넘기지 않았다. 시간이 갈수록 안색이 점점 어두워지더니 못마땅하고 실망한 기색이 역력했다. 분명 좋지 않은 이야기를 들은 듯했다. 침울해져 말도 없이 앉아 있는 것으로 보아 말과 달리 집시의 말을 심각하게 받아들이는 듯했다.

메리와 에이미, 루이자는 혼자서는 도저히 못 가겠다면서도 모두 점을 보고 싶어 했다. 그러자 샘의 중재로 협상이 시작됐다. 응접실과 서재를 왔다 갔다 하느라 샘의 다리가 아파올 무렵에야 마침내 까다로운 점쟁이 노파한테서 세 사람이 같이 와도 좋다는 허락을 어렵사리 받아냈다. 잉그램 양이 들어갔을 때와 달리 그들 셋이 들어가자 소란스러워졌다. 서재에서 신경질적으로 킥킥대는 웃음소리와 가느다란 비명이 새어나왔다. 대략 이십 분이 지나자 그들이 문을 벌컥 열고 반쯤 정신이 나간 사람들처럼 홀을 가로질러 뛰어 들어왔다. 세 사람은 동시에 외쳤다.

"저 점쟁이는 보통이 아냐! 다 알아맞혔어. 우리에 대해 전부알고 있어!"

헐떡거리며 들어온 그녀들은 남자들이 얼른 가져다준 의자에 털썩 주저앉았다. 자세히 말해보라고 재촉하자 그녀들은 자신들이 아주 어렸을 때 했던 말이나 행동들을 노파가 다 알아맞히고, 자신들 집 서재의 책이나 장식품뿐 아니라 친척들한테 받은 기념품까지 꿰고 있다고 했다. 또 그녀들의 마음속을 들여다보고는 각자의 귀에다 대고 그녀들이 세상에서 가장 좋아하는 사람의 이름과 바라는 소원을 알아맞혔다고도 했다.

그러자 신사들은 좋아하는 사람과 소원을 말해보라고 다그쳤다. 아가씨들은 얼굴이 발갛게 달아올라 소리를 지르고 몸을 떨더니 킥킥거릴 뿐이었다. 한편 나이 지긋한 부인들은 자신들이 어르고 달래며 만류하는데도 듣지 않는다며 걱정하는 말을 연신 주고받았다. 나이 많은 신사들은 껄껄 웃었고 젊은 남자들은 아가씨들의 두근거리는 마음을 가라앉혀주려고 부산하게 움직였다. 소란스러운 장면에 온 정신을 빼앗긴 채 가만 앉아 있는데 바로 옆에서 기침 소리가 났다. 돌아보니 샘이 서 있었다.

"선생님, 실례합니다. 집시가 이 방에서 결혼하지 않은 아가씨 한 명이 아직 안 왔다면서 젊은 여자분들이 점을 다 치기 전까지는 돌아가지 않겠다고 하네요. 선생님을 말하는 것 같은데, 어떻게 할까요?"

"아, 그러면 가봐야죠."

나는 흔쾌히 허락했다. 뜻하지 않게 궁금증을 풀 기회가 주어져 오히려 기뻤다. 방 안에 있는 사람들이 모두 방금 돌아와 벌벌 떨고 있는 세 아가씨를 둘러싸고 소란을 떨고 있는 사이에 살그머니 방을 빠져나와 조용히 문을 닫았다.

"원하시면 제가 홀에서 기다려드릴게요. 노파가 겁을 주면 바로 부르세요. 들어갈게요."

샘이 걱정스러운 표정으로 말했다.

"아니에요, 샘. 부엌으로 가요. 하나도 안 무서워요."

나는 전혀 무섭지 않았다. 오히려 꽤 흥미롭고 흥분됐다.

제19장

　내가 들어갔을 때 서재는 매우 조용했다. 진짜 점쟁이인지 아닌지 모를 그 노파는 난롯가의 안락의자에 편안히 앉아 있었다. 빨간 외투를 입고 검은 모자를 썼다. 모자에 줄무늬 손수건이 달려 있어 턱 아래를 묶는 챙이 넓은 집시 모자였다. 탁자 위의 촛불은 꺼져 있었고 노파는 난롯불 가까이 몸을 숙이고 그 불빛으로 기도서 같은 작은 책을 읽고 있었다. 노파들이 대부분 그렇듯 입 안에서 중얼거리며 책을 읽었다. 내가 들어갔는데도 노파는 책 읽기를 멈추지 않았다. 한 구절을 마저 다 읽고 싶은 듯했다.

　나는 카펫 위에 서서 손을 녹였다. 응접실에서는 난로에서 멀리 떨어져 앉아 있어 손이 시렸다. 지금 나는 그 어느 때보다 침착했다. 집시 노파의 모습이 전혀 무섭지 않았다. 노파는 책을 덮고 천천히 고개를 들었다. 모자챙에 얼굴 한쪽이 가려졌지만 기묘하게 생겼다는 것은 알 수 있었다. 얼굴 전체가 갈색과 검은 색이었다. 턱 밑에 하얀 손수건 아래로 삐져나온 헝클어진 머리카락이 턱을 지나 뺨을 절반이나 덮고 있었다. 그 눈이 과감하게 나를 똑바로 쳐다봤다.

"그래, 점을 보고 싶은가?"

눈빛만큼 단호한 목소리였다.

"할머니, 저는 상관없으니까 마음대로 하세요. 미리 말씀드리지만 저는 그런 걸 믿지 않아요."

"말도 건방지게 하는군. 그럴 줄 알았다니까. 문턱을 넘어 들어오는 발소리만 듣고도 알아챘지."

"그래요? 귀가 밝으시네요."

"그럼. 눈도 밝고 머리도 빨리빨리 돌아."

"장사하려면 그러셔야겠지요."

"그래, 아가씨 같은 손님을 상대할 때는 특히나 필요하다고. 그런데 아가씨는 왜 떨지 않는 거지?"

"춥지 않으니까요."

"얼굴이 창백해지지도 않고."

"아프지 않아서요."

"점을 봐달라고 하지도 않는군?"

"저는 바보가 아니에요."

노파는 챙 넓은 모자와 턱 아래 묶은 손수건 아래서 킬킬대며 웃었다. 그리고 짧은 검은색 파이프를 꺼내 불을 붙이고 담배를 피우기 시작했다. 한참 동안 이 진정제를 만끽하던 노파가 굽어 있던 몸을 일으키고 파이프를 입에서 떼더니 난롯불을 응시하며 천천히 입을 뗐다.

"당신은 춥고 아파. 그리고 바보야."

"증명해보세요."

나는 심드렁하게 대꾸했다.

"몇 마디면 돼. 당신이 추운 건 외롭기 때문이야. 당신 가슴 속에 있는 불꽃을 활활 타오르게 해줄 상대가 없어. 당신은 아파. 인간에게 주어진 가장 숭고하고 달콤한 최고의 감정과 동떨어져 있으니까. 그리고 당신은 바보야. 괴로워할망정 그 감정을 끌어당기지도 않고 당신을 기다리는 감정에 단 한 발짝도 다가가지 않으니 말이야."

노파는 다시 파이프를 입에 물더니 힘주어 빨았다.

"할머니는 대저택에 고용되어 혼자 사는 사람들한테는 다 그렇게 말하시겠죠."

"누구에게나 그렇게 말할 수는 있지만 누구한테나 맞는 이야기는 아니지."

"저 같은 경우에는 맞고요."

"그렇지. 당신 같은 경우면 딱 맞지. 하지만 당신과 똑같은 상황에 있는 사람이 또 있나?"

"아마 수천 명은 될걸요."

"한 명도 못 찾을걸. 자기가 얼마나 독특한 상황에 있는지 안다면 말이야. 행복이 가까이에 있어. 손만 뻗으면 잡을 수 있지. 행복해질 수 있는 조건은 전부 갖췄어. 이제는 그것들을 하나로 모으기만 하면 돼. 운명이 그것들을 떨어뜨려 놓았거든. 그걸 한데 모으면 행복이 찾아올 거야."

"저는 수수께끼를 잘 못 풀어요. 한 번도 답을 맞힌 적이 없어요."

"손금을 보여줘 봐. 좀 더 쉽게 말해주지."

"돈을 내라는 뜻이죠?"

"당연하지."

나는 1실링을 건넸다. 노파는 호주머니에서 낡은 양말을 꺼내 동전을 넣고 꽁꽁 묶은 다음 다시 집어넣었다. 그녀가 손을 내밀어보라고 했다. 내가 손을 내밀자 그녀는 가까이 다가와서는 손바닥을 만지지는 않고 들여다보기만 하면서 말했다.

"예쁜 손이군. 이런 손금은 읽을 수가 없어. 손금이 거의 없거든. 게다가 손바닥에 뭐가 있겠어? 운명은 거기에 쓰여 있지 않아."

"저도 그렇게 생각해요."

"아니, 운명은 얼굴에 쓰여 있지. 이마와 눈가, 입술 선에. 무릎을 꿇고 고개를 들어봐."

"아, 이제야 현실적으로 들리기 시작했어요. 이제 할머니 말을 좀 믿을 수 있을 것 같아요."

나는 노파에게서 50센티미터쯤 떨어진 곳에 무릎을 꿇었다. 그녀가 난롯불을 뒤적거리자 불꽃이 확 살아났다. 환한 빛이 내 얼굴을 비췄지만 자리에 앉아 있는 노파의 얼굴에는 더 짙은 그늘이 드리워졌다.

노파는 한참 동안 내 얼굴을 들여다보더니 말했다.

"오늘밤 무슨 생각을 하면서 여기로 왔지? 환등기에 비친 형체들처럼 눈앞을 스쳐 지나다니는 화려한 사람들과 저 방에 앉아 있는 내내 무슨 생각이 들었을까? 당신은 그들과 교감하면서 대화를 나눌 수 없지. 저들이 살아 있는 사람이 아니라 그저 사람 형상을 한 그림자인 것처럼 말이야."

"자주 지루하고 졸렸지만 슬프지는 않았어요."

"그렇다면 미래에 대한 속삭임으로 기분을 들뜨고 기쁘게 해주는 비밀스러운 희망이라도 있나?"

"아니요. 가장 큰 희망은 열심히 번 돈을 저축해 언젠가 내 힘으로 빌린 조그만 집에 학교를 세우는 거예요."

"영혼이 살아가기에는 자양분이 부족하군. 저 창가 쪽에 앉아서……. 나는 당신의 습관도 알고 있지."

"하인한테서 들었죠?"

"오, 영리한 체를 하는군. 뭐, 그랬을지도 모르지. 사실 하인들 가운데 아는 사람이 있긴 해. 풀 부인이라고."

그 이름을 듣고 나는 벌떡 일어섰다.

'당신이…… 당신이 안다고? 역시 뭔가 미심쩍었어!'

나는 마음속으로 생각했다.

수상한 노파가 계속해서 말을 이었다.

"너무 놀라지 말아요. 풀 부인은 믿을 만한 사람이야. 입이 무겁고 침착해서 누구나 믿을 수 있지. 그런데 당신은 창가 자리에 앉아 앞으로 세울 학교 생각만 했나? 눈앞에 소파나 의자를 차지하고 앉아 있는 사람들 가운데 관심 가는 사람이 없었나? 얼굴을 바라보지 않아도 호기심을 갖고 일거수일투족을 곤두세우고 있는 사람이 없었나?"

"저는 거기에 있는 모든 사람의 얼굴과 행동을 쳐다봐요."

"하지만 그중 딱 한 사람을 골라낸 적이 없었나? 아니면 두 사람?"

"자주 그래요. 두 사람의 표정이나 모습이 한 가지 이야기를 하는 듯 보이면요. 쳐다보고 있으면 재미있어요."

"어떤 이야기가 가장 재미있지?"

"뭐, 고를 것도 없어요. 거의 같은 이야기죠. 연애 말이에요. 그리고 하나같이 결혼이라는 재앙을 맞는 걸로 끝나요."

"그런 단조로운 이야기를 좋아하나?"

"관심 없어요. 저하곤 상관없는 일이거든요."

"상관이 없다고? 젊고 생기 있고 건강한 데다가 지위와 재산까지 갖추고 있는 아름답고 매력적인 아가씨가 한 신사의 눈앞에 앉아 미소 짓고 있는데도 말이오. 당신이……."

"제가 뭐요?"

"당신이 알거나 혹시 좋아하는 사람 앞에서 말이오."

"저는 여기 있는 신사들을 몰라요. 거의 말 한 마디 못 해봤고요. 어떻게 생각하느냐고 묻는다면 어떤 분은 점잖고 당당한 중년 신사고 또 어떤 분들은 젊고 패기 넘치는 미남이라고 생각해요. 하지만 틀림없이 신사분들 모두 자유롭게 자기가 좋아하는 숙녀의 미소를 받을 수 있을 거예요. 그리고 저는 그런 것에 신경 쓰지 않고요."

"여기 있는 신사들을 모른다고? 그중 아무와도 단 한 마디도 나눠보지 않은 건가? 그럼 이 집 주인과도?"

"이 저택의 주인은 지금 집에 안 계세요."

"심오한 말이야. 절묘하게 둘러대는군. 주인은 오늘 아침 밀코트에 가셨고 오늘 밤이나 내일 돌아오시겠지. 그렇다고 아는 사람 명단에서 그분을 빼버리다니? 마치 이 세상에 없는 사람처럼 지워버리는 거야?"

"아니에요. 지금 할머니가 하신 말씀과 로체스터 씨가 무슨 상관인지 모르겠어요."

"나는 남자들에게 미소를 보내는 숙녀들 이야기를 하는 거야. 요즘 로체스터 씨의 눈에 너무 많은 미소가 흘러들어 가는 바람에 찰랑찰랑 넘치기 직전인 두 개의 잔처럼 그분 눈가에도 미소가 넘쳐흐르는 것 같거든. 그건 못 봤나?"

"로체스터 씨는 손님들과 즐겁게 보낼 권리가 있어요."

"그분의 권리 이야기를 하자는 게 아니야. 요즘 이 집에서 시도 때도 없이 가장 활발하게 로체스터 씨의 결혼 이야기가 흘러나오는데 전혀 못 들었어?"

"열심히 들어줘야 말이 많아지는 법이니까요."

이건 집시 노파가 아니라 나 자신에게 하는 말이었다. 이때 노파의 기괴한 말투와 몸짓에 나는 꿈속에서 있는 듯했다. 예상치 못한 말들이 그녀의 입에서 계속 쏟아져나오더니 마침내 나는 신비로운 거미줄에 걸린 것이다. 지난 몇 주일 동안 눈에 보이지 않는 요정이 옆에 앉아 내 심장의 고동을 하나하나 기록하고 심장 뛰는 것을 지켜본 것이 아닌가 싶을 정도였다.

"열심히 들어주면? 그렇군. 로체스터 씨는 몇 시간이고 앉아서 즐겁게 이야기하는 매력적인 입술에 귀를 기울였지. 로체스터 씨는 기꺼이 듣고 있었고 그런 즐거움이 주어져 감사해하는 듯했는데, 당신은 느끼지 못했나?"

노파가 말했다.

"감사했다고요? 얼굴에서 감사해하는 기색을 전혀 보지 못했는데요."

"보지 못했다고! 그러면 그의 얼굴을 샅샅이 살피긴 했다는 말이군. 그럼 감사하지 않았다면 어떤 표정이던가?"

나는 대꾸하지 않았다.

"사랑을 보았군, 그렇지? 그리고 앞으로 있을 그분의 결혼과 행복한 신부를 본 거지?"

"말도 안 돼요. 당신 점괘도 틀릴 때가 있네요."

"그럼 뭘 봤지?"

"신경 쓰지 마세요. 저는 여기 물어보러 왔지 고백하러 온 게 아니니까요. 로체스터 씨가 결혼한다면서요?"

"물론이지. 아름다운 잉그램 양하고."

"곧 하나요?"

"보아하니 금방 할 듯하더군. 틀림없이 가장 행복한 한 쌍이 될 거야. 당신은 뻔뻔하게 그걸 의심하고 있군. 이제 그 뻔뻔함을 고쳐요. 그분이 그렇게 아름답고 고결하고 재치 넘치고 재주 많은 아가씨를 사랑하는 건 당연한 일이지. 아가씨도 마찬가지일 거고. 그분 자체가 아니라 해도 적어도 재산은 사랑하겠지. 잉그램 양이 로체스터 씨의 재산을 보고 결혼 생각을 한다는 걸 알고 있지. 한 시간쯤 전에 잉그램 양에게 재산 이야기를 해줬더니 그녀가 놀라울 정도로 우울한 표정을 짓더군. 하느님, 용서해주소서. 입 꼬리가 아래로 축 처지더군. 그 아가씨의 가무잡잡한 구혼자에게 조심하라고 일러줘야지. 다른 사람이 더 길고 확실한 재산 목록을 가지고 나타나면 금방 밀려날 테니까."

"할머니, 저는 로체스터 씨의 점을 보러 온 게 아니에요. 제 점을 보러 왔다고요. 그런데 지금까지 제 이야기는 하나도 안 해주셨잖아요."

"당신 점괘는 아직 확실치가 않아. 얼굴을 살펴보면 한 부분이 다른 부분과 상반되거든. 운명의 신은 당신 몫으로 작은 행복을 줬어. 그건 내가 알지. 아주 조심스럽게 당신을 위해 한쪽에 떼어놓는 걸 봤다고. 손을 뻗어 그걸 잡을지는 당신한테 달려 있지. 그걸 당신이 잡을지 말지를 내가 봐주지. 카펫 위에 다시 한 번 무릎을 꿇고 앉아봐."

"너무 오래 걸리지 않았으면 좋겠어요. 얼굴이 난롯불에 그을릴 것 같아요."

나는 무릎을 꿇고 앉았다. 노파는 내 쪽으로 상체를 숙이지도 않고 의자에 기대앉아 나를 그저 가만히 바라보기만 했다. 그리고는 중얼거리기 시작했다.

"눈동자 속에 불꽃이 일렁이고 눈은 이슬처럼 반짝거리는군. 부드러운 눈빛에는 풍부한 감정이 담겨 있고, 내가 횡설수설해도 미소를 지어주지. 맑은 눈동자에는 여러 가지 감정이 끊임없이 떠올라 미소가 사라지면 슬픔이 어리고 눈가에는 권태가 깃들어 있어. 외로워서 우울해지는 거지. 시선이 나를 피하는군. 더는 탐색하지 못하게 하려는 거지. 벌써 진심을 읽었는데도 비웃는 듯한 눈빛으로 애써 부정하는 듯해. 감정이 풍부하고 우울하다는 내 말을 부인하고, 자존심이 세고 신중하다는 것만 인정하는군. 훌륭한 눈이야.

입을 얘기하자면 머리로 생각한 것은 무엇이든 이야기하려 하지만 마음으로 느낀 것은 거의 입에 담지 않는군. 자유롭게 움직이고 변화하는 입술을 영원히 고독하게 침묵하도록 할 수는 없을 거야. 많이 떠들고 자주 웃고 상대한테 인간적인 애정을 가져야 해. 입술도 적당하군.

당신 팔자에 가장 큰 골칫거리는 이마야. 이마가 이렇게 말하고 있어. '자존심과 환경 때문에 어쩔 수 없다면 혼자 살 수 있어. 행복을 사겠다고 영혼을 팔 수는 없지. 나한테는 타고난 보물이 있어. 외부의 즐거움이 모두 가로막히고 내가 감당할 수 없는 대가를 요구하더라도 이 보물만 있으면 난 살아갈 수 있어.' 이렇게도 외치는군. '흔들리지 않는 이성이 나를 지배하고 있어. 그러니 감정이 터져 나와 깊은 낭떠러지로 몰고 갈 수 없게 할 거야. 열정이 진짜 야만인처럼 미쳐 날뛰고 욕망은 온갖 헛된 꿈을 그릴지 몰라. 하지만 판단력이 마지막으로 모든 것에 대한 결론을 내릴 거야. 그리고 선택하겠지. 폭풍이 일고

지진이 나고 화재가 발생해도 나는 양심의 명령에 따르는 저 조곤조곤한 목소리를 따르겠어.'

이마여, 말을 잘했군. 그 말을 존중하겠어. 나는 양심과 이성의 조언을 고려해 계획도 세웠지. 옳은 계획이라고 믿어. 행복이 내민 술잔 속에 수치심이나 회한이 약간이라도 들어 있다면 순식간에 청춘은 사라지고 꽃이 시든다는 걸 알고 있어. 나는 희생이나 슬픔, 죽음을 원치 않아. 내 취향이 아니지. 나는 돌봐주고 싶지 망가뜨리고 싶진 않아. 나는 보답을 받고 싶지 피눈물, 아니 그냥 눈물도 흘리게 하고 싶지 않아. 미소 짓고 애정을 담은 말을 건네며 즐겁게 결실을 맺을 거야. 그거면 충분해. 내가 아주 아름다운 망상을 하면서 지껄이고 있었군. 지금 이 순간이 영원히 계속되면 좋겠지만 감히 그렇게 바랄 순 없겠지. 지금까지 나는 철저히 스스로를 자제했소. 내가 하기로 맹세한 행동만 해왔지. 하지만 더는 힘에 부치는군. 에어 양, 일어나요. 그리고 이 방에서 나가시오. 이제 연극은 끝났소."

여긴 어디지? 내가 깨어 있었나? 꿈을 꾸었나? 노파의 목소리가 변했다. 그녀의 말투나 행동, 모든 것이 거울 속의 내 얼굴을 보듯 낯이 익었다. 마치 내 입으로 말하고 있는 듯했다. 일어서긴 했지만 나는 나가지 않았다. 노파를 살펴봤다. 난롯불을 뒤적인 뒤 다시 한 번 보았다. 노파는 모자를 얼굴 쪽으로 바짝 잡아당기며 내게 나가라고 손짓했다. 난로 불빛이 노파의 손을 비췄다. 정신을 차린 나는 뭔가 발견할 기회를 노리며 그 손을 살펴봤다. 그것은 더 이상 노인의 쭈글쭈글한 손이 아니었다. 둥글고 탄력 있는 손, 균형 잡힌 부드러운 손가락이었다. 새끼손가락에 낀 굵은 반지가 반짝거렸다. 나는 앞으로 고개를 숙여 손을 살폈다. 전에 수도 없이 봤던 보석이었다. 다시 얼굴을 쳐다보았다. 상대는 고개를 돌리지 않았다. 오히려 끈을 풀어 모자를 벗고 고개를 내밀었다.

"제인, 나를 알아본 거요?"

익숙한 목소리였다.

"그 붉은 망토를 벗어보세요. 그리고……."

"끈이 엉켜버렸소. 도와주시오."

"잘라버리세요."

"그렇다면 빌린 옷아, 가버려라!"

로체스터 씨는 망토를 벗어던졌다.

"이게 무슨 해괴한 생각이에요."

"성공했지 않소? 그렇지?"

"아가씨들에게는 그랬겠지요."

"당신은 아니고?"

"저한테는 집시인 척하신 게 아니잖아요."

"그러면 내가 누구인 척했다는 거요? 나 자신?"

"아뇨, 뭔지 설명할 순 없어요. 어쨌든 저한테서 뭔가를 끌어

내려고, 아니 끌어들이려고 했잖아요. 말도 안 되는 소리로 제가 말도 안 되는 소리를 하도록 만들려고 했죠. 이건 옳은 행동이 아니에요."

"제인, 용서해줄 거요?"

"좀 더 생각해보기 전에는 모르겠어요. 돌이켜봐서 제가 크게 실수하지 않았으면 용서해드릴게요. 하지만 정말 이건 옳지 않은 짓이에요."

"당신은 아주 올바르고 현명하게 처신했소. 매우 신중하고 합리적이었지."

돌이켜 생각해보니 대체적으로 그랬던 것 같다. 사실 재미도 있었다. 하지만 나는 거의 시작부터 경계하고 있었다. 왠지 상대가 뭔가 감추고 있다는 의심이 들었다. 나는 집시나 점쟁이들이 그 노파처럼 느낀 것을 표현하지 않는다는 사실을 알았다. 더구나 목소리를 꾸며내며 얼굴을 감추려고 전전긍긍하는 것도 눈치 챘다. 그러나 나는 그레이스 풀이 아닐까 생각했다. 그녀는 내게 살아 있는 수수께끼이자 미스터리 중에서도 미스터리였기 때문이다. 로체스터 씨일 거라고는 짐작도 하지 못했다.

"무슨 생각을 하는 거요? 도대체 그 심상치 않은 미소는 무슨 뜻이오?"

로체스터 씨가 물었다.

"놀라면서 자축하고 있는 거예요. 이제 나가봐도 되죠?"

"아니, 조금만 더 있다가. 저기 응접실에 있는 손님들이 뭐하고 있는지 알려주시오."

"잡시 이야기를 하겠죠."

"앉아봐요. 어떤 이야기를 했는지 알려줘요."

"너무 오래 있지 않는 게 좋겠어요. 벌써 열한 시가 다 됐을 거예요. 아, 참! 아침에 떠나신 뒤에 낯선 신사 한 분이 오셨어요. 아세요?"

"낯선 신사? 몰랐소. 누구지? 오기로 한 사람이 없는데. 돌아갔소?"

"아뇨. 오랜 친구 사이라면서 실례지만 돌아오실 때까지 기다리겠다고 하던데요."

"그랬다고? 자기 이름은 밝혔나?"

"메이슨 씨라고 하셨어요. 서인도제도 자메이카의 스패니시 타운에서 오셨다고."

이때 로체스터 씨는 내 곁에 서 있었다. 나를 의자로 데리고 가려 했는지 내 손을 잡고 있었다. 그런데 내 말을 듣고 나서 그는 손을 부들부들 떨더니 내 손을 꽉 움켜쥐었다. 입가의 미소도 사라졌다. 경련이 일어나 숨이 턱 막혀버린 것 같았다.

"메이슨! 서인도제도!"

그는 마치 한 단어만 말하는 기계 같은 말투로 외쳤다.

"메이슨! 서인도제도!"

그는 이 말을 세 번이나 반복했고 얼굴은 점점 잿빛으로 변했다. 자신이 뭘 하고 있는지도 모르는 듯했다.

"어디 편찮으세요?"

내가 물었다.

"제인, 지난번에 어깨를 빌려주겠다고 했지. 이번에 그것을 빌려도 되겠소?"

"네, 그럼요. 제 팔도 잡으세요."

　그는 의자에 앉더니 나도 자기 옆에 앉혔다. 두 손으로 내 손을 잡고 비볐다. 그러면서 매우 불안하고 서글픈 표정으로 나를 바라봤다.

"내 작은 친구여, 우리 둘만 조용한 섬에 있으면 좋겠소. 골칫거리나 위험 같은 것도 없고 끔찍한 기억도 다 사라지면 얼마나 좋을까."

　그가 말했다.

"제가 도울 수 있는 일이 있나요? 필요하다고 하시면 목숨도 바칠게요."

"제인, 도움이 필요하면 꼭 당신에게 청하겠소. 약속하리다."

"고마워요. 뭘 해야 할지만 알려주세요. 최대한 애써볼게요."

"우선 식당에서 와인 한 잔만 가져다주시오. 손님들은 밤참을 먹고 있을 거요. 메이슨이 거기에 있는지, 지금 뭘 하는지도 말해줘요."

나는 식당으로 갔다. 로체스터 씨의 말대로 모두 식당에서 밤참을 먹고 있었다. 하지만 다들 식탁에 앉아 있지는 않았다. 밤참은 탁자 위에 차려져 있었다. 손님들은 각자 접시나 유리잔에 음식을 골라 담아 손에 들고 여기저기 삼삼오오 모여 서 있었다. 다들 매우 즐거워 보였다. 웃고 떠드는 소리에 활기가 넘쳤다. 메이슨 씨는 난롯가에서 덴트 대령 부부와 이야기를 나누고 있었는데 다른 사람들처럼 즐거워 보였다. 나는 포도주를 잔에 따라 가지고 서재로 돌아왔다. 그 모습을 잉그램 양이 인상을 찌푸리며 지켜보았다. 그녀는 내가 무례한 짓을 한다고 생각했을 것이다.

백짓장처럼 창백하던 안색이 평소대로 돌아왔지만 로체스터 씨는 여전히 심각한 표정을 짓고 있었다. 그는 포도주 잔을 받아 들었다.

"봉사의 요정인 당신의 건강을 위해 건배!"

그는 포도주를 들이켜고 빈 잔을 돌려주었다.

"제인, 다들 뭐하고 있소?"

"웃으면서 이야기하고 계셨어요."

"다들 이상하거나 심각해 보이지는 않았소? 괴상한 이야기라도 들은 것처럼 말이오."

"전혀요. 다들 농담하고 유쾌한 분위기였어요."

"메이슨은?"

"그분도 웃고 계셨어요."

"저 사람들이 다 같이 몰려와 내게 침을 뱉는다면 당신은 어떻게 하겠소?"

"방에서 내쫓아버려야죠. 할 수만 있다면요."

로체스터 씨가 희미하게 미소를 지었다.

"하지만 내가 저 사람들 앞에 나타났을 때 다들 나를 차갑게 외면하고 비웃는다면? 그러면서 자기들끼리 수군거리다가 한 명 한 명 나가버려 결국 나 혼자만 남겨진다면 그때는 어쩌겠소? 당신도 같이 나갈 거요?"

"안 그럴 것 같아요. 저는 그 방에 함께 남아 있겠어요."

"나를 위로하려고?"

"네. 제가 할 수 있는 한 온 힘을 다해 위로하려고요."

"그런데 사람들이 내 곁에 있지 못하게 한다면?"

"저는 아마 사람들이 그렇게 하는지도 모를 거예요. 알게 된다고 해도 전혀 상관하지 않겠어요."

"그럼 나를 위해 세상의 비난을 무릅쓸 수 있다는 거요?"

"저는 그럴 만한 친구를 위해서라면 비난 같은 건 감수할 수 있어요. 특히 당신 같은 분이면 당연히 그래야죠."

"이제 응접실로 돌아가요. 조용히 메이슨에게 가서 귓속말로 로체스터 씨가 돌아왔고 만나고 싶어 한다고 전해요. 그다음 그를 여기로 안내해주고 돌아가요."

“네.”

나는 시키는 대로 했다. 손님들은 내가 망설이지 않고 그들 사이를 지나치자 모두 나를 빤히 쳐다봤다. 나는 곧바로 메이슨 씨에게 다가가 로체스터 씨의 말을 전한 다음 그를 서재로 안내한 뒤 2층으로 올라갔다.

밤이 깊었다. 침대에 누운 뒤 꽤 늦은 시각이 되어서야 손님들이 각자 침실로 들어가는 소리가 들렸다. 그 가운데 로체스터 씨의 목소리도 들렸다.

“메이슨, 이쪽이야. 여기가 자네 방일세.”

그의 목소리는 활기찼다. 밝아진 그의 말투를 듣자 내 마음이 한결 편해졌다. 그리고 이내 잠이 들었다.

제20장

그날은 침실에 커튼을 치고 창문의 덧문을 내리는 걸 깜빡했다. 유난히 하늘이 맑게 개어 있던 그날 밤, 휘영청 밝은 보름달이 내 방 유리창 너머까지 비추는 바람에 나는 그 빛에 눈이 부셔 잠에서 깼다. 한밤중에 일어나 눈을 뜨니 은백색의 둥근 달이 보였다. 아름다우면서도 몹시 경건했다. 나는 몸을 반쯤 일으켜 팔을 뻗어 커튼을 치려고 했다.

그런데 그때 귀청이 찢어질 듯 날카롭고 거친 비명 소리가 손 필드 저택에 울려 퍼졌다. 그와 동시에 그날 밤의 고요와 평온함도 모두 깨지고 말았다.

맙소사! 이게 웬 비명 소리지.

맥박이 뛰지 않고 심장도 멎어버린 듯했다. 뻗었던 팔도 마비틘 듯 움직이지 않았다. 비명은 그쳤다. 누가 그랬건 사람이라면 그렇게 무시무시한 비명을 연달아 지르지는 못할 것이다. 안데스 산맥에 사는 커다란 날개를 가진 콘도르도 구름으로 뒤덮인 봉우리 속에서 두 번 연속해서 그렇게 울부짖을 수는 없을 것이다. 그처럼 온 힘을 다해 소리 지르고 나면 한동안 쉬지 않고는 또 그렇게 소리 지를 수 없을 테니까.

비명 소리는 3층에서 들려왔다. 그렇다, 바로 내 머리 위에서 나는 소리였다. 내 방 바로 위층에서 이번에는 다투는 소리가 들려왔다. 소리로 미루어보아 격렬한 싸움인 듯했다. 그러더니 반쯤 숨이 막힌 목소리도 들렸다.

"사람 살려! 사람 살려! 사람 살려!"

다급한 듯 세 번이나 외쳤다.

"아무도 없어?"

누군가 외치더니 거칠게 비틀거리며 발을 쿵쿵 구르는 소리가 계속됐다. 그리고 회반죽을 바르고 널빤지를 덧댄 벽을 통해 이런 소리가 들렸다.

"로체스터! 로체스터! 제발 좀 와줘!"

어느 침실 문이 열리고 누군가 복도를 달려갔다. 아니 돌진하고 있었다.

이번에는 쿵쿵 뛰는 소리가 머리 위 3층 바닥에서 들렸다. 그러자 쿵 하고 무언가 넘어지더니 잠잠해졌다.

나는 무서워서 온몸이 부들부들 떨렸지만 아무 옷이나 걸치고 방에서 뛰쳐나갔다. 자고 있던 사람들은 비명을 지르거나 잠에서 깨어 겁에 질려 수군거리고 있었다. 차례로 방문이 열리더니 사람들이 하나둘 나와 어느새 복도를 가득 채웠다. 신사와 부인들도 방에서 나왔다.

"그게 뭐였지?", "누가 다쳤소?", "무슨 일이오?", "촛불을 가져와요!", "불이라도 났나?", "도둑이 들었소?", "어디로 가야 하지?" 등 사방팔방에서 떠들어대는 소리가 들렸다. 달빛이 없었더라면 모두 칠흑 같은 어둠 속에 서 있었을 것이다. 모두 이리저리 정신없이 뛰어다니다 한데 모여서는 넘어지고 난리법석이었다. 이 소란에서 쉽게 벗어날 수 없을 것 같았다.

"도대체 로체스터 씨는 어디 있는 거지?"

덴트 대령이 소리쳤다.

"침대에도 없던데."

"여기 있소! 여기! 다들 진정하세요. 가고 있습니다."

외치는 소리가 들렸다.

그러더니 복도 끝에 있는 문이 열리면서 로체스터 씨가 촛불을 들고 나타났다. 막 3층에서 내려오고 있었다. 한 여성이 곧장 그에게 달려가 팔을 붙잡았다. 잉그램 양이었다.

"무슨 끔찍한 일이라도 생겼나요? 얼른 알려주세요. 무서운 이야기더라도 당장 해주세요."

"잡아당기거나 숨 막히게는 하지 말아 주시오."

로체스터 씨가 대답했다. 애슈턴 자매가 그에게 달려가 매달렸고 헐렁한 흰 잠옷을 입은 두 미망인은 돛을 활짝 펼친 배처럼 전속력으로 그에게 달려갔다.

"괜찮아요! 괜찮아!"

로체스터 씨가 외쳤다.

"이건 그냥 《헛소동》(셰익스피어의 희곡—옮긴이)의 예행 연습일 뿐입니다. 여러분, 물러서세요. 그러지 않으면 무시무시한 꼴을 보게 될 겁니다."

이렇게 말하는 그의 표정은 정말 험악했다. 검은 눈에 불꽃이 일고 있었다. 애써 감정을 억누르고 마음을 가다듬은 그는 이렇게 덧붙였다.

"하녀 하나가 악몽을 꿨더군요. 그게 답니다. 흥분을 잘하고 신경질적인 여자예요. 자기가 꾼 꿈을 진짜 유령이나 그 비슷한 것이 나타난 걸로 착각했나 봅니다. 그리고 놀라서 발작을 일으킨 거지요. 이제 모두 각자 방으로 돌아가세요. 집안이 조용해져야 그 여자를 진정시킬 수 있을 테니까요. 신사분들이 숙녀분들에게 모범을 보여주세요. 잉그램 양, 난 당신이 이 별것 아닌 소동 따위는 개의치 않는다는 걸 보여주시리라 믿겠소. 한 쌍의 비둘기 같은 에이미 양과 루이자 양, 우아하게 각자의 방으로 돌아가 주시오. (미망인들을 향해 말했다.) 부인들, 이렇게 추운 복도에 오래 서 있으면 틀림없이 감기에 걸리실 겁니다."

이렇게 로체스터 씨가 달래고 지시하자 모두 각자의 침실로 돌아갔다. 나는 그가 돌아가라고 하기 전 아무도 모르게 방으로 돌아왔다. 방을 나올 때 아무도 몰랐던 것처럼 말이다.

그러나 나는 잠자리에 들지 않았다. 반대로 조용히 옷을 입었다. 비명 소리가 난 뒤 들린 시끄러운 소음과 말소리는 나만 들었을 것이다. 그 소리가 바로 내 윗방에서 들렸기 때문이다.

나는 이 집을 공포에 몰아넣은 소리가 하녀의 악몽이 아니며 로체스터 씨가 손님들을 진정시키려고 지어낸 이야기라고 확신했다. 그래서 만일의 사태에 대비해 옷을 챙겨 입은 것이다.

창가에 앉아서 달빛을 받아 고요한 정원과 은색으로 빛나는 들판을 바라보며 나도 모르는 뭔가를 한참 기다렸다. 울부짖고 싸우는 소리가 들렸으니 무슨 사건이 벌어질 것만 같았다.

그러나 아니었다. 주변은 다시 고요해졌다. 중얼대는 소리와 인기척은 점차 사라져 한 시간쯤 지나자 손필드 저택은 다시 사막처럼 조용해졌다. 깊은 밤 한가운데 온 세상이 잠들어 있는 듯했다. 그동안 달이 기울려 하고 있었다. 춥고 어두운데 더는 앉아 있고 싶지 않아서 나는 옷을 입은 채 침대에 눕기로 했다. 소리가 나지 않게 카펫 위를 걸어 창가에서 침대로 갔다. 구두를 벗으려고 허리를 굽히는데 조심스럽게 똑똑 방문 두드리는 소리가 들렸다.

"저를 찾으시는 건가요?"

"일어나 있소?"

예상했던 목소리가 들렸다. 바로 이 집 주인의 목소리였다.

"네."

"옷도 입은 채로?"

"네."

"그럼 조용히 나와요."

조용히 밖으로 나가니 로체스터 씨가 촛불을 들고 복도에 서 있었다.

"당신 도움이 필요해요. 이리 와요. 천천히 그리고 조용히."

내 실내화는 얇아서 카펫이 깔린 복도 위를 고양이처럼 살금살금 걸어갈 수 있었다. 그는 미끄러지듯 복도를 지나고 계단을 올라갔다. 그리고 불길한 3층에 도착해 어둡고 천장이 낮은 복도에서 멈춰 섰다. 나 또한 그를 따라가다 멈춰 섰다.

"방에 해면이 있소?"

"네."

"염제는? 각성제 말이오."

"있어요."

"가서 둘 다 가져와요."

나는 방으로 돌아가 세면대 위에 놓인 해면과 서랍에 들어 있던 염제를 찾아왔다. 그는 열쇠를 손에 들고 여전히 나를 기다리고 있었다. 그리고 작고 검은 문으로 다가가 열쇠를 자물쇠 구멍에 넣고 잠시 멈추더니 내게 다시 물었다.

"피를 보면 속이 뒤틀린다거나 쓰러지거나 하지는 않소?"

"괜찮을 것 같아요. 아직 본 적은 없지만."

나는 이렇게 대답하면서도 오싹한 기분이 들었다. 하지만 몸이 얼어붙거나 쓰러질 것 같지는 않았다.

"손을 이리 줘봐요. 갑자기 기절하면 안 되지."

나는 내 손을 건넸다.

"따뜻하고 떨리지도 않는군."

그는 이렇게 말하고 열쇠를 돌려 문을 열었다. 페어팩스 부인이 저택을 구경시켜주던 날 본 적이 있는 방이었다. 그때는 방한쪽에 휘장이 걸려 있었다. 지금은 그 휘장 한쪽이 걷혀 있고 그 안쪽에 지금까지 감춰져 있던 문이 보였다. 문은 열려 있고 방 안에서 불빛이 새어나왔다. 거기서 마치 개가 싸우는 듯 으르렁거리며 잡아채는 듯한 소리가 들렸다. 로체스터 씨가 촛불을 내려놓고 내게 말했다.

"잠깐 기다려요."

그러고는 안으로 들어갔다. 커다란 웃음소리가 들려왔다. 처음에는 시끄럽다가 마지막에는 "하! 하!" 하는 그레이스 풀의 마귀 같은 웃음소리가 들려왔다. 그 여자가 거기 있었다. 누군가 낮은 목소리로 로체스터 씨에게 말을 걸었지만 그는 대꾸도 하지 않고 뭔가를 정리하는 듯했다. 그리고 다시 나와 문을 닫았다.

"이리 와요, 제인!"

나는 커다란 침대 반대편으로 갔다. 침대 커튼이 방을 꽤 많이 가리고 있었다.

침대 머리맡에 안락의자가 놓여 있고 한 남자가 겉옷을 벗은 채 앉아 있었다. 그 남자는 미동도 없이 머리를 뒤로 기댄 채 눈을 감고 있었다. 로체스터 씨가 그 남자를 촛불로 비추었다. 나는 창백하고 죽은 것처럼 보이는 그 얼굴이 누군지 알아봤다. 바로 메이슨 씨였다. 그의 한쪽 팔과 한쪽 셔츠가 피로 흠뻑 젖어 있었다.

"촛불을 들어요."

로체스터 씨의 말에 나는 촛불을 받아 들었다. 그는 세면대에서 물이 담긴 대야를 가져왔다.

"들고 있어요."

나는 시키는 대로 했다. 로체스터 씨는 해면을 가져가 대야에 담갔다가 꺼낸 뒤 시체 같은 메이슨 씨의 얼굴을 적셨다. 그리고 염제가 든 병을 건네받아 그의 코로 가져갔다. 메이슨 씨가 이내 눈을 뜨면서 신음했다. 그는 상처 입은 메이슨 씨의 셔츠를 벗겼다. 팔과 어깨에 붕대가 감겨 있었다. 로체스터 씨는 줄줄 흘러내리는 피를 해면으로 닦아냈다.

"위험한 상태인가?"

메이슨 씨가 중얼거렸다.

"무슨 소리! 아니야, 살짝 긁힌 것뿐일세. 맥없이 있지 말고 버티게! 지금 당장 내가 가서 의사를 불러오겠네. 아침이면 자네는 다른 곳에 가 있을 거야. 그리고 제인……."

"네?"

그가 말을 이었다.

"당신은 여기서 한두 시간쯤 이 사람과 같이 있어 줘요. 내가 한 것처럼 피가 흐르면 닦아내고. 이 사람이 정신을 잃으면 저 세면대에 있는 물을 한 컵 떠서 입술에 갖다 대고 염제를 코 가까이로 가져가요. 무슨 일이 있어도 이 사람에게 말은 걸지 말아요. 그리고 리처드, 자네가 이 여자에게 말을 건다면 목숨을 거는 거나 마찬가지일세. 입을 열었다가 괜히 흥분하기라도 하면 그 뒤는 장담 못 하네."

가엾은 남자가 다시 신음했다. 몸을 움직일 수 없는 듯했다. 죽음의 공포인지 아니면 어떤 다른 공포를 느끼는 건지 도저히 꼼짝달싹할 수 없는 듯 보였다. 로체스터 씨는 피범벅이 된 해면을 내 손에 쥐여주었다. 나는 그가 하던 대로 해면으로 피를 닦기 시작했다. 그는 잠시 나를 바라보다가 "명심해요, 아무 말도 하지 말아요" 하고는 방을 나갔다. 문이 잠기는 소리가 나더니 그의 발소리도 점점 멀어져 더는 들리지 않게 되었다. 그러자 묘한 기분이 들었다. 그렇게 나는 3층의 비밀스러운 작은 방에 갇혔다. 깊은 밤 한가운데 내 눈과 손 아래에는 창백한 피투성이의 남자가 있었다. 겨우 저 문 하나로 살인자의 공격을 막기엔 역부족일 것이다. 그렇다. 간담이 서늘했다. 다른 건 다 참을 수 있지만 그레이스 풀이 내게 달려들 거라고 생각하면 소름이 끼쳤다.

그러나 나는 내 자리를 지켜야 했다. 이 핏기 없는 얼굴을 지켜봐야 했다. 새파란 입술은 말을 금지당한 채 꾹 닫혀 있었고 공포로 멍해진 눈은 떴다 감았다를 반복하며 방 안을 두리번거리다가 나를 바라보기도 했다. 나는 대야 속 핏물에 연신 손을 담가 흘러내리는 피를 닦아냈다. 그러는 사이 촛불 심지를 잘라주지 않아 불빛이 희미해졌다. 검은 그림자가 나를 둘러싼 커튼 위에 어른거리고 커다랗고 오래된 침대 커튼의 아랫자락에서 점점 커지더니 맞은편의 거대한 옷장 위에서 흔들거렸다. 열두 장의 판으로 나눠진 옷장에는 각 판마다 짝을 맞춰 열두 제자의 무서운 얼굴이 하나씩 그려져 있었다. 그 옷장 맨 꼭대기에는 흑단목 십자가에 박힌 고난의 그리스도상이 올려져 있었다.

여기저기서 그림자가 움직이고 불빛이 깜빡거리면서 이번에는 잔뜩 찌푸린 턱수염이 난 의사 '누가'가 나타났다가 다음에는 긴 머리칼이 물결치는 성 요한이 나타났다. 곧이어 유다의 악마 같은 얼굴이 판 밖까지 점점 커지더니 사탄 자신인 배신자의 얼굴로 생생하게 변해갔다.

나는 이 모습을 지켜보면서 안쪽 방에 있는 야수인지 악마인지 모를 뭔가가 움직이는 소리에도 귀를 기울여야 했다. 그런데 로체스터 씨가 방에 들어갔다 나온 다음부터는 마법에라도 걸려 꼼짝하지 못하는 듯했다. 밤새 긴 간격을 두고 겨우 세 번 정도 소리가 들렸다. 처음에는 걸을 때 마룻바닥이 삐걱거리는 소리가 나더니 개가 으르렁대는 소리가 다시 잠깐 들렸고 사람이 나지막하게 신음하는 소리도 들렸다.

그동안 여러 생각이 나를 괴롭혔다. 도대체 무슨 죄이기에 인간의 탈을 쓰고 외딴 저택에 들어와 살면서 집주인이 내쫓을 수도 없고 막을 수도 없는 것일까? 도대체 무슨 비밀이 있기에 한밤중에 불이 나고 사람이 피까지 흘리게 된 걸까? 평범한 여자의 얼굴과 모습을 하고 있으면서 악마의 웃음소리를 내고 돌연 썩은 고기를 찾는 듯 사나운 짐승의 소리를 내는 그 존재는 대체 뭘까?

그리고 내가 내려다보고 있는 이 남자, 평범하고 조용한 이 낯선 남자는 어쩌다 무시무시한 거미줄에 걸려들었을까? 저 복수의 여신은 왜 그에게 덤벼들었을까? 이 남자는 침대에서 자고 있어야 할 늦은 시간에 왜 이 방을 찾아온 것일까? 나는 분명 로체스터 씨가 아래층 침실을 내주는 소리를 들었다. 그런데 왜 여기로 온 걸까? 또한 왜 폭행인지 배반인지 뭐든 간에 이렇게 고분고분 당하고 있는 걸까? 왜 로체스터 씨가 시키는 대로 순순히 사실을 감추고 있는 걸까? 왜 로체스터 씨는 아무 말도 하지 말라고 했을까? 손님이 상처를 입었고 지난번에는 끔찍하게도 그 자신이 죽을 뻔했다. 그런데 그는 그 두 번의 사건을 은폐하려고 했다. 마지막으로 내가 보기에 메이슨 씨는 로체스터 씨에게 매우 순종적이었다. 로체스터 씨는 순한 메이슨 씨를 완전히 좌지우지하고 있었다. 둘 사이의 대화 몇 마디만 듣고도 확실히 알 수 있었다. 예전부터 적극적인 한쪽이 수동적인 상대방을 이끌어온 듯했다. 그런데 로체스터 씨는 메이슨 씨가 왔다는 말을 듣고 왜 놀랐던 걸까? 지금은 말 몇 마디로 어린아이 다루듯 하면서 몇 시간 전에는 이처럼 온순한 사람의 이름만 듣고도 벼락을 맞은 나무처럼 부들부들 떨었다.

아! 나는 "제인, 이럴 수가…… 이럴 수가" 하고 중얼거리던 로체스터 씨의 표정과 창백한 안색을 잊을 수가 없었다. 내 어깨 위에서 떨리던 팔의 감촉도 잊히지가 않았다. 그의 굳센 의지를 꺾고 건장한 몸을 떨리게 만들었다면 결코 사소한 문제는 아닐 것이다.

'언제 오실까? 언제 오시는 거지?'

나는 속으로 외쳤다.

밤은 깊어가고 피 흘리는 환자는 축 늘어져 신음하고 있는데 날은 밝지 않고 구해줄 사람도 소식이 없었다. 나는 새하얗게 변한 메이슨 씨의 입술에 쉴 새 없이 물을 축여주고 정신을 차리도록 염제를 코에 갖다 대었다. 그러나 별 효과가 없는 듯했다. 몸이 고통스러운지, 마음이 고통스러운지, 출혈이 심해서 그러는지, 아니면 세 가지가 다 섞여 그러는지 그는 점점 기진맥진해졌다. 자꾸만 신음을 하고 약해지더니 정신을 잃은 듯 보였다. 나는 그가 죽을지도 모른다는 생각이 들자 두려웠다. 하지만 그에게 말을 건넬 수가 없었다.

마침내 촛불이 다 타버렸다. 촛불이 꺼지자 창문 끝자락에 회색 빛줄기가 비쳤다. 새벽이 다가오고 있었다. 곧이어 파일럿이 뒷마당 저 멀리에 있는 개집에서 뛰쳐나와 짖는 소리가 희미하게 들렸다. 희망이 되살아났다. 터무니없는 희망이 아니었다. 오 분쯤 지나자 누군가 열쇠를 꽂고 문을 여는 소리가 들렸다. 드디어 보초를 서던 내 임무가 끝났다는 뜻이다. 두 시간도 되지 않았는데 몇 주일이 지난 것처럼 길게 느껴졌다.

로체스터 씨와 의사가 함께 들어왔다.

"카터, 그럼 조심해주게."

로체스터 씨가 의사에게 말했다.

"삼십 분을 줄 테니 상처를 치료하고 붕대를 감은 다음 아래층으로 환자를 옮겨야 하네."

"움직여도 괜찮을까요?"

"염려하지 말게. 심각한 정도는 아니니까. 긴장한 거야. 정신을 차리게 해줘야 하네. 자, 시작하게."

로체스터 씨는 두꺼운 커튼을 걷고 무명으로 된 블라인드를 올려 빛이 방 안으로 최대한 많이 들어오도록 했다. 벌써 날이 밝아오는지 장밋빛으로 물든 구름 몇 점이 동쪽 하늘을 점차 밝히고 있었다. 놀랍기도 하고 힘도 났다. 그런 다음 로체스터 씨는 메이슨 씨에게 다가갔다. 의사는 이미 치료를 시작했다.

"자, 친구. 좀 어떤가?"

로체스터 씨가 물었다.

"나는 그녀의 손에 죽게 될까 봐 두렵네."

메이슨 씨가 들릴 듯 말 듯 대답했다.

"절대 그럴 리 없어! 용기를 내라고! 이 주일 정도만 지나면 멀쩡해질 걸세. 피를 좀 흘리기는 했지만 그것뿐이야. 카터, 위험하지 않다고 이 사람을 안심시켜주게."

"제 양심을 걸고 약속드리겠습니다. 제가 좀 더 빨리 왔더라면 이렇게 피를 많이 흘리지 않았을 텐데. 그런데 어쩌다 이렇게 됐죠? 어깨살이 베인 것만 아니라 찢어지기까지 했어요. 이런 상처는 칼로 난 게 아닌데요. 여기 이로 문 자국이 있네요."

카터 씨가 붕대 감기를 마치고 말했다.

"그녀가 나를 물어뜯었어. 로체스터가 칼을 빼앗자 호랑이처럼 나를 물어버린 거지."

메이슨 씨가 중얼거렸다.

"물러서지 말았어야지. 곧바로 맞서 싸웠어야 했어."

로체스터 씨가 말했다.

"하지만 그런 상황에서 뭘 할 수 있겠나! 끔찍했어."

메이슨 씨가 몸서리치며 대꾸했다.

"그럴 줄은 정말 몰랐어. 처음에는 정말 차분해 보였다고."

"내가 미리 경고했잖나. 그녀 곁에 가까이 가려면 최대한 조심하라고. 내일까지 기다렸다가 나와 함께 갔으면 될 것을. 오늘 밤에, 그것도 혼자 가다니 어리석은 짓이었네."

로체스터 씨가 말했다.

"조금이라도 도움이 되지 않을까 생각했지."

"생각! 생각이라고 했나? 그래, 도저히 듣고 있을 수가 없군. 하지만 결국 자네는 벌을 받고 말았네. 내 충고를 무시한 대가로 충분히 벌을 받은 것 같으니 더는 말하지 않겠네. 카터, 서두르게 서둘러! 이제 곧 해가 뜰 거야. 그때까지 이 친구를 내보내야 하네."

"거의 다 됐습니다. 어깨에 난 상처에는 붕대를 다 감았고 팔에 난 다른 상처도 좀 살펴봐야겠어요. 여기도 이에 물린 상처가 있네요."

"그녀가 피를 빨아먹었어. 내 심장의 피를 모조리 빨아먹겠다고 했어."

메이슨 씨가 말했다.

나는 로체스터 씨가 몸서리치는 것을 보았다. 얼굴에 혐오감과 공포심, 증오가 뚜렷이 떠오르며 일그러졌다. 하지만 그는 그저 이렇게만 말했다.

"아, 리처드. 조용히 하게. 그녀의 헛소리는 신경 쓰지 말고. 그 이야기는 두 번 다시 꺼내지도 마."

"나도 잊어버렸으면 좋겠네."

"이 나라를 떠나면 잊어버릴 걸세. 스패니시타운으로 돌아가면 그 여자가 죽거나 땅에 묻혔다고 생각하게 될 거야. 아니, 아예 생각할 필요도 없네."

"오늘 밤 일을 어떻게 잊겠나!"

"그렇지 않대도! 기운 좀 차리게. 두 시간 전에는 죽을 줄 알았다가 지금은 살아서 멀쩡히 말도 하고 있지 않나. 카터가 벌써 치료를 마쳤군. 거의 다 됐네. 내가 금세 자네를 말쑥하게 만들어주겠네."

그러더니 그는 돌아온 뒤 처음으로 나를 보며 말했다.

"제인, 이 열쇠를 가지고 아래층 내 침실로 가요. 방 앞쪽으로 그대로 쭉 가면 의상실이 나올 거요. 그 안 옷장 맨 위 서랍에서 깨끗한 셔츠와 네커치프를 가져와요. 빨리."

나는 그가 말한 대로 침실로 가서 옷장에서 물건을 찾아 가지고 돌아왔다.

"이제 침대 저편으로 가요. 옷을 갈아입혀야 하니까. 하지만 방에서 나가지는 말아요. 또 부탁할 게 있을지도 모르니까."

시키는 대로 나는 침대 반대편으로 갔다.

"제인, 아래층에 내려갔을 때 혹시 일어난 사람은 없었소?"

곧 로체스터 씨가 물었다.

"아뇨, 조용했어요."

"리처드, 자네를 감쪽같이 보내주겠네. 그러는 편이 자네나 저 뒤편에 있는 가엾은 사람을 위해 더 나을 걸세. 오랫동안 남들 눈에 띄지 않으려고 애썼는데 결국 이런 식으로 드러내고 싶지는 않아. 이봐 카터, 조끼를 입혀주게. 자네 모피코트는 어디 있지? 이렇게 추운 날씨에 1킬로미터도 훨씬 넘는 거리를 코트 없이 갈 수는 없지 않나. 자네 방에 있나? 제인, 메이슨 씨 방이 바로 내 옆방이니 가서 모피코트를 가져와요."

나는 다시 달려가서 안감과 가장자리가 모피로 된 커다란 코트를 가져왔다.

"또 부탁할 게 있소."

로체스터 씨는 지치지도 않는지 또다시 말했다.

"내 방에 다시 갔다 와주시오. 당신이 벨벳 신을 신고 있어서 얼마나 다행인지 몰라. 아둔한 하인들은 이런 상황에서 절대 도움이 안 될 텐데. 내 화장대 가운데 서랍에 들어 있는 작은 약병과 유리잔을 꺼내 와요, 빨리!"

나는 얼른 달려가서 물건을 가지고 돌아왔다.

"이제 됐군! 자, 의사 양반. 약을 좀 먹여야겠네. 내가 책임지지. 로마에서 이탈리아 사기꾼한테 산 강장제일세. 카터, 자네 같으면 그런 놈은 걷어차 버렸을 텐데. 마구잡이로 사용하면 안 되지만 가끔은 효과가 있거든. 지금 같은 상황에선 말이야. 제인, 물 좀 가져와요."

로체스터 씨가 물잔을 내밀었다. 나는 세면대 위에 있는 물병에서 물을 반쯤 따랐다.

"그거면 돼요. 이제 약병 주둥이를 물에 적셔요."

나는 그렇게 했다. 그는 물잔에 진홍색 약물을 열두 방울 떨어뜨린 뒤 메이슨 씨에게 건넸다.

"마시게. 이거면 한 시간 정도는 기력이 날 거야."

"해로운 건 아니겠지? 염증이 생기지는 않을까?"

"마셔! 마셔! 마시라고!"

메이슨 씨가 잔을 들이켰다. 버텨봤자 소용없을 것이 뻔했다. 옷도 다 입혀져 있었다. 창백해 보였지만 더는 상처투성이다가 피범벅으로는 보이지 않았다. 로체스터 씨는 메이슨 씨가 약을 마신 뒤 삼 분 정도 앉아서 쉬게 한 다음 그의 팔을 잡았다.

"혼자 일어설 수 있을 걸세. 한번 해보게."

메이슨 씨가 일어섰다.

"카터, 반대쪽 어깨를 부축해주게. 리처드, 기운 내서 걸어

봐. 그래, 그거야!"

"기분이 좀 낫군."

메이슨 씨가 말했다.

"그럴 걸세. 제인, 당신이 먼저 뒤쪽 계단으로 내려가 쪽문으로 나가서 마당에 있는 역마차 마부에게 준비하라고 일러줘요. 금방 나갈 테니. 내가 자갈길 위를 덜컹거리면서 가지 말라고 해서 마당 밖에 있을지도 몰라요. 그리고 누가 있으면 계단 밑으로 와서 기침을 해줘요."

벌써 다섯 시 반이었다. 동이 트려 하고 있었으나 부엌은 아직 컴컴하고 조용했다. 쪽문은 닫혀 있었다. 나는 되도록 소리 나지 않게 문을 조심스레 열었다. 마당은 쥐죽은 듯 고요했지만 대문은 활짝 열려 있었다. 그리고 마구를 찬 말과 역마차가 있었다. 마부는 마차 밖 마부 석에 앉아 있었다. 나는 그에게 다가가 지금 신사분들이 나오신다고 일렀다. 그가 고개를 끄덕였다. 나는 조심스럽게 주변을 살피면서 귀를 기울였다. 이른 아침, 온 세상은 고요하게 잠들어 있었다. 하인들 방의 창문에도 커튼이 드리워져 있었다. 조그만 새들은 하얀 꽃들이 활짝 핀 과수원 나무 위에서 지저귀고 있었다. 뒤뜰 한편에 둘러 친 담장 너머로 새하얀 화환처럼 나뭇가지가 드리워져 있었다.

닫힌 마구간에서 이따금 말들이 발굽으로 바닥을 차는 소리만 들릴 뿐 사방이 조용했다.

그때 신사들이 나타났다. 메이슨 씨는 로체스터 씨와 의사의 부축을 받아 웬만큼 걸을 수 있는 듯했다. 두 사람은 메이슨 씨를 마차에 태웠고 뒤이어 카터 씨도 올라탔다.

"잘 돌봐주게."

로체스터 씨가 카터 씨에게 말했다.

"완쾌될 때까지 자네 집에서 묵게 해주고. 나도 하루 이틀 내로 찾아가 어떤지 확인하겠네. 리처드, 좀 어떤가?"

"로체스터, 신선한 공기를 마시니 살 것 같네."

"카터, 이 친구 쪽 창문은 열어두게. 바람도 없으니. 리처드, 잘 가게."

"로체스터!"

"뭔가?"

"그녀를 잘 부탁하네. 최선을 다해 따뜻하게 대해주고. 그녀를……."

메이슨 씨는 말을 맺지 못하고 왈칵 울음을 터뜨렸다.

"최선을 다하겠네. 지금까지 그랬고 앞으로도 그럴 걸세."

이렇게 대답하며 로체스터 씨는 문을 닫았고 마차는 떠났다.

"하지만 이 모든 게 끝이 있다면 좋겠군!"

그는 이렇게 말하며 육중한 대문을 닫고 빗장을 질렀다.

모든 일이 끝나자 로체스터 씨는 멍하니 느릿느릿한 발걸음으로 과수원 가장자리에 둘러친 담장에 나 있는 문을 향해 움직였다. 내 할 일이 다 끝났다고 생각한 나는 집으로 들어가려던 참이었다. 하지만 그가 "제인!" 하고 나를 불러 세웠다. 그는 문을 열고 서서 나를 기다리고 있었다.

"이리 와서 잠깐 신선한 공기를 마셔요. 저 집은 마치 지하 감옥 같군. 그렇지 않소?"

"제 눈에는 훌륭한 저택인걸요."

"아직 경험이 없어 눈에 마법이 씌어 있으니 그렇게 보이는 거요. 금박은 진흙이고, 비단 휘장은 거미줄이며, 대리석은 가짜 석판이고, 반짝반짝 윤이 나는 목재는 쓸데없는 나뭇조각과 벗겨져 떨어질 나무껍질에 불과하다는 걸 당신이 미처 모르고 있는 거요."

그러더니 그는 녹음이 우거진 담장 안을 가리켰다.

"이거야말로 보이는 모든 것이 그대로 진실하고 향기롭고 순수하지."

길 한쪽에는 스톡, 수염패랭이꽃, 앵초, 삼색 제비꽃 등 온갖 고풍스러운 꽃이 들장미나 다양한 풀과 섞여 피어 있었다. 로체스터 씨는 그 길을 거닐었다. 소나기가 내렸다가 개었다가를 반복하던 4월의 어느 날, 아름답고 맑은 봄날 아침을 만나 드디어 보게 된 싱그러운 광경이었다. 구름으로 얼룩진 동쪽 하늘에 이제 막 태양이 올라오고 있었다. 그 빛은 꽃들을 만개시키고 이슬이 내린 과수원의 나무들과 그 아래로 난 한적한 길을 비췄다.

"제인, 꽃 한 송이 받겠소?"

그가 살짝 핀 장미꽃 한 송이를 따서 내게 건넸다.

"고맙습니다."

"제인, 일출을 좋아하오? 태양이 높이 떠올라 기온이 올라가면 하늘에 떠 있는 옅은 구름은 서서히 사라지겠지. 이런 차분하고 향기로운 분위기는 어떻소?"

"네, 정말 좋아해요."

"제인, 이상한 하룻밤을 보냈소."

"네."

"하룻밤 사이에 안색이 창백해졌군. 내가 메이슨 곁에 당신만 남겨두고 갔을 때 무섭지는 않았소?"

"안쪽 방에서 누가 나올까 봐 무서웠어요."

"문을 잠가놨지. 열쇠는 내 주머니 속에 있었고. 내가 조심성 없는 목동처럼 내 귀여운 양을 무방비하게 늑대 소굴 앞에 놔둘 리 없잖소. 당신은 안전했소."

"그레이스 풀은 아직도 여기서 사나요?"

"그렇지! 그 여자 때문에 골치 아파할 필요는 없소. 머릿속에서 아예 지워버려요."

"하지만 그 여자가 있는 한 당신은 안전하지 않을 것 같아요."

"걱정하지 말아요. 내가 알아서 조심할 테니."

"어젯밤 걱정하시던 위험은 이제 사라졌나요?"

"메이슨이 영국을 떠나기 전에는 확신할 수 없지. 그 후에도 마찬가지겠지만. 제인, 내게 산다는 건 언제 터져 불을 뿜어낼지 모르는 분화구 위에 서 있는 것과 같소."

"하지만 메이슨 씨는 쉽게 설득할 수 있는 분처럼 보이던데요. 당신 말을 잘 따르시더라고요. 그분이 당신을 무시하고 의도적으로 해를 끼치지는 않을 것 같아요."

"그렇지. 메이슨은 내 뜻을 거역하지 않을 거요. 또 알면서 해치려고 할 리도 없고. 하지만 어느 순간 무의식중에 한 마디 떠벌린다면 내 삶은 아니더라도 내 행복을 영원히 빼앗아갈지도 모르오."

"메이슨 씨한테 조심하라고 이르세요. 그리고 당신이 무엇을 걱정하시는지 알려주고 그 위험을 피할 수 있는 법도 알려주시면 되잖아요."

로체스터 씨는 냉소적으로 웃으며 내 손을 잡았다가 황급히 놓았다.

"어리석기는! 내가 그렇게만 할 수 있다면 위험할 일이 뭐가 있겠소? 곧바로 위험이 사라졌겠지. 메이슨을 알고 나서부터 그는 내가 '이렇게 해라' 하면 그대로 했지. 하지만 이번에는 그럴 수가 없소. '리처드, 나한테 해를 끼치지 않게 조심해'라고 말할 수는 없지. 왜냐하면 메이슨은 자신이 내게 해를 입힐 수 있다는 것조차 알아서는 안 되니까. 어리둥절한 표정이군. 좀 더 헷갈리게 해주지. 당신은 내 귀여운 친구지, 아닌가?"

"저는 당신을 위해 일하고 옳은 일이라면 뭐든 시키시는 대로 할 거예요."

"바로 그거요. 당신이 그럴 거라는 걸 난 알고 있소. 당신이 나를 돕거나 기쁘게 할 때, 다시 말해 당신이 콕 집어 말한 것처럼 '옳은 일이라면 뭐든' 나를 위해 일하고 나와 함께할 때 당신의 걸음걸이나 표정, 눈빛이나 얼굴에선 자연스럽게 만족스러운 기색이 떠오르지. 그런데 당신이 옳지 않다고 생각하는 일을 시켰다면 한달음에 뛰어가지도 않을 거고 민첩하게 움직이지도 않을 거야. 의욕 넘치는 눈빛이나 생기 넘치는 표정도 없겠지. 그 대신 침착하고 창백한 얼굴로 나를 보며 '안 돼요. 그러면 안 돼요. 옳지 않은 일은 할 수 없어요'라고 하겠지. 마치 항성처럼 바뀌지 않을 거야. 당신도 내게 영향을 미치고 있소. 그리고 내게 상처를 줄 수도 있어. 내 약점을 절대로 보여줘서는 안 되겠군. 당신은 성실하고 다정하기는 하지만 나를 꼼짝하지 못하게 만들 수도 있으니."

"저만큼만 메이슨 씨를 두려워할 필요가 없다면 당신 역시 안전하실 거예요."

"제발 그랬으면 좋겠군! 제인, 여기 정자가 있군. 앉아봐요."

로체스터 씨가 말한 정자는 담장 한가운데 담쟁이덩굴이 타고 올라간 아치였다. 그 아래 소박한 나무 벤치가 놓여 있었다. 그는 내가 앉을 자리를 남겨두고 앉았다. 하지만 나는 그의 앞에 섰다.

"앉아요. 벤치가 길어서 두 사람은 충분히 앉을 수 있소. 내 곁에 앉는 게 싫은 거요? 그렇소? 이것도 옳지 않은 일인가?"

대답하는 대신 나는 그 자리에 앉았다. 거절하는 건 어리석은 일 같았다.

"친구, 태양이 아침 이슬을 마시고 오래된 정원에 핀 꽃들이 전부 깨어나 기지개를 켜고, 새들이 밭에서 아침밥을 구해 아기 새들에게 날라다 주며, 일찍 일어난 꿀벌들이 부지런히 일을 시작하는 동안 당신에게 어떤 이야기를 해주지. 자기 일이라 생각하고 진지하게 들어줘요. 우선 내 얼굴을 보면서 당신 마음이 편안한지 말해봐요. 그리고 내가 당신을 붙잡고 있는 게 잘못인지, 아니면 당신이 내게 붙들려 여기 있는 게 잘못이라고 생각하는지 말해봐요."

"아뇨, 괜찮아요."

"제인, 그렇다면 상상력을 펼쳐봅시다. 당신이 명문가에서 자라 좋은 교육을 받은 소녀가 아니라 어릴 때부터 지금까지 제멋대로 자란 개구쟁이 소년이라고 생각해보시오. 머나먼 외국에 사는데 거기서 치명적인 실수를 저지른 거지. 어떤 실수건 동기건 그것은 중요하지 않아. 하지만 그 결과가 평생 따라다니면서 당신을 괴롭힌다고 칩시다. 잊지 말아요. 나는 '범죄'를 말하는 게 아니오. 법의 심판을 받아야 하는 그런 불법 행위를 말하는 게 아니라 실수를 말하는 거요. 일의 결과를 도저히 견딜 수 없어서 벗어나려고 방법을 마련한 거지. 정상적이지는 않지만 불법이거나 비난받지도 않을 행위요. 그런데 여전히 당신은 불행해. 인생의 문턱에서 희망이 사라져버렸거든. 한낮인데도 일식 때문에 깜깜하다고. 그리고 해가 질 때까지 일식이 끝나지 않을 것 같지. 고통스럽고 저열한 잡념만이 당신의 기억을 떠오르는 게 만드는 영양분이지. 당신은 안식과 쾌락에서 행복을 찾으려고 여기저기 떠돌아다니지. 쾌락은 열정 같은 건 없는 육체적인 즐거움을 말하는 거요. 이성을 마비시키고 감정을 망가뜨리지. 당신은 떠돌아다니면서 몇 해를 보내고 마음이 지치고 영혼이 시든 채 고향에 돌아왔소. 그러다가 누군가를 알게 되었지. 어디서 어떻게 만나게 됐는지는 중요치 않아. 어쨌든 당신은 이십 년 동안 찾아 헤맸지만 한 번도 만나보지 못했던 선하고 밝은 성품을 이 낯선 친구한테서 발견했어. 싱그럽고 건강하고 티 없이 맑고 순수하더군. 이런 친구와 어울리면서 전보다 더 좋은 날들이 찾아왔다고 느꼈소. 소원은 더 간절해지고 감정은 순수해졌소. 삶을 다시 시작하고 싶어졌고, 앞으로 남은 삶을 더 가치 있게 보내고 싶어진 거요. 당신이라면 그러기 위해 관습적인 장해물을 뛰어넘을 수 있겠소? 당신의 양심이나 이성으로는 절대 받아들일 수 없는 그저 관습적인 장해물 말이오."

로체스터 씨는 말을 멈추고 내 대답을 기다리는 듯했다. 뭐라고 해야 하지? 현명하고 만족스러운 답을 알려줄 착한 요정이 있었으면! 헛된 바람이겠지! 서풍은 내 주변 담쟁이덩굴에게 속삭였지만 그 숨결을 말로 전달해줄 상냥한 공기의 요정이 없었다. 또한 새들은 나무 위에 앉아 노래했지만 달콤하긴 해도 알아들을 수 없었다.

로체스터 씨가 다시 물었다.

"죄를 짓고 떠돌아다니다가 이제 죄를 뉘우치고 편히 쉬기를 바라는 사람이 우아하고 다정한 이와 평생을 함께하면서 마음의 평화와 삶을 얻기 위해 세상의 평가 따위는 무시해도 괜찮겠소?"

내가 대답했다.

"떠돌아다니는 사람의 안식이나 죄인의 갱생은 절대 같은 인간에게 달려 있지 않아요. 남자든 여자든 모두 죽게 마련이에요. 철학자들은 지혜가 부족해 말을 더듬기도 하고 기독교인들이라고 모두 독실하지는 않죠. 당신이 아시는 분이 괴로워하거나 실수를 저질렀다면 바로잡을 힘과 괴로움을 덜어줄 위안을 같은 인간한테서 구하지 말고 더 높은 존재로부터 구하도록 해보세요."

"하지만 수단 말이오, 수단! 그 일을 하시는 하느님께서 수단을 정하시잖소. 비유 같은 건 빼고 말하리다. 나는 속되고 방탕하고 불안정한 사람이었소. 하지만 나를 치유해줄 수단을 찾았다고 믿소. 그건 바로……."

그가 말을 멈췄다. 새들은 계속해서 노래하고 나뭇잎은 가볍게 살랑거렸다. 새들은 노래를 멈추고 끊어진 이야기를 들으려 하지 않았다. 하지만 새들이 그랬다면 한참 동안이나 기다릴 뻔했다. 꽤 오랫동안 침묵이 계속됐기 때문이다. 마침내 나는 고개를 들어 입을 열지 않는 그의 얼굴을 바라보았다. 그가 나를 뚫어지게 바라보고 있었다.

"귀여운 내 친구여."

그는 전혀 다른 말투로 나를 불렀다. 부드럽고 진지하던 그의 얼굴도 무정하고 냉소적인 표정으로 바뀌어 있었다.

"당신은 내가 잉그램 양을 좋아한다는 걸 알아챘겠지? 우리가 결혼하면 나를 완전히 새사람으로 만들어줄 것 같지 않소?"

그는 벌떡 일어나 길 끝까지 걸어갔다가 다시 콧노래를 흥얼거리며 돌아왔다. 그리고 내 앞에 멈춰 서서 말했다.

"제인, 밤을 새워서 얼굴이 창백해졌소. 잠을 방해한 나를 원망하지 않소?"

"원망한다고요? 아니에요."

"정말 아니라면 악수합시다. 이런, 손이 몹시 차군! 어젯밤 방문 앞에선 따뜻했는데. 제인, 또다시 나와 함께 밤을 지새워 줄 거요?"

"필요하시다면 언제든지요."

"이를테면 내 결혼식 전날 밤 말이오. 분명히 잠이 오지 않을 거요. 밤새 나와 함께 있어주겠다고 약속하겠소? 당신한테는 내 애인 이야기도 할 수 있소. 벌써 당신은 그 사람을 봤고 또 잘 알잖소."

"약속할게요."

"흔치 않은 여자야. 제인, 그렇지 않소?"

"맞아요."

"여장부지, 진짜 여장부. 키도 크고 풍만한 몸매에 피부는 가무잡잡하지. 카르타고의 여인들이 가졌을 법한 머릿결을 하고. 저런! 덴트와 린이 마구간에 있군. 당신은 저쪽 문으로 나가 숲을 지나 집으로 들어가요."

나와 로체스터 씨는 각자 다른 길로 걸어갔다. 그리고 뒤뜰에서 쾌활한 그의 목소리가 들렸다.

"메이슨은 오늘 아침 떠났습니다. 해뜨기 전에 출발하는 바람에 새벽 네 시에 일어나 배웅을 했지요."

제21장

예감이란 묘하다. 교감도 그렇고 전조도 마찬가지다. 이 셋이 합쳐져 하나의 수수께끼가 만들어지며, 인류는 아직까지 그 문제를 풀 수 있는 열쇠를 찾지 못했다. 나는 지금까지 살아오면서 한 번도 예감을 비웃은 적이 없다. 이상한 예감들을 받아봤기 때문이다. 나는 교감이 존재한다고 믿는다. 예를 들어 멀리 떨어져 오랫동안 만나지 못했지만, 각자 태생을 따라 올라가 보면 같은 조상을 가진 먼 친척들끼리 교감한다. 이런 작용은 인간의 머리로는 도저히 이해할 수 없다. 그리고 전조는 아마 자연과 인간 사이의 공감일지도 모르겠다.

내가 여섯 살밖에 되지 않았던 어린아이였을 때의 일이다. 어느 날 밤 베시 리븐이 마사 애벗에게 어린아이가 나오는 꿈을 꾸었는데 그런 꿈은 자신이나 친척에게 분명 문제가 생길 징조라고 말했다. 곧 내 기억에서 잊힐 뻔했던 그 일은 어떤 사건이 일어나 영원히 내 기억에 새겨졌다. 바로 다음 날 베시가 여동생의 임종을 지키러 고향에 내려가게 된 것이다.

요즘 나는 그때 베시가 했던 말과 그 일이 자주 떠올랐다. 왜냐하면 지난 일주일 동안 거의 하루도 빠짐없이 아기가 나오는 꿈을 꾸었기 때문이다. 어린아이를 팔에 안은 채 달래기도 하고 무릎에 앉혀 흔들며 놀기도 했다. 또 어느 때는 어린아이가 잔디밭에서 들국화를 만지작거리거나 흐르는 시냇물에 두 손을 담그고 물장난치는 모습을 지켜보기도 했다. 꿈속에서 어린아이의 기분이나 표정이 어떻든 간에 일곱 날 밤을 내리 잠만 잤다 하면 꿈속에 나타나는 것이었다.

나는 계속 똑같은 생각이 반복되고 한 가지 이미지가 되풀이되어 나타나는 것이 너무 싫었다. 잘 시간이 다가오고 환상이 나타날 시간도 점차 가까워지면 나는 초조해졌다. 비명을 들었던 그 달 밝은 밤에도 깨어나기 전에 아기가 나오는 꿈을 꿨다. 다음 날 오후, 누군가 나를 찾아와 페어팩스 부인의 방에서 기다린다는 소식을 듣고 아래층으로 내려갔다. 방 안에는 하인 차림의 남자가 나를 기다리고 있었다. 검은 상복을 입고 상장을 두른 모자를 손에 들고 있었다.

내가 들어가자 그는 자리에서 일어나며 말했다.

"아마 기억 못 하시겠지만 저는 리븐입니다. 팔구 년 전 아가씨께서 게이츠헤드에 사실 때 리드 부인의 마부였어요. 아직도 거기에 살고 있고요."

"오, 로버트! 잘 지냈어요? 기억하죠. 가끔씩 조지아나의 갈색 조랑말을 태워주셨잖아요. 베시는 잘 지내요? 베시와 결혼하셨다면서요?"

"네, 아내는 아주 잘 지냅니다. 고맙습니다. 두 달 전에 셋째를 낳았는데 산모와 아이 모두 건강해요."

"그 집 식구들도 다 잘 계시죠?"

"죄송스럽게도 나쁜 소식이 있습니다. 그분들은 잘 지내지 못하세요. 매우 큰 곤경에 빠지셨지요."

"누가 돌아가신 건 아니길 바라요."

로버트 리븐의 검은 상복을 보며 말했다. 그는 자기 모자의 상장을 내려다보며 대답했다.

"일주일 전에 존 도련님이 런던의 셋방에서 돌아가셨어요."

"존이?"

"네."

"리드 부인께서는 어떠세요?"

"아유, 말도 마세요. 뭐 이런 불행한 일이 다 있는지. 존 도련님은 몹시 방탕하게 사셨어요. 지난 삼 년 동안을 어지러운 생활에 빠져 지냈는데 이번에 돌아가신 것도 아주 충격적이었어요."

"베시한테 잘 지내지 못한다고 들었어요."

"잘 지내지 못하는 정도가 아니라 최악이었어요. 나쁜 사람
들과 몰려다니면서 건강도 망치고 재산도 탕진했지요. 결국 빚
을 지고 교도소에 잡혀갔어요. 마님께서 두 번이나 꺼내주셨
지만 나오기가 무섭게 다시 옛 친구들과 그 생활로 돌아가더
군요. 정신력이 강하지 못하셨거든요. 더구나 같이 몰려다니
던 파렴치한들이 존 도련님을 제 생전에 듣도 보도 못할 정도
로 속여먹었어요. 삼 주 전쯤에 존 도련님이 게이츠헤드에 와서
마님께 있는 재산을 전부 달라고 하셨어요. 마님께서는 거절하
셨지요. 존 도련님이 방탕하게 사시는 바람에 집안 살림은 벌
서 오래전에 거덜이 났거든요. 존 도련님은 어쩔 수 없이 그냥
돌아갔는데, 그러고 나서 죽었다는 소식이 도착한 거예요. 어
떻게 돌아가셨는지는 아무도 모르는 거죠! 자살이라는 소문도
있고."

나는 잠자코 있었다. 정말 끔찍한 소식이었다. 로버트 리븐
은 다시 말을 이었다.

"마님께서는 오래전부터 건강이 좋지 않으셨어요. 살집은 늘
어났는데 기력은 떨어지셨죠. 게다가 재산까지 줄어드니 가난
에 대한 두려움으로 건강이 급격히 나빠지신 거죠. 그런 데다
가 존 도련님의 사망 소식이 너무 급작스러웠어요. 그 소식을

듣고 마님은 뇌졸중을 일으키셨어요. 사흘이나 입을 열지 못하다가 지난 화요일부터 좀 나아지신 것 같더군요. 그런데 무슨 말씀을 하고 싶어 하시는 것처럼 보였어요. 집사람한테 자꾸만 어떤 몸짓을 하면서 웅얼거리셨대요. 그러다 어제 아침에야 집사람이 마님께서 아가씨 이름을 부르신다는 걸 알아차렸고요. 결국 다 들어 보니 '제인을 데려와. 사람을 보내. 그 애한테 할 말이 있어'라고 하시더래요. 마님께서 제정신이신지, 정말 무슨 뜻이 있어서 그러신지 잘 몰라 집사람이 아가씨들한테 그 이야기를 하면서 제인 아가씨를 모셔오자고 했대요. 아가씨들은 처음에 그 제안을 거절하셨대요. 하지만 마님 상태가 자꾸 나빠지고 몇 번이나 '제인, 제인' 하시니까 결국에는 동의하신 거지요. 저는 어제 게이츠헤드에서 출발했습니다. 아가씨께서 준비만 되시면 내일 아침 일찍 모시고 출발할까 하는데요."

"네, 준비하죠. 꼭 가봐야 할 것 같네요."

"저도 그렇게 생각해요. 집사람도 아가씨께서 거절하지 않으실 거라고 하더라고요. 하지만 가시기 전에 허락을 받아야 하지 않나요?"

"그래야죠. 지금 말하려고요."

나는 그를 하인들 방으로 데려가 존 부부에게 신경 써달라고 부탁하곤 로체스터 씨를 찾아 나섰다.

아래층 방들을 모두 찾아봤지만 로체스터 씨는 없었다. 뒤뜰과 마구간, 마당에도 보이지 않았다. 페어팩스 부인에게 그를 보았는지 물어보니 잉그램 양과 당구를 치고 있을 거라고 했다. 나는 당구실로 서둘러 갔다. 공 부딪치는 소리와 왁자지껄하게 떠드는 소리가 났다. 로체스터 씨, 잉그램 양, 애슈턴 자매 그리고 그들을 흠모하는 사람들까지 모두 시간 가는 줄 모른 채 흥겹게 당구를 치고 있었다. 신나게 놀고 있는 사람들을 방해하려니 선뜻 용기가 나지 않았다. 그러나 지체할 수 없는 일이라서 용기를 내어 로체스터 씨에게 다가갔다. 내가 다가가자 곁에 있던 잉그램 양이 내 쪽으로 돌아서서 도도하게 노려보았다. 그 눈빛은 마치 '이 기분 나쁜 게 뭘 바라는 거야?'라고 묻는 듯했다. 내가 "로체스터 님!"이라고 나지막이 부르자 그녀는 내게 물러가라는 듯한 동작을 취했다. 나는 당시 그녀의 모습을 지금도 기억한다. 우아하고 눈부신 모습이었다. 하늘색 크레이프 천으로 된 실내복을 입고 엷은 파란색 스카프로 머리를 묶었다. 그녀는 적극적으로 게임에 임하고 있었는데, 자존심이 상해도 거만한 표정은 여전했다.

"저 여자가 당신에게 볼일이 있나 봐요?"

잉그램 양이 로체스터 씨에게 말했다. 그는 '저 여자'가 누군가 싶어 돌아보더니 미묘하게 얼굴을 찡그렸다. 그의 이상하고 애매모호한 감정 표현 중 하나였다. 그러고는 당구봉을 내려놓고 나를 따라 방에서 나왔다.

"제인, 무슨 일이오?"

그는 문을 닫더니 문에 등을 기댄 채 물었다.

"괜찮으시면 한두 주 휴가를 갔으면 해서요."

"무슨 일로? 어디 가려고?"

"제가 아는 부인이 몹시 편찮으셔서 뵈러 가려고요. 사람을 보내셨거든요."

"편찮은 부인이라니, 그 부인은 어디 사시오?"

"○○ 주 게이츠헤드요."

"○○ 주? 거긴 160킬로미터가 넘게 떨어진 곳이잖소. 도대체 누가 그렇게 먼 데서 자기를 보러오라고 사람을 보낸 거요?"

"리드 가의 리드 부인이에요."

"게이츠헤드의 리드? 게이츠헤드에 리드라는 치안판사가 있었는데."

"그분의 미망인이에요."

"그 미망인과는 어떤 관계요? 어떻게 그 미망인이 당신을 알고 있는 거요?"

"리드 씨가 제 외삼촌이세요. 어머니의 오빠요."

"그랬군! 지금까지 그런 말은 안 했잖소. 늘 친척이라고는 아무도 없다고만 했지."

"저를 친척으로 생각하지 않으시거든요. 외삼촌은 돌아가셨고 외숙모는 저를 내쫓으셨어요."

"아니 왜?"

"가진 것 하나 없는 제가 귀찮았으니까요. 그리고 저를 싫어하셨어요."

"그런데 리드 씨에게 자식들이 있지 않소? 당신한테는 외사촌이 되겠지? 어제 조지 린 경이 게이츠헤드의 리드 씨 이야기를 했소. 그 지역에서 최고 악질의 망나니라고 하던데. 그 자리에서 잉그램 양이 조지아나 리드 이야기도 했지. 일 년 전인가 이 년 전에 런던에서 뛰어난 미모로 인기가 대단했다고 말이오."

"존 리드는 죽었대요. 자신도 파멸하고 집안도 파산 직전까지 몰아갔는데 자살했다나 봐요. 그 소식을 듣고 리드 부인은 충격을 받아 뇌졸중으로 쓰러지셨고요."

"저런! 그런데 당신이 그의 어머니에게 무슨 도움이 되겠소? 제인! 쓸데없는 일이오. 도착하기도 전에 돌아가실지 모르는 사람을 보겠다고 160킬로미터나 달려가다니. 게다가 당신을 내쫓았다면서!"

"네, 하지만 오래전 일이잖아요. 그때와는 상황도 많이 달라졌고요. 지금은 도저히 리드 부인의 바람을 모른 체할 수가 없어요."

"얼마나 가 있을 거요?"

"되도록 짧게요."

"일주일만 있겠다고 약속해요."

"약속은 안 드리는 게 낫겠어요. 어쩔 수 없이 어기게 될 수도 있잖아요."

"아무튼 꼭 돌아와야 해요. 미망인이 무슨 핑계를 대면서 계속 같이 살자고 설득해도 넘어가지 않겠지?"

"그럼요! 일을 다 마치면 꼭 돌아올 거예요."

"누구와 함께 가지? 160킬로미터나 되는 먼 거리를 혼자 여행할 수는 없잖소."

"외숙모께서 마부를 보내셨어요."

"믿을 수 있는 사람이오?"

"네. 그 집에서 십 년을 넘게 지냈는걸요."

그는 잠시 생각에 잠겼다.

"언제 출발할 셈이오?"

"내일 아침 일찍 떠날 거예요."

"그럼 돈이 필요하겠군. 빈손으로 여행할 순 없지. 아마 가진 돈이 얼마 없을 거요. 내가 아직 보수를 주지 않았으니 말이오. 제인, 돈이 얼마나 있소?"

그가 미소를 지으며 물었다.

지갑을 꺼내 열어보니 얼마 되지 않은 돈이 들어 있었다.

"5실링 있습니다."

그는 내 지갑을 가져가더니 들어 있는 돈을 자신의 손바닥 위에 쏟아놓고는 잔돈푼이 우습다는 듯 바라보며 피식 웃음을 터트렸다. 그러고는 곧바로 자신의 지갑을 꺼냈다.

"받아요."

그가 지폐 한 장을 건넸다. 50파운드짜리 지폐였다. 하지만 그가 내게 지급할 돈은 15파운드밖에 되지 않았다. 나는 그에게 거스름돈이 없다고 말했다.

"거슬러줄 필요가 없다는 것 잘 알잖소. 봉급이니 받아둬요."

나는 처음에 받기로 했던 금액보다 더 많이 받을 순 없다고 말했다.

그러자 그는 인상을 찌푸리고 있다가 문득 무슨 생각이라도 떠오른 듯 이렇게 말했다.

"맞아, 맞아. 지금 한꺼번에 다 주지 않는 게 좋겠어. 50파운드를 다 주면 거기에 삼 개월이나 있을지도 모르지. 10파운드짜리가 있군. 이거면 충분하겠소?"

"네, 이제 저한테 5파운드 빚지신 거예요."

"그러니 꼭 받으러 와요. 나머지 40파운드는 내가 보관하고 있을 테니."

"기회가 생겼으니 다른 용건도 한 가지만 말씀드려도 될까요?"

"용건? 뭔지 궁금하군."

"머지않아 결혼할 거라고 하셨잖아요?"

"그랬지. 그래서요?"

"그렇게 되면 아델은 학교에 보내는 게 좋을 거 같아요. 왜 그래야 하는지는 아실 거라고 생각해요."

"신부에게 걸리적거리지 않도록 말이오? 그러지 않으면 신부가 함부로 대할 게 확실하니까? 그 말에도 일리가 있군. 맞소, 당신 말대로 아델은 학교에 가야겠지. 물론 선생은 알게 뭐냐는 듯 곧장 떠나버릴 테고?"

"그렇게 되지 않길 바라지만 그때는 어딘가 다른 일자리를 구해야겠죠."

"그렇겠지."

로체스터 씨는 괴상하면서도 우스꽝스럽게 얼굴을 일그러뜨리며 코웃음을 치듯 말했다. 그러고는 잠시 동안 내 얼굴을 들여다봤다.

"리드 부인이나 딸들에게 다른 자리를 알아봐 달라고 간절하게 부탁이라도 할 건가?"

"아니요. 친척들과는 그런 부탁을 해도 될 만한 사이가 아니에요. 제가 광고를 낼 거예요."

"이집트의 피라미드도 걸어 올라가겠군! 위험을 무릅쓰고 광고를 한다는 거요? 10파운드 대신에 1파운드짜리 금화 하나만 줄 걸 그랬소. 9파운드는 돌려주시오. 내가 어디 쓸 데가 있으니까."

"저도 쓸 데가 있어요. 무슨 일이 있어도 절대 돈을 내드릴 수 없어요."

나는 지갑 든 손을 뒤춤에 감추며 응수했다.

"이런 구두쇠 같으니! 돈 꿔달라는 요청을 거절하다니! 제인, 5파운드만 줘요."

"5실링은커녕 5펜스도 안 돼요."

"그럼 그냥 돈 구경만 하게 해줘요."

"안 돼요, 믿을 수가 없어요."

"제인."

"네?"

"한 가지만 약속해주시오."

"제가 할 수 있는 거라면 뭐든 약속할게요."

"광고를 내지 말아요. 일자리 찾는 문제는 나한테 맡겨요. 때가 되면 내가 알아봐 주겠소."

"기꺼이 그러지요. 그 대신 신부가 집에 들어오기 전 아델과 제가 무사히 집을 떠날 수 있게 해주시겠다고 약속해주세요."

"좋아, 좋소! 맹세하겠소. 그럼 내일 출발이오?"

"네, 아침 일찍 떠날 거예요."

"저녁 식사 후에 응접실로 내려올 거요?"

"아니요. 떠날 채비를 해야죠."

"그러면 잠시 작별인사를 해야 하지 않겠소?"

"네."

"사람들은 헤어질 때 어떻게 하지? 알려주시오. 나는 영 모르겠군."

"잘 지내라고 말하거나 다른 하고 싶은 말을 하죠."

"그럼 해봐요."

"로체스터 님, 그동안 잘 지내세요."

"그럼 나는 뭐라고 해야 하오?"

"똑같이 하셔도 돼요."

"에어 양, 그동안 잘 지내시오. 이게 끝이오?"

"네?"

"너무 짧은 것 같지 않소? 너무 딱딱하고 쌀쌀맞아. 다른 방법이 좋겠는데. 뭔가 좀 더 덧붙이면 어떨까. 악수를 해볼까. 아니지, 그것도 별로군. 제인, 당신은 잘 지내라고만 하고 말 거요?"

"그거면 충분해요. 진심 어린 말 한 마디로도 충분히 마음을 전할 수 있어요."

"물론 그렇지. 하지만 그저 '잘 지내요'라니 너무 허전하고 냉정하잖소."

'얼마나 더 오래 문에 기대서 있을 생각이지? 얼른 짐을 싸야 하는데.'

나는 속으로 생각했다.

그때 저녁 식사를 알리는 종이 울렸고 로체스터 씨는 말 한 마디 남기지 않고 방으로 들어가 버렸다. 그날 더는 그를 보지 못했고, 나는 다음 날 그가 일어나기 전에 길을 떠났다.

5월 1일 오후 다섯 시경, 나는 게이츠헤드 저택의 문지기 집에 도착했다. 나는 저택에 들어가기 전 그곳에 먼저 들렀다. 무척 깨끗하고 아담했다. 장식용 창문에는 작고 하얀 커튼이 걸려 있고 마룻바닥에는 얼룩 하나 없었다. 벽난로 철망과 연장은 반짝반짝 윤이 났고 난롯불이 활활 타오르고 있었다.

베시는 난롯가에 앉아 갓난아이에게 젖을 먹이고 아들 로버트와 그 누이는 한쪽 구석에서 얌전히 놀고 있었다.

"어머! 오실 줄 알았어요!"

내가 들어가자 리븐 부인이 외쳤다.

"그래요, 베시. 너무 늦지 않았을 거라고 믿어요. 리드 부인은 좀 어때요? 아직 아무 일 없는 거죠?"

나는 그녀에게 입을 맞추며 물었다.

"괜찮으세요. 며칠 전보다 의식도 또렷하고 마음도 많이 안정되셨어요. 의사 선생님이 한두 주는 더 버티실 거라고 말씀하셨어요. 그래도 완전히 회복되지는 못할 거래요."

"요즘도 내 이야기를 하세요?"

"요즘은 아침에만요. 아가씨가 왔으면 한다고 말씀하셨어요. 지금은, 아니 십 분 전에 올라가 봤을 때는 주무시고 계셨어요. 마님께서는 오후 내내 정신없이 주무시다가 여섯 시나 일곱 시쯤 일어나세요. 그러니 여기서 한 시간 쯤 쉬시다가 나랑 같이 올라 가요."

로버트가 들어오자 베시는 잠든 아기를 요람에 눕히고 그를 반겼다. 그리고 나서 내게 얼굴이 창백하고 피곤해 보인다며 모자를 벗고 차를 마시라고 권했다. 그녀의 환대를 받으니 기뻤다. 나는 어렸을 때처럼 베시가 여행 복장을 벗겨주는 대로 고분고분하게 있었다.

이리저리 바삐 움직이는 베시를 보고 있으니 옛 기억들이 빠르게 밀려왔다. 그녀는 쟁반 위에 가장 좋은 사기 찻잔을 내오고 빵과 버터를 자른 뒤 차와 같이 먹을 케이크를 구웠다. 그러면서 틈틈이 예전에 내게 그랬듯 아들 로버트와 딸 제인을 토닥거리거나 어르곤 했다. 베시는 가벼운 걸음걸이와 예쁜 외모 그리고 급한 성격까지 여전했다.

차가 준비되자 나는 탁자에 가까이 가려 했다. 그러나 베시는 예전과 다름없는 단호한 말투로 그대로 앉아 있으라고 했다. 난롯가에서 차를 마셔야 한다는 것이었다. 그러면서 토스트 접시와 커피 잔이 놓인 작고 둥근 탁자를 내 앞으로 가져왔다. 마치 어렸을 적 그녀가 아이들 방 의자 위에 몰래 가져온 맛있는 음식을 차려놓고 내게 먹이던 때와 똑같았다. 나는 미소를 지으며 예전 그때처럼 그녀가 시키는 대로 따랐다.

베시는 내가 손필드 저택에서 행복하게 지내는지 그리고 그 집 안주인은 어떤 분인지 궁금해했다. 손필드 저택에는 바깥주인밖에 없다고 하자 훌륭한 신사인지, 내가 그분을 좋아하진 않는지 물었다. 나는 주인은 못생겼지만 매우 신사답고 내게도 친절하게 대해줘서 만족스럽다고 대답했다. 그리고 최근 그 저택에 머물고 있는 화려한 손님들 이야기를 자세하게 들려주었다. 베시는 이런 소소한 이야기를 매우 재미있어하며 들었다. 딱 그녀가 좋아하는 종류의 이야기였다.

이런저런 이야기를 나누다 보니 한 시간이 훌쩍 지나갔다. 베시는 내게 다시 모자를 씌우고 옷을 입혀주었다. 나는 그녀를 따라 저택으로 향했다. 구 년 전 지금 올라가는 이 길을 내려올 때도 베시가 곁에 있었다. 깜깜하고 안개가 낀 몹시 추운 1월의 어느 날 아침이었다. 나는 법의 보호는커녕 신에게서도 버림받은 듯한 절망적이고 원통한 마음으로 머나먼 미지의 목적지인 로우드의 싸늘한 피난처를 찾아 원수 같은 이 집을 떠났다. 바로 그 원수 같은 집이 다시 내 눈앞에 솟아 있었다. 내 앞날은 여전히 불투명하고 내 마음은 아직도 아팠다. 나는 자신이 세상을 떠돌아다니는 사람처럼 느껴졌다. 하지만 이제는 나 자신과 내 능력에 대해 좀 더 확고한 믿음이 생겼고 억압이 두려워 기죽지 않았다. 사소한 잘못으로 받았던 큰 상처도 이제 거의 아물었고 늘 타오르던 분노의 불꽃도 꺼져버렸다.

"우선 식당으로 가시죠. 아가씨들은 거기 계실 거예요."

베시가 앞장서서 홀을 지나며 말했다.

나는 작은 식당으로 들어갔다. 방 안의 모든 가구가 내가 처음으로 브로클허스트 씨와 만난 그날 아침과 똑같이 그대로 놓여 있었다. 그가 서 있던 카펫도 여전히 난로 앞에 깔려 있었다. 책장을 얼핏 보니 비윅의 《영국 조류사》 두 권이 예전처럼 세 번째 선반에, 《걸리버 여행기》와 《아라비안나이트》가 그 위 칸에 꽂혀 있었다. 생명이 없는 것들은 변함이 없었지만, 살아 있는 사람들은 알아볼 수 없을 만큼 변해 있었다.

눈앞에 젊은 귀부인 둘이 있었다. 한 사람은 잉그램 양만큼 키가 크긴 했지만 매우 가냘퍼 보였다. 게다가 혈색이 좋지 않고 심각한 표정을 하고 있었다. 일자로 내려오는 검은색 모직 드레스, 빳빳하게 풀을 먹인 리넨 깃, 관자놀이부터 뒤로 빗어 넘긴 머리, 수녀가 달 법한 흙구슬 장식과 십자가 등 매우 검소한 차림새를 한 모습이 마치 금욕주의자처럼 보였다. 비록 얼굴이 길쭉하고 낯빛이 창백해 예전 모습은 찾아보기 어려웠지만, 그녀가 일라이자라는 걸 알 수 있었다.

그렇다면 나머지 한 명은 조지아나가 분명했다. 하지만 내가 기억하는 날씬하고 요정 같던 열한 살짜리 소녀가 아니었다. 예쁘고 반듯한 이목구비에 아련한 파란 눈, 황금색 곱슬머리를 가진 밀랍인형처럼 아름답고 풍만한 데다가 성숙한 처녀였다. 조지아나도 검은 옷을 입고 있었지만 언니와는 전혀 달랐다. 미끈하게 잘 어울려서 몸에 딱 맞았다. 금욕적인 일라이자의 차림새와 달리 맵시가 있었다.

자매는 각자 어머니의 특징을 하나씩 가지고 있었다. 마르고 핼쑥한 언니는 어머니처럼 흑수정 같은 눈을 가졌고 꽃같이 화려한 동생은 어머니의 턱선을 닮았다. 조금 더 부드럽기는 하지만 턱선 때문에 어딘지 모르게 인상이 좀 딱딱해 보였다. 그것만 아니라면 정말 요염하고 귀여워 보였을 것이다.

내가 들어서자 두 사람은 일어나서 나를 맞았다. 그리고 둘 다 나를 "에어 양!"이라고 불렀다. 일라이자는 무표정한 얼굴로 무뚝뚝하게 짧은 인사를 건네고는 곧바로 의자에 앉더니 나를 잊어버린 듯 난롯불만 바라보았다. 조지아나는 "잘 지냈어?"라고 묻고는 여행이나 날씨가 어땠는지 등을 느긋한 말투로 물어보았다. 그러면서도 나를 머리끝에서 발끝까지 곁눈질로 훑어봤다. 이제 그녀의 시선이 주름 잡힌 칙칙한 메리노 외투를 가로질러 수수한 장식이 달린 모자에 머물렀다. 젊은 여자들은 자신이 상대를 '괴짜'라고 여긴다는 사실을 말하지 않고도 상대에게 알릴 수 있다. 굳이 무례한 말이나 행동을 하지 않아도 오만한 눈초리, 쌀쌀맞은 태도, 무심한 말투만으로도 충분히 자신의 감정을 표현할 수 있다.

그러나 드러내놓고 표현하든, 은근히 표현하든 비웃음은 전처럼 내게 큰 영향을 미치지 못했다. 놀랍게도 나는 나를 철저히 무시하는 언니와 비웃음 섞인 시선으로 바라보는 동생 사이에 태연히 앉아 있었다. 일라이자에게 화가 나지도 않았고 조지아나 때문에 당황하지도 않았다. 사실 나는 달리 생각할 거리가 있었다. 지난 몇 달 사이 내 마음속에서는 그들은 결코 일으킬 수 없을 정도로 강렬한 감정이 끓어오르고 있었다. 그들이 내게 줄 수 있는 고통보다 더 강렬한 고통과 즐거움을 느끼고 있어 그들의 태도에 조금도 구애받지 않았다.

"리드 부인은 좀 어뗘세요?"

나는 차분히 조지아나를 바라보면서 물었다. 내가 곧장 이런 말을 건네자 그녀는 뜻밖의 건방진 소리에 코웃음을 쳐야겠다고 마음먹은 듯 말했다.

"리드 부인? 아, 엄마 말이야? 건강이 너무 약해지셨어. 오늘 밤은 뵐 수 없을 것 같은데."

"올라가서 내가 왔다고 전해주면 고맙겠어요."

조지아나가 깜짝 놀라며 눈을 동그랗게 뜨고 나를 사납게 노려봤다.

"리드 부인이 특별히 나를 보고 싶어 하셨다면서요. 나는 쓸데없이 시간을 끌고 싶지 않아요."

나는 단호한 목소리로 말했다.

"엄마는 저녁에 성가시게 하는 걸 싫어하셔."

일라이자가 대꾸했다.

나는 곧바로 일어나서 청하지도 않는데 조용히 모자와 장갑을 벗었다. 그리고 베시가 아마 주방에 있을 테니 리드 부인이 오늘밤 나를 만날 수 있을지 알아봐 달라고 해야겠다고 말했다. 그러고는 말 그대로 베시에게 가서 일을 부탁하고 그다음 일도 지시했다. 여태까지 나는 오만한 태도 앞에서 한껏 위축되었다. 일 년 전까지만 해도 이런 대접을 받았다면 곧바로 다음 날 아침 게이츠헤드를 떠나기로 결심했을 것이다. 하지만 지금은 그게 어리석은 생각이라는 걸 알고 있었다. 나는 외숙모를 만나기 위해 160킬로미터가 넘는 거리를 달려왔다. 그러니 그녀가 나아지시든 돌아가시든 그때까지 곁에 있어야 했다. 오만하고 어리석은 딸들에게 휘둘릴 수는 없었다. 나는 가정부를 불러 빈방으로 안내해달라고 했다. 그리고 한두 주 정도 머무를 예정이니 트렁크를 방으로 옮겨달라고 말한 뒤 나도 그 뒤를 따랐다. 그러다 층계참에서 베시와 마주쳤다.

"마님께서 일어나셨어요. 아가씨가 왔다고 전했는데 알아보실지 같이 가봐요."

그 방은 너무나 잘 알고 있어 안내받을 필요도 없었다. 예전에 벌을 받거나 야단을 맞으러 늘 불려가곤 했다. 나는 베시보다 앞서 문을 살짝 열었다. 날이 어두워지는 시간이라 탁자 위에 갓을 씌운 등불이 켜져 있었다. 네 개의 기둥이 있고 호박색 커튼이 쳐진 커다란 침대와 화장대, 팔걸이의자, 발판까지 예전과 똑같았다. 지난날 나는 셀 수도 없을 만큼 자주 내가 하지도 않은 잘못 때문에 이 발판 위에 올라가 무릎을 꿇고 벌을 받으며 용서를 빌었다. 나는 가까운 한쪽 구석에 한때 나를 공포에 떨게 했던 회초리가 있는지 살펴봤다. 언제나 그곳에 숨어 있다가 악마처럼 날뛰며 나의 떨리는 손바닥과 잔뜩 움츠러든 목을 내려치곤 했다. 나는 침대로 다가가 커튼을 젖히고 높이 쌓아올린 베개 위로 몸을 숙였다.

나는 리드 부인의 얼굴을 생생하게 기억했다. 기억 속의 그 모습을 찾으려고 애썼다. 세월이 복수심을 가라앉히고 분노와 증오심을 달래주는 건 정말 다행스러운 일이다. 나는 분노와 증오심에 가득 차서 그녀의 곁을 떠났다. 하지만 이제는 그녀에게 아무런 감정도 남아 있지 않았다. 그저 큰 고난을 겪은 그녀가 측은했고 내게 준 상처를 모두 잊고 용서하고 싶은 마음만 간절했다. 다시 화해하고 다정하게 손을 잡고 싶었다.

낯익은 얼굴이 거기 있었다. 엄하고 인정머리라곤 없는 얼굴, 그 무엇도 누그러뜨릴 수 없는 특이한 눈과 약간 치켜 올라간 고압적이고 포악스러운 눈썹까지 그대로였다. 얼마나 많은 시간 증오와 미움을 가득 담고 나를 노려보았던가. 그 거친 선을 더듬고 있자니 어린 시절의 공포와 슬픔이 생생하게 떠올랐다. 나는 허리를 굽혀 그녀에게 입을 맞췄다. 그녀가 나를 보았다.

"제인 에어냐?"

그녀가 말했다.

"네, 리드 외숙모. 몸은 좀 어떠세요?"

언젠가 나는 이 여자를 다시는 외숙모라고 부르지 않겠다고 맹세했다. 하지만 이제 그 맹세를 지키지 않는다고 해서 잘못 같지는 않았다. 나는 이불 밖으로 삐져나온 그녀의 손을 꽉 잡았다. 그녀도 내 손을 다정하게 잡아주었더라면 나는 진심으로 기뻐했을 것이다. 하지만 천성적으로 냉정한 사람이 금세 부드러워질 리 없었고 오래된 미움이 기다렸다는 듯 사라질 리도 없었다. 리드 부인은 손을 빼면서 외면하듯 고개를 돌리더니 오늘 밤 날씨가 따뜻하다고 말했다. 그녀가 또다시 차가운 시선으로 나를 보자 나는 단번에 그녀의 생각과 감정이 전혀 바뀌지 않았고 앞으로도 바뀌지 않으리라는 걸 알았다. 나는 그녀의 냉랭한 눈빛, 친절이 통하지 않고 눈물에도 변하지 않는 그 눈을 보고 끝까지 나를 나쁜 사람으로 여길 작정이라는 걸 알았다. 내가 좋은 사람이라고 생각한다면 그녀는 크게 기뻐하기보다는 그저 굴욕적이라고 느낄 것이다.

그 순간 나는 슬픈 마음이 바뀌어 화가 났다. 그래서 그녀의 천성이나 의지를 눌러 이겨버리겠다고 마음먹었다. 어렸을 때처럼 눈물이 솟아올랐지만 애써 참았다. 나는 그녀의 머리맡에 의자를 가져가 앉은 뒤 베개 위로 몸을 숙였다.

"사람을 보내 저를 부르셨죠? 그래서 제가 왔어요. 외숙모께서 회복되실 때까지 여기 머무를 작정이에요."

"물론 그랬지! 내 딸들은 만나봤니?"

"네."

"그럼 그 애들한테 내가 하고 싶은 말을 네게 할 수 있을 때까지 여기 머물기를 바란다고 말하렴. 오늘 밤은 너무 늦었다. 그리고 기억이 잘 나지 않아. 분명 하고 싶은 말이 있었는데. 가만…… 뭐였더라."

불안한 눈빛과 변한 말투는 한때 건강하던 몸이 얼마나 망가졌는지를 보여줬다. 그녀는 안절부절못하고 뒤척거리며 이불을 몸 쪽으로 바짝 끌어당겼다. 내 팔꿈치가 이불 한쪽 모서리를 눌러 이불이 움직이지 않자 그녀는 버럭 화를 냈다.

"일어나! 짜증나게 이불을 꽉 누르지 말라고. 네가 제인 에어냐?"

"네, 제인 에어예요."

"내가 그 애 때문에 얼마나 속을 썩었는지 몰라. 그런 골칫덩어리를 떠맡게 되다니. 이해할 수 없는 성미에다 별안간 화를 내지를 않나, 게다가 이상하게도 남의 행동을 지켜보니 매일 매 순간 내가 화가 안 나겠느냐고. 한번은 미쳤거나 악마라도 덮어 쓰인 듯 내게 대들었어. 그때 그 애처럼 말하고 그런 표정을 짓는 아이는 난생처음 봤어. 난 그 애를 이 집에서 쫓아버리고 정말 기뻤지. 로우드에서는 다들 그 애를 어떻게 대했을까? 열병이 돌아 많은 학생이 죽었다고 했어. 그런데도 그 애는 안 죽더라고. 하지만 나는 죽었다고 했지. 그 애가 죽기만을 바랐으니까!"

"외숙모, 이상한 소원이네요. 그 애를 왜 그렇게 미워하신 거예요?"

"난 그 애 엄마가 싫었어. 남편은 하나밖에 없는 누이동생을 무척이나 사랑했지. 그녀가 신분이 낮은 사람과 결혼하자 가족들이 인연을 끊겠다고 했을 때도 그이는 혼자 반대했어. 누이동생이 죽었다는 소식을 듣자 남편은 넋 나간 사람처럼 흐느껴 울었어. 누이동생의 아기를 데려오고 싶어 했지. 내가 차라리 유모에게 맡기고 양육비를 주자고 그렇게 애원했는데도. 그래서 처음 본 순간부터 그 애가 미웠어. 비쩍 말라서 허약해 보이는데 칭얼대기까지 하면서 밤새 울었어. 그것도 다른 애들처럼 우렁차게 우는 게 아니라 훌쩍거리고 칭얼댔단 말이야. 남편은 그게 가여워서 친자식처럼 길렀지. 우리 아이들이 그 나이였을 때보다 더 다정했다니까. 남편은 우리 애들과 그 거지 같은 애를 친해지게 하려고 애썼어. 하지만 귀여운 내 새끼들은 따라주지 않았어. 그러자 남편은 그 애를 싫어한다고 우리 애들한테 화를 냈지. 병에 걸려 다 죽어가면서도 마지막까지 그 애를 자기 곁으로 불렀어. 그리고 죽기 한 시간 전에 나한테 그 애를 끝까지 키우겠다는 맹세를 하도록 시켰지. 차라리 구빈원에서 가난뱅이 애를 데려다 키우는 게 나았을 거야. 하지만 남편은 나약했어. 천성적으로 마음이 여렸지. 존은 제 아버지를 닮은 구석이 하나도 없어. 나와 제 외삼촌을 닮았지.

딱 깁슨 집안 사람이라니까. 아, 돈을 달라는 편지를 보내 나를 그만 좀 괴롭혔으면! 더는 그 녀석한테 줄 돈도 없는데 말이야. 우린 점점 쪼들리고 있어. 하인도 절반은 내보내고 집도 일부분은 닫아버리거나 세를 줘야 해. 하지만 난 그럴 수가 없어. 그럼 앞으로 어떻게 지내지? 수입 중 3분의 2는 빌린 돈의 이자를 갚는 데 들어가 버리는데. 존은 도박에 미쳐 늘 돈을 잃기만 하지. 불쌍한 녀석! 사기꾼들에게 시달리고 있어. 헤어나오지 못하고 타락해버렸지. 게다가 끔찍한 몰골을 하고 있는 그 애를 보면 부끄러울 지경이야."

그녀는 점점 더 흥분했다.

"나는 그만 가는 게 좋겠어요."

나는 침대 건너편에 서 있던 베시에게 말했다.

"그럴 것 같네요. 아무튼 밤이 가까워지면 저렇게 말씀하시지만 아침에는 좀 더 차분해지세요."

나는 자리에서 일어났다.

"기다려! 할 말이 또 있다고. 존이 나를 협박해. 자기가 죽든지 나를 죽이든지 하겠다고 계속해서 위협한다니까. 가끔 그 애가 목을 크게 다치거나 시커멓게 퉁퉁 부은 채 누워 있는 꿈을 꿔. 이렇게 되다니. 고생이 이만저만이 아니야. 걱정거리가 태산인데 어떻게 하지? 어디서 돈을 구하지?"

리드 부인이 외쳤다.

베시는 겨우 부인을 달래 진정제를 먹였다. 이윽고 부인은 진정되는 듯하더니 꾸벅꾸벅 졸기 시작했다. 나는 방을 나왔다.

열흘이 지나도록 나는 부인과 다시 이야기를 나누지 못했다. 그녀는 횡설수설하다가 혼수상태에 빠지기를 반복했다. 의사는 그녀를 자극해 힘들게 만들 만한 일은 절대 하지 말라고 주의를 주었다. 그동안 나는 되도록 일라이자, 조지아나와 잘 어울려 지내려고 했다. 두 자매는 처음에는 몹시 냉랭했다. 일라이자는 하루의 절반을 바느질이나 독서, 편지 쓰기 등을 하면서 보냈고 나와 조지아나에게는 거의 한 마디 말도 건네지 않았다. 조지아나는 자기가 기르는 카나리아와는 몇 시간이고 말도 안 되는 대화를 나누면서도 나는 철저히 무시했다. 나는 할 일도 없고 놀 거리도 없다고 어쩔 줄 몰라 하는 모습을 보이고 싶지 않았다. 챙겨간 화구로 소일거리 삼아 그림을 그렸다.

나는 필통과 도화지 몇 장을 챙겨 그들과 멀찍이 떨어진 창가에 앉곤 했다. 그리고 시시각각 바뀌는 상상이라는 만화경 속에 순간적으로 떠오르는 풍경들을 멋진 그림장식으로 그리는 데 몰두했다. 바위 사이로 언뜻 보이는 바다, 수평선 위로 떠오르는 달, 그 달을 가로질러가는 배 한 척, 우거진 갈대와

창포, 연꽃 관을 쓰고 연꽃 속에서 튀어나온 물의 요정, 산사나무 꽃으로 만든 화관을 쓴 채 바위종다리 둥지 안에 앉은 작은 요정까지.

어느 날 아침, 나는 얼굴 하나를 그리기 시작했다. 어떤 얼굴이 될지 알 수도 없고 상관도 없었다. 나는 검은 연필을 잡고 뭉툭하게 만든 다음 그림을 그려나갔다. 먼저 도화지에 넓고 툭 튀어나온 이마와 턱이 각진 얼굴선을 그렸다. 나는 그 윤곽선이 좋았다. 내 손가락은 부지런히 이목구비를 채워넣었다. 이마 밑에는 짙고 가로로 쭉 뻗은 눈썹을 그렸다. 그다음에는 당연히 콧구멍이 넓고 콧대가 쭉 뻗은 또렷한 코를 그리고, 절대 작지 않으면서 자유로이 움직이는 입을 그렸다. 가운데가 또렷하게 갈라진 단단해 보이는 턱, 물론 검은 구레나룻도 필요했다. 그리고 칠흑 같은 머리칼이 관자놀이 위를 촘촘히 덮고 이마 위에서 물결치듯 구불거리게 그렸다. 이제 눈을 그릴 차례였다. 마지막까지 눈을 남겨둔 이유는 가장 신중하게 그려야 했기 때문이다. 눈은 큼직하게 그렸다. 형태가 잘 잡혔다. 속눈썹은 검고 길며 커다란 눈동자가 반짝거렸다.

'됐어! 하지만 약간 부족해. 더 강렬하고 영혼이 담긴 눈빛이어야 해.'

나는 그림의 전체적인 인상을 보면서 생각했다.

그러고는 눈빛이 더욱 밝게 보이도록 음영을 짙게 넣었다. 칠을 한두 번 더하니 그림이 완성되었다. 내 눈앞에 있는 것은 다름 아닌 친구의 얼굴이었다. 저 아가씨들이 내게 등을 돌리고 앉아 있더라도 무슨 상관이람! 나는 그림을 들여다보았다. 그와 꼭 닮은 그림을 보니 미소가 절로 지어졌다. 나는 그림에 마음을 빼앗겼다.

"아는 사람 얼굴을 그린 거야?"

어느새 다가온 일라이자가 물었다. 나는 상상해낸 얼굴이라고 대답하며 서둘러 도화지 밑에 감췄다. 물론 거짓말이었다. 사실 로체스터 씨의 얼굴을 실제와 아주 똑같이 그린 그림이었다. 그러나 나 말고 그녀와 다른 누구에게 이 그림이 무슨 의미가 있겠는가. 조지아나도 다가와서 그림을 보았다. 다른 그림들은 매우 마음에 들어 했지만 이 그림을 보더니 못생긴 남자라고 했다. 둘 다 내 그림 실력에 놀란 듯했다. 그들에게 초상화를 그려주겠다고 제안하자 차례로 내 앞에 앉았고 나는 연필로 그들의 윤곽선을 그렸다. 조지아나는 자기 화집을 보여주었다. 내가 수채화를 그려주겠다고 하자 그녀는 금방 기분이 좋아져 내게 정원으로 산책을 가자고 했다. 우리는 밖에 나간 지 채 두 시간도 되지 않아 비밀 이야기를 털어놓는 사이가 되었다. 그녀는 이 년 전쯤 런던 사교계에서 보냈던 화려한 겨울과 그곳에서 온갖 찬사를 듣고 주목받았던 이야기를 자세히 들려주었다. 심지어 나는 그녀가 어느 귀족과 만났다는 사실도 눈치 챘다.

오후가 지나고 저녁이 되면서 그 증거가 점점 늘어났다. 조지아나는 온갖 달콤한 대화를 들려주고 감상적인 장면을 묘사해주었다. 간단히 말하면 내게 상류사회에 관한 소설 한 권을 즉석에서 써준 것이나 다름없었다. 대화는 매일같이 이어졌지만 주제는 한결같았다. 그녀 자신, 자신의 사랑, 자신의 슬픔만을 이야기했다. 이상하리만치 어머니와 오빠의 죽음, 당장 눈앞에 닥친 가족의 암담한 현재와 미래에 대해서는 단 한 마디도 하지 않았다. 그녀의 마음은 과거의 화려한 즐거움과 미래에 다가올 방탕한 삶에 대한 열망으로 가득 차 있었다. 매일 어머니의 침실을 찾아갔지만 오 분 이상 머무르는 법이 없었다.

일라이자는 여전히 내게 말을 걸지 않았다. 사실 그녀는 이야기를 나눌 시간도 없어 보였다. 나는 여태껏 그녀처럼 살아본 적이 없었다. 하지만 무엇을 하는지, 아니 그렇게 부지런히 움직인 결과가 뭔지 말하기도 어렵다. 그녀는 자명종까지 맞춰가며 아침 일찍 일어났다. 아침 식사 전에는 뭘 하는지 모르겠지만, 식사 후에도 시간을 일정하게 쪼개 매시간 해야 할 일을 정했다. 하루에 세 번 그녀는 어떤 작은 책을 갖고 공부했다. 살펴보니 성공회의 기도서였다. 한번은 내가 그 기도서 중에 가장 마음을 끄는 부분이 어디냐고 물었더니 "전례법규"라고 대답했다. 또 하루 세 시간은 거의 카펫만 한 크기의 진홍빛

천 가장자리를 금실로 꿰매며 보냈다. 어디에 쓸 것인지 물어보니 최근 게이츠헤드 근처에 새로 세워진 교회의 제단을 덮을 거라고 했다. 두 시간 동안은 일기를 썼고 두 시간은 자신의 텃밭을 가꿨다. 나머지 한 시간은 장부를 정리했다. 친구도 대화도 원하지 않는 듯했다.

나는 일라이자가 나름대로 행복했을 거라고 생각한다. 규칙적인 일과에 충분히 만족하고 있었으니까. 그리고 그녀는 때맞춰 하는 규칙적인 일과를 변경하게 만드는 일이 생기면 그 어느 때보다도 화를 냈다.

어느 날 저녁 일라이자는 다른 때보다 이야기를 하고 싶은 기분이었는지 내게 이런 말을 했다. 존의 행실과 파산 위기에 처한 가족이 엄청난 고민거리였지만 이제 마음을 가다듬고 굳게 다짐한 게 있다고 했다. 자신의 재산은 안전하게 관리하고 있으니 어머니가 돌아가시면 오랫동안 바라던 계획을 실행에 옮기겠다는 것이다. 그녀는 태연하게 어머니가 회복되거나 오래 버티실 리 없을 거라고 말했다. 영원히 규칙적인 생활을 할 수 있는 은둔처를 찾아 천박한 세상과 경계를 치고 살아가겠다고 했다. 나는 조지아나도 같이 갈 것인지 물어보았다. 물론 아니었다. 조지아나와 일라이나 사이에는 공통점이 하나도 없었다. 과거에도 마찬가지였다. 그녀는 무슨 일이 있어도 조지아나와 함께 사는 부담을 지고 싶지 않다고 했다. 조지아나와 자신은 각자의 길을 가야 한다는 것이다.

　조지아나는 내게 속마음을 털어놓을 때 말고는 하루의 대부분을 소파에 누워서 보냈다. 그러면서 집안 분위기가 너무 우울하다고 조바심을 냈고 깁슨 숙모가 자기를 런던으로 초대해 주기를 끊임없이 바라면서 시간을 보냈다.

　"다 끝날 때까지 한두 달만 떠나 있을 수 있다면 정말 좋을 텐데."

　그녀가 말했다. '다 끝난다'는 말이 무슨 뜻인지 굳이 물어보지 않았지만, 어머니의 죽음과 장례식 뒤에 따라올 우울함을 말하는 듯했다. 일라이자는 빈둥빈둥 투정만 부리는 대상이 눈앞에 없는 듯 동생의 게으름과 불평에 전혀 신경 쓰지 않았다. 그러던 어느 날 자신의 출납 장부를 덮어놓고 수를 놓다가 동생에게 이렇게 말했다.

　"조지아나, 세상에 너처럼 허영심 많고 어리석은 인간은 없을 거야. 넌 세상에 태어나지 말았어야 해. 인생을 낭비하고 있으니까. 이성적인 인간이라면 반드시 자신을 위해, 자기 힘으로, 자신의 삶을 살아야 해. 한데 너는 너가 무능하다면서 남의 힘에만 의지해 살려고 하잖아. 남자든 여자든 너처럼 뚱뚱하고 나약하며 아무 쓸모없는 인간을 기꺼이 책임져줄 사람은 찾을 수 없을 거야. 그러면 너는 구박을 받았다느니 무시당했다느니 불행하다느니 하면서 울부짖을 거야. 네게 삶이란 끊임없는 변화와 자극의 무대여야만 하고, 그게 아니면 너는 감옥 같다고 느끼겠지. 넌 남한테 칭찬받고 구애를 받고 입에 발린 찬사를 들어야 하고, 음악과 춤과 사교계가 없으면 안 돼. 안 그러면 축 처져서 시들시들해지겠지. 남의 노력이나 의지와 상관없이 너 자신의 노력과 의지로 살 방법을 연구해볼 생각은 없니? 하루를 여러 부분으로 쪼개봐. 그리고 시간마다 할 일을 정하는 거야. 십오 분, 십 분, 단 오 분이라도 틈이 있으면 안 돼. 매시간 할 일이 있어야 해. 그리고 일을 순서대로 체계 있게 규칙적으로 해봐. 너도 모르게 하루가 후딱 지나버릴걸. 그러면 남의 도움 없이 시간을 보낼 수 있을 거야. 친구나 대화, 연민 같은 것도 필요 없어. 간단히 말하자면 독립적으로 사는 거지. 이 충고를 명심해. 처음이자 마지막으로 하는 충고니까. 그럼 너는 어려운 일이 있어도 나나 다른 사람이 필요 없을 거야. 내 말을 안 듣고 지금처럼 빈둥대면서 이것저것 바라기만 하고 징징댄다면 네 어리석음의 결과로 끔찍하고 견디기 어려운 고통을 겪게 될 거야. 솔직히 말할 테니 잘 들어. 지금부터 하는 말은 두 번 다시 하지 않을 거야. 그리고 나는 꼭 그렇게 하고 말 거야. 어머니가 돌아가시면 난 너와 인연을 끊을 거야. 어머니의 관이 게이츠헤드 교회의 납골당으로 운구된 날부터 너와 나는 전혀 모르는 사이인 거야. 우리는 우연찮게 같은 부모한테서 태어났지만 그런 하찮은 이유로 나를 붙잡아둘 수 있을 거라는 생각은 아예 하지 않는 게 좋아. 분명히 말하지만 이 세상 모든 사람이 멸망하고 우리 둘만 남아도 나는 너를 여기 버려두고 새로운 세계로 갈 거야."

이렇게 말하고 일라이자는 입을 다물었다.

그러자 조지아나가 말했다.

"굳이 장황한 설교 같은 건 할 필요 없어. 언니보다 이기적이고 냉정한 사람은 아마 이 세상에 없을 거야. 그리고 언니가 나를 뼈에 사무치게 미워한다는 걸 알아. 언니가 에드윈 뷔어 경의 일로 내게 쓴 계략만 봐도 알 수 있지. 내가 언니보다 신분이 높아지거나 작위를 갖거나 언니는 감히 얼굴도 들이밀 수 없는 화려한 사교계에 진출하는 걸 참을 수 없었던 거야. 그래서 스파이와 밀고자가 되어 내 앞날을 영원히 망쳐버린 거라고."

이렇게 말한 뒤 조지아나는 손수건을 꺼내 코를 풀면서 한 시간이나 울었다. 일라이자는 차갑고 태연하게 일만 했다. 관용과 진실을 하찮게 여기는 사람들이 있다. 그래서 한 사람은 참을 수 없을 정도로 독했고 또 한 사람은 무시당할 정도로 경박했다. 감정에 판단력이 빠지면 물을 타서 밍밍해진 약과 같다. 하지만 판단력이 감정을 통해 부드러워지지 않으면 너무 쓰고 거칠어 도저히 인간이 삼킬 수 없다.

비바람이 부는 오후였다. 조지아나는 소설책을 읽다가 소파 위에서 잠이 들었다. 일라이자는 새로 지어진 교회에서 열리는 성도제 예배에 참석하러 갔다. 종교 문제에 있어 그녀는 엄격한 형식주의자여서 아무리 궂은 날씨라도 신도로서의 의무를 다 하기 위해 교회에 나갔다. 날씨가 좋건 나쁘건 매주 일요일이면 세 번씩 교회에 가고 평일에도 기도회가 있으면 빠짐없이 참석했다.

나는 2층으로 올라가 방치된 채 죽어가는 부인을 보리라 마음먹었다. 하인들도 들쑥날쑥 그녀를 돌보았고 지켜보는 사람이 거의 없으니 고용된 간호사는 틈만 나면 방을 빠져나갔다. 베시는 성실하지만 남편과 아이들을 챙겨야 해서 자주 오지 못했다. 예상대로 방에는 아무도 없었다. 물론 간호사도 없었다. 환자는 꼼짝 앉고 누워 있었다. 혼수상태인 듯했고 창백한 얼굴이 베개에 파묻혀 있었다. 난롯불은 꺼져가고 있었다. 나는 난로에 땔감을 더 넣고 이불을 정돈했다. 그리고 지금 나를 쳐다볼 수 없는 그녀를 한동안 지켜보다가 창가로 걸어갔다.

빗방울이 거실 유리창에 부딪히고 바람은 거세게 휘몰아쳤다.

나는 생각했다.

'한 사람이 저기 누워 있다. 저 사람은 곧 땅 위 비바람이 없는 곳으로 떠나겠지. 육신에서 벗어나려고 발버둥치고 있는 그 영혼은 해방되고 나면 어디로 갈까?'

이런 거대한 신비에 대해 골똘히 생각하자 문득 헬렌 번스가 떠올랐다. 그리고 그녀가 숨을 거두기 전 육체를 떠나면 영혼은 평등하다던 그녀의 신조와 믿음이 생각났다. 여전히 그녀의 목소리가 귓가에 생생했다. 평온하게 죽어가며 아버지의 품으로 되돌아가고 싶다고 속삭이던 그녀의 창백하고 경건한 표정, 수척한 얼굴, 숭고한 눈빛이 떠올랐다. 그때 뒤쪽 침대에서 힘없는 목소리가 들렸다.

"거기 누구지?"

나는 리드 부인이 며칠 동안이나 말을 하지 않았다는 걸 알고 있었다. 그렇다면 좀 회복된 걸까?

"저예요, 리드 외숙모."

"저라니? 누구냔 말이야. 누구지?"

그녀는 놀라고 다소 경계하는 듯한 눈빛으로 나를 보았다. 하지만 격렬한 반응은 아니었다.

"전혀 모르겠어. 베시는 어디 갔지?"

"외숙모, 문지기 집에 있어요."

"외숙모라고? 누가 나를 외숙모라고 불러? 너는 깁슨 가문 사람이 아니지. 나는 네가 누군지 알아. 그 얼굴, 눈 그리고 이마가 낯익어. 너는 마치! 그래, 제인 에어를 닮았구나!"

나는 잠자코 있었다. 내가 제인이라고 밝히면 그녀가 충격을 받을까 봐 걱정스러웠다.

"하지만 내가 잘못 봤겠지. 이제 내 머리를 믿을 수가 없어. 제인 에어를 만나고 싶어 했더니 전혀 다른 사람을 그 애와 닮았다고 생각했네. 더구나 팔 년이면 꽤 많이 변했을 텐데."

나는 나긋나긋한 말투로 그녀에게 내가 바로 만나고 싶어 하셨다던 바로 그 제인 에어라고 말해주었다. 그녀가 정신을 차려 나를 알아보는 듯하자 베시가 그녀의 남편을 보내 나를 손필드로 불렀다고 설명했다.

잠시 후 그녀가 말했다.

"내 상태가 매우 안 좋다는 걸 알고 있다. 살짝 돌아누우려고 해도 팔다리가 마음대로 움직이질 않아. 그래서 죽기 전에 마음이라도 편해지고 싶었다. 건강할 때는 아무것도 아닌 일도 지금 같은 처지가 되고 나니 나를 괴롭히는구나. 여기 간호사는 있니? 너밖에 없어?"

나는 우리 둘뿐이라고 했다.

"나는 네게 두 가지 잘못을 저질렀어. 그리고 이제 와서 후회하고 있다. 하나는 너를 내 자식처럼 키우겠다고 남편에게 약속해놓고 그걸 어긴 것이고, 또 하나는……."

부인이 중얼거렸다.

"이제 와서 별로 중요하지 않은 일을……. 내가 낫고 있는지도 모르는데 저 애한테 너무 굽히고 들어가려니 괴로워."

그녀는 돌아누우려고 애썼지만 잘 되지 않았다. 순간 그녀의 표정이 달라졌다. 뭔가 변화가 생긴 모양이었다.

"그래, 그냥 끝내버려야지. 저세상이 눈앞에 있는걸. 제인에게 말하는 게 낫겠어. 내 화장대 서랍을 열고 안에 있는 편지를 가져오너라."

나는 시키는 대로 했다.

"그 편지를 읽어봐."

그녀가 말했다.

짧은 편지에는 이렇게 쓰여 있었다.

부인, 죄송하지만 제 조카인 제인 에어의 주소와 근황을 알려주시면 고맙겠습니다. 저는 편지를 보내 그 아이를 마데이라로 데려오려고 합니다. 저는 하늘이 도와 상당한 재산을 모았지만 미혼이라 자식이 없습니다. 그래서 제인을 양녀로 삼고 제가 죽은 다음에는 가진 재산을 전부 물려주려고 합니다.

마데이라에서 존 에어

삼 년 전에 보낸 편지였다.

"이 얘기를 왜 이제야 말해주시는 거죠?"

내가 물었다.

"네가 너무 싫어서 잘되게 도와줄 수가 없었다. 그래 제인, 나는 네가 한 짓을 잊어버릴 수가 없었어. 나한테 사납게 덤비고 세상에서 제일 밉다고 어린애답지 않은 표정과 목소리로 나를 비난하던 걸 생각만 해도 몸서리가 쳐진다. 내가 너를 끔찍이 잔인하게 대했다고 말했어. 네가 마음속에 담아둔 앙심을 쏟아내던 그때 내 기분이 어땠는지 절대 잊지 못해. 마치 내가 야단치고 다그치던 짐승이 사람의 눈으로 나를 보면서 사람 목소리로 저주하는 것처럼 무서웠어. 물을 좀 다오. 얼른!"

나는 그녀에게 물을 한 모금 먹여주며 말했다

"외숙모, 더는 그런 생각하지 마시고 다 잊어버리세요. 팔 년 전 화가 나서 했던 말인데 용서해주세요. 그때 저는 어렸잖아요. 벌써 팔구 년이나 지난걸요."

그녀는 내 말에 전혀 귀를 기울이지 않았다. 물을 마시고 한숨 돌리더니 말을 이었다.

"나는 그걸 잊을 수가 없었다. 단 하루도 말이야. 그래서 복수를 했지. 네가 삼촌에게 입양되어 편안히 살면서 명문가의 숙녀가 되는 꼴을 도저히 볼 수 없었으니까. 그래서 네 삼촌에게 답장을 보냈지. '실망시켜 죄송하지만 제인은 로우드에서 발진티푸스에 걸려 죽었습니다' 하고 말이야. 이제 내가 거짓말을 했다고 편지를 보내. 어서 당장 내 거짓말을 알리렴. 너는 나를 괴롭히려고 태어났을 거야. 너만 아니었으면 나도 그런 짓을 꿈에서라도 저지르지 않았을 거다. 마지막 순간에도 그 일이 생각나 너무 괴롭구나."

"외숙모, 이제 그런 일들은 잊어버리세요. 용서하는 마음으로 저를 대해주시면……."

"나는 절대 너를 이해할 수 없을 것 같아. 구 년 동안 어떻게 해도 꾹 참고 묵묵하게 지내던 네가 왜 십 년째 되던 해에 울분을 터뜨렸는지 이해할 수가 없어."

"외숙모가 생각하시는 것처럼 제가 그렇게 나쁜 애는 아니에요. 성미는 급하지만 앙심을 품거나 하지는 않는다고요. 아주 어렸을 땐 외숙모만 받아주신다면 기꺼이 외숙모를 사랑할 거라고 생각했어요. 그래서 이제라도 진심으로 화해하고 싶어요. 제게 입맞춤을 해주세요."

나는 내 볼을 외숙모의 입술 가까이에 댔지만 그녀는 입을 맞추려고 하지 않았다. 내가 침대 위에 몸을 숙여 자기를 눌러 무겁고 답답하다고만 했다. 그리고 다시 물을 달라고 했다. 나는 그녀를 일으켜 물을 먹였다. 그러고 나서 그녀를 눕히고 얼음같이 차고 축축한 손을 감싸 쥐었지만, 힘없는 손가락은 내 손을 빠져나갔고 멍한 시선도 내 눈을 피했다.

"그럼 저를 사랑하든 미워하든 마음대로 하세요. 저는 외숙모를 깨끗하게 용서했어요. 이제는 하느님께 용서를 구하고 마음을 편하게 가지세요."

마침내 내가 말했다.

끊임없이 고통받는 가엾은 여자! 지금까지 그렇게 살아왔는데 이제 와서 마음을 고쳐먹기엔 너무 늦었다. 그녀는 살면서 나를 끊임없이 미워하고 죽어가면서도 미워했다. 이때 간호사가 들어왔고 베시도 뒤따라 들어왔다. 그래도 나는 외숙모가 행여 무슨 표현이라도 할까 싶어 삼십 분이나 머뭇거렸다. 하지만 아무 반응도 없었다. 그녀는 갑자기 상태가 나빠져 혼수상태에 빠졌고 다시는 깨어나지 못했다.

그날 밤 열두 시에 외숙모는 세상을 떠났다. 나뿐 아니라 딸들도 임종을 지키지 못했다. 다음 날 아침 모두 끝났다고 들었을 뿐이다. 벌써 입관까지 마친 상태였다. 일라이자와 나는 그녀를 보러 갔다. 엉엉 소리 내어 울던 조지아나는 차마 볼 수가 없다고 했다.

한때 튼튼하고 활발했던 세라 리드의 몸은 뻣뻣하게 경직되어 있었다. 부싯돌과 같은 눈은 차가운 눈꺼풀에 덮여 있었지만 이마와 인상 깊은 얼굴에는 그녀의 무정한 영혼이 여전히 어려 있는 것 같았다.

주검은 기이하고 엄숙하게 느껴졌다. 나는 우울하고 괴로운 심정으로 시신을 바라봤다. 아련하거나 즐겁거나 연민이나 희망, 평온함도 느껴지지 않았다.

나는 외숙모를 잃어 상실감에 빠진 게 아니라 오직 그녀가 겪은 고통만이 마음에 남아 비통했다. 그리고 나도 이렇게 죽지 않을까 걱정이 되어 침울해졌다.

일라이자는 무덤덤하게 어머니를 바라봤다. 그리고 입을 열었다.

"꽤 오래 사실 수 있는 체질인데 걱정을 많이 해서 수명이 짧아지셨어."

잠깐 동안 일라이자의 입술이 떨리더니 그녀는 돌아서서 나갔다. 나도 뒤따라 나갔다. 우리 둘 다 눈물 한 방울 흘리지 않았다.

제22장

로체스터 씨가 내준 휴가는 일주일밖에 되지 않았지만 나는
한 달이 지나도록 게이츠헤드에 머물렀다. 장례식이 끝나자마
자 떠나고 싶었지만 조지아나가 자신이 런던으로 떠날 때까지
있어 달라고 간절히 부탁했다. 누이의 장례를 감독하고 집안일
을 정리하러 왔던 외삼촌 깁슨 씨가 마침내 런던으로 초대했던
것이다. 조지아나는 일라이자와 단둘이 있기가 두렵다고 했다.
자신이 낙담해 있어도 동정하지 않고 두려워해도 아무런 격려
도 해주지 않으며 여행 준비도 도와주지 않는다는 것이었다.
나는 나약한 그녀가 불평하고 자신만 생각하며 한탄해도 최선
을 다해 바느질과 짐 싸는 일을 도와주었다. 하지만 내가 도와
주는 동안 정작 그녀는 빈둥거리기만 했다. 나는 생각했다.

'사촌, 내가 앞으로도 계속 너와 함께 살아야 했다면 우리 관계는 지금과 전혀 달랐을 거야. 너를 순순히 받아주기만 하진 않았을 테니까. 네게 할 일을 나눠준 뒤 하게 만들고 네가 하지 않고 빈둥거린다면 그 상태로 내버려뒀을 거야. 또 느릿느릿 내뱉는 거짓 섞인 네 불평들은 그냥 네 가슴속에만 묻어두라고 했을 거고. 내가 이렇게 다 참고 받아주는 건 우리가 머지않아 헤어질 거고, 특히나 지금이 애도 기간이기 때문이야.'

드디어 조지아나를 떠나보냈다. 그랬더니 이번에는 일라이자가 한 주만 더 있어 달라고 부탁했다. 자신의 계획을 실행하기 위해 온종일 집중해야 한다고 했다. 그녀는 가보지 않은 곳으로 떠날 준비를 하고 있었다. 하루 종일 방문까지 걸어 잠그고 짐을 싸거나 서랍을 정리하고 서류들을 태워 없앴다. 그 누구와도 이야기를 하지 않았다. 그녀는 내게 자신이 떠날 준비를 하는 동안 집안일을 돌보고 손님을 맞으며 조문 편지에 답장을 해달라고 부탁했다.

그러던 어느 날 아침 일라이자는 내게 이제 마음대로 해도 된다고 말하면서 이렇게 덧붙였다.

"그동안 신중하고 훌륭하게 일을 봐줘서 정말 고마워. 너와 지내는 건 조지아나와 살던 것과는 전혀 달랐어. 너는 네 몫의 일을 해내고 누구한테도 폐를 끼치지 않았지. 나는 내일 유럽 대륙으로 떠나 릴 근처 수도원에 들어가서 지낼 거야. 너는 수

160

녀원이라고 부르겠지. 그곳에서는 아무 간섭도 받지 않고 조용히 지낼 수 있을 거야. 당분간 가톨릭 교리를 공부하고 그 체계가 어떻게 돌아가는지 연구하는 데 전념할 거야. 아직 확실하진 않지만 그 교리가 세상만사를 해결하게 해준다는 사실을 깨달으면 가톨릭 교리를 받아들여 수녀가 될 거야."

나는 그녀의 결심을 듣고도 놀라는 기색을 보이거나 말리지 않았다. 그리고 마음속으로 생각했다.

'언니에게 딱 어울리는 일이구나. 행복하게 살아!'

헤어질 때 그녀가 말했다.

"안녕, 내 사촌 제인 에어. 너는 잘 지낼 거라 믿어. 사리 분별력이 있으니까."

나도 말했다.

"일라이자 언니도 잘 지낼 거라 믿어요. 일 년만 있으면 언니의 깨달음과 능력은 프랑스 수녀원에 갇혀버리겠지요. 하지만 내가 관여할 문제는 아니지요. 언니한테 맞는 일이라면 상관없다고 생각해요."

"네 말이 맞아."

이런 대화를 나눈 뒤 우리는 각자의 길로 떠났다. 일라이자와 조지아나에 대해서는 다시 언급할 기회가 없을 것 같아 여기서 잠시 말해두려고 한다. 조지아나는 부유하지만 유흥에 빠져 살던 상류층 남자와 결혼했다. 일라이자는 정말 수녀가 되

었다. 지금은 자신이 견습 수녀로 있던 수녀원에서 높은 자리
에까지 올랐고 전 재산은 수녀원에 기부했다.

나는 길건 짧건 집을 떠났다가 다시 돌아갈 때 사람들의 기
분이 어떤지 몰랐다. 그런 경험이 없었기 때문이다. 어렸을 때
오랫동안 산책을 하고 게이츠헤드로 돌아오던 기분은 알고 있
었다. 춥고 우울해 보인다고 야단맞았던 기억이 난다. 그 후
교회에서 로우드로 돌아올 때 기분이 어땠는지도 알고 있었다.
풍성한 음식과 따뜻한 난롯불을 고대했지만 그 어느 것도 가질
수 없었다. 그렇게 집으로 돌아오는 길은 즐겁지도 않고 기다
려지지도 않았다. 도착지에 가까워질수록 점점 강하게 그곳으
로 나를 끌어당기는 힘이 없었다. 손필드로 돌아갈 때 기분도
직접 겪어보지 않고는 알 수 없었다.

여행은 지루했다. 첫날 약 80킬로미터를 달려 여관에서 하룻
밤을 묵고 다음 날 또다시 80킬로미터를 갔다. 처음 열두 시간
동안 나는 죽기 직전의 리드 부인을 생각했다. 그녀의 추하고
창백한 얼굴이 머릿속에 떠올랐고 기이하게 변해버린 그녀의 목
소리가 귓가에 맴돌았다. 장례식, 관, 영구차, 검은 상복을 입
은 소작인과 하인들의 행렬(친척들은 거의 없었다) 활짝 열려 있
는 지하 납골당, 고요한 교회, 엄숙한 예배 등도 머릿속에 떠올
랐다. 그리고 나서 일라이자와 조지아나를 생각했다. 한 명은
무도회에서 모든 사람의 관심을 받는 대상이 되고 다른 한 명

은 수녀원의 식구가 될 것이다. 나는 각기 다른 성격과 개성을 가진 두 사람을 분석하며 시간을 보냈다. 그러나 저녁 ○○ 시에 도착하자 이런 생각들은 사라졌다. 밤이 되자 전혀 다른 방향으로 생각이 흘러갔다. 나는 여관 침대 위에 누워 지난 일을 회상하는 대신 앞으로 닥칠 일들을 생각했다.

나는 손필드로 돌아가고 있었다. 하지만 앞으로 얼마나 더 그곳에 살게 될까? 분명 오랜 기간은 아닐 것이다. 떠나 있는 동안 페어팩스 부인이 소식을 전해왔다. 손님들은 모두 돌아갔고 로체스터 씨는 이 주일간 머무르겠다면서 런던에 간 지 어느덧 삼 주가 흘렀다는 것이다. 페어팩스 부인은 그가 마차를 새로 산다고 하는 걸로 보아 결혼 준비를 하러 간 것 같다고 말했다. 또한 자기는 로체스터 씨가 잉그램 양과 결혼한다는 것을 도무지 믿을 수가 없지만, 다들 그렇게 말하고 자기 생각으로도 틀림없이 얼마 안 있어 결혼할 것 같기는 하다고 했다. 나는 속으로 외쳤다.

'믿지 못한다면 부인이 지나치게 의심이 많은 거예요. 나는 더는 의심하지 않아요.'

뒤이어 '난 어디로 가지?'라는 생각이 들었다. 그리고 그날 나는 밤새도록 잉그램 양의 꿈을 꾸었다. 새벽녘 꿈속에서는 내가 들어오지 못하게 손필드의 문을 닫고 있는 그녀의 모습이 생생하게 보였다. 내게 딴 길로 가라며 손가락질을 했다. 그 옆에서 로체스터 씨는 팔짱을 낀 채 비웃는 듯한 표정으로 그녀와 나를 바라보고 있었다.

나는 페어팩스 부인에게 돌아가는 정확한 날짜를 가르쳐주지 않았다. 밀코트까지 마차를 마중 보내지 않았으면 했기 때문이다. 대신 나는 조용히 혼자서 걸어가기로 했다. 6월의 어느 날 저녁 여섯 시쯤 여관집 마부에게 가방을 맡기고 몰래 조지 여관을 빠져나와 손필드로 가는 오래된 길로 들어섰다. 길은 주로 밭을 가로질러 나 있었고 행인도 거의 없었다.

밝고 화사한 여름의 저녁은 아니었지만 맑고 포근했다. 길가에는 일꾼들이 건초를 만들고 있었다. 하늘엔 구름이 끼어 있었지만 내일은 날씨가 화창할 거라고 약속이나 하듯 흰 구름 사이로 보이는 푸른빛은 부드러웠으며 옅은 구름들이 높이 떠 있었다. 서쪽 하늘도 따스해 보였다. 비가 올 것처럼 보이지는 않았다. 대리석 같은 수증기의 장막 뒤에서는 제단이 불길에 휩싸인 것같이 보였고 구름 사이로 붉은 황금빛이 퍼져 나오고 있었다.

기쁘게도 목적지가 점점 가까워오고 있었다. 너무 기쁜 나머지 한번은 멈춰 서서 왜 이렇게 기쁜지 스스로 물어보기도 했다. 그리고 지금 가는 곳은 내 집이 아니고 영원히 살 곳도 아니며 좋아하는 친구가 밖을 내다보며 내가 도착하기만을 기다리는 곳도 아니라고 마음을 다잡아보기도 했다. 나는 혼잣말을 했다.

"페어팩스 부인은 미소 지으며 차분하게 너를 반겨줄 거야. 귀여운 아델은 손뼉을 치며 너를 보려고 방방 뛰겠지. 하지만 너는 그들이 아니라 다른 사람을 생각하고 있어. 그 사람이 너를 생각하지 않는다는 것을 잘 알고 있으면서도 말이야."

그러나 젊음처럼 무모한 게 또 있을까? 세상물정을 모르는 것처럼 맹목적인 게 또 있을까? 로체스터 씨가 나를 보건 보지 않건 그를 다시 볼 수 있는 것만으로도 기쁘다고 내 젊음과 어리석음은 외치고 있었다.

'서둘러 가자! 가능할 때 곁에 있어야지. 그럴 날도 이제 앞으로 며칠, 길어야 몇 주밖에 남지 않았어. 그뒤에는 그분과 영원히 헤어지게 되는 거야.'

그러고 나서 나는 도저히 품고 싶지도 않고 키우고 싶지도 않은 기분 나쁜 새로운 고민거리를 떨쳐버리고 앞으로 부지런히 나아갔다.

손필드의 초원에서도 사람들이 건초를 만들고 있었다. 아니, 내가 도착했을 무렵에는 일을 다 마친 일꾼들이 어깨에 갈퀴를 둘러메고 집으로 돌아가는 중이었다. 이제 밭을 한두 개 지나고 길 하나만 건너면 저택에 닿을 것이다. 울타리에는 장미꽃이 한 아름 피어 있었다. 그러나 꽃을 꺾을 시간이 없었다. 어서 빨리 집으로 돌아가고 싶었다. 길 위로 가지를 뻗은 키가 큰 들장미를 지나치자 좁은 돌계단이 보였다. 그런데 그곳에 로체스터 씨가 있었다. 돌계단에 앉아 연필을 손에 쥐고 무언가를 쓰고 있었다.

분명 유령이 아니었다. 그런데도 내 몸의 긴장이 모조리 풀려버린 듯했다. 한동안 나 자신을 어떻게 할 수가 없었다. 왜일까? 그와 마주치는 것만으로도 이렇게 떨리고, 그의 앞에서 말한 마디 못 하고 몸도 마음대로 움직일 수 없을 거라고는 생각지 못했다. 움직일 수만 있다면 돌아갔을 것이다. 바보 같은 짓을 할 필요가 없었으니까 말이다. 나는 집으로 가는 다른 길을 알고 있었다. 하지만 내가 다른 길을 스무 개 넘게 알고 있는 건 중요치 않았다. 이미 그가 나를 본 것이다.

"어이! 돌아왔군! 어서 이리 와요."

그가 소리치며 종이와 연필을 내려놓았다.

로체스터 씨에게 가야 한다고 생각했지만 어떻게 가면 좋을지 몰랐다. 내 몸이 어떻게 움직이고 있는지도 모르면서 그저 차분해 보이려고 애썼다. 무엇보다 얼굴 근육의 움직임을 통제하려고 했지만, 건방지게도 얼굴이 내 뜻을 거역하고 감추고 싶은 내 감정을 드러내려 하고 있었다. 다행히 내 얼굴은 베일에 가려져 있었다. 그러니 그럭저럭 태연하게 보일지도 모른다.

"제인 에어, 맞소? 밀코트에서 여기까지 걸어오는 거요? 그렇겠지. 이것도 당신 장난 중 하나군. 보통 사람들처럼 마차로

덜거덕거리며 오는 게 아니라 꿈결이나 그림자처럼 황혼과 더불어 집 근처로 슬그머니 숨어드는 거지. 도대체 지난 한 달 동안 뭘 했소?"

"외숙모께서 돌아가셔서 곁을 지켰어요."

"진정으로 당신다운 대답이군. 착한 천사들이여, 나를 지켜주소서! 그녀는 다른 세상에서 왔답니다. 죽은 사람들이 사는 곳에서요. 여기 황혼 속에 혼자 있던 나를 만나 그렇게 말하네요. 내게 용기가 있다면 당신이 사람인지 유령인지 만져볼 텐데. 요정 아가씨! 하지만 그렇게 하느니 늪에서 파란 도깨비불을 잡는 게 낫겠군!"

그가 잠시 말을 멈췄다. 그리고 덧붙였다.

"꼬박 한 달이나 떨어져 있었으니 틀림없이 나를 싹 잊어버렸겠지!"

로체스터 씨를 다시 만나면 기쁠 거라는 생각은 했다. 비록 머지않아 주인이 아닌 남남이 될 거라는 불안감과 그에게 나는 아무것도 아니라는 생각에 즐거움이 깨지긴 했지만, 그에게는 남을 행복하게 만드는 힘이 넘쳐(적어도 내 생각에는) 나같이 길을 잃고 헤매는 새한테는 그가 던져주는 빵부스러기를 맛보는 것만으로도 맘껏 포식하는 듯했다. 그가 마지막에 한 말은 나에게 위안이 되어주었다. 내가 그를 잊는 것이 그에게 어떤 의미라도 있는 것처럼 들렸다. 게다가 손필드가 내 집인 양 말했다.

아, 정말 내 집이었다면!

그는 그대로 돌계단에 앉아 조금도 움직이지 않았다. 나는 지나가게 비켜달라는 말을 하기가 싫었다. 그래서 런던에 다녀 왔는지 물어보았다.

"그렇소. 천리안으로 보고 알아냈군."

"페어팩스 부인이 편지로 알려주셨어요."

"무슨 일로 다녀왔는지도?"

"그럼요. 다들 알고 있잖아요."

"제인, 직접 저 마차를 좀 봐주시오. 로체스터 부인에게 잘 어울리는지. 저 마차의 보랏빛 쿠션에 기대앉으면 내 아내가 부디카 여왕(브리튼 섬을 정복한 로마 제국의 점령군에게 대항했던 이케니족의 여왕—옮긴이)처럼 보일지 말이오. 제인, 내가 더 잘생겨져야 남 보기에도 그런 여자와 어울릴 거요. 자, 당신은 요정이니까 마술, 마법의 약, 뭐 그런 것들로 이제 나를 미남으로 만들어줘요."

'그건 마술의 힘으로도 할 수 없어요. 당신을 사랑하는 눈만 있으면 돼요. 그 눈으로 보면 당신은 충분히 미남이에요. 당신의 무뚝뚝한 태도가 잘생긴 얼굴보다 훨씬 더 매력 있어요.'

나는 마음속으로 이렇게 외쳤다.

로체스터 씨는 가끔 내가 도저히 알 수 없는 통찰력으로 내 생각까지 꿰뚫어보곤 했다. 이번에도 그는 내 퉁명스러운 대답은 상관없다는 듯 좀처럼 볼 수 없는 특유의 미소를 지어 보였다. 그는 대수롭지 않은 일에 보여주기엔 그 미소가 너무 아깝다고 생각하는 듯했다. 그의 웃는 얼굴이 마음의 햇살처럼 내게 쏟아지고 있었다.

"제인, 이제 집으로 들어가요. 친구 집에서 그 걷느라 지친 작은 발을 좀 쉬게 해줘요."

그가 계단 한쪽으로 비켜주며 말했다.

지금 내가 할 수 있는 일은 잠자코 로체스터 씨의 말에 따르는 것뿐이었다. 더는 어떤 말도 필요 없었다. 나는 아무 말 없이 계단을 뛰어올라 그의 곁을 얌전히 지나가려고 했다. 하지만 별안간 어떤 충동에 사로잡히고 어떤 힘에 사로잡혀 그에게로 돌아섰다. 내가, 아니 그 무언가가 나를 대신해서 이렇게 말했다.

"이처럼 친절하게 맞아주셔서 정말 고맙습니다. 다시 돌아오니 이상하리만치 기쁘네요. 로체스터 님이 계신 곳이면 어디든 그곳이 제 집이에요. 제 유일한 집이에요."

나는 그가 나를 잡으려 해도 도저히 따라올 수 없을 만큼 빠르게 걸었다. 나를 보자 귀여운 아델은 뛸 듯이 기뻐했고 페어팩스 부인은 늘 그렇듯 다정하게 맞아주었다. 리어는 미소를 지었고 소피도 기뻐하며 "안녕하세요"라고 인사했다. 나는 정말 즐거웠다. 주변 사람들에게 사랑받고 자신의 존재로 그들이 더욱 즐거워한다고 느끼는 것만큼 행복한 건 없었다.

　그날 저녁, 나는 앞으로 일어날 일을 단호하게 눈감아 버리기로 했다. 머지않아 다가올 이별과 슬픔을 경고하던 마음의 소리에도 귀를 막았다. 차를 마시고 나서 페어팩스 부인은 뜨개질을 하고 나는 그녀 곁에 놓인 나지막한 의자에 앉아 있었다. 그리고 아델은 카펫 위에 무릎을 꿇고 내게 가까이 붙어 앉아 있었다. 서로를 사랑하는 마음이 황금빛 평온의 고리처럼 우리를 둘러싸고 있는 듯했다. 나는 우리가 너무 빨리 또는 너무 멀리 헤어지지 않게 해달라고 마음속으로 기도했다. 그때 로체스터 씨가 예고도 없이 불쑥 들어왔다. 그는 화기애애하게 앉아 있는 우리를 보고 기뻐하는 것 같았다. 그는 페어팩스 부인에게 "양녀가 돌아와서 이제 마음이 놓인 듯 보이는군요"라고 말한 뒤 아델에게는 "조그만 영국 엄마만 뚫어져라 보고 있네"라고 했다. 나는 그가 결혼한 후에도 우리를 멀리 쫓아버리지 말고 햇살 같은 그의 보호 아래 어떻게든 계속 살게 해줬으면 하는 희망을 조심스레 품어봤다.

　손필드 저택으로 돌아온 지 이 주일이나 됐지만, 이상하게도 조용한 날들이 계속됐다. 주인의 결혼에 대한 이야기도 없고 결혼식을 준비하는 것 같지도 않았다. 나는 거의 날마다 페어팩스 부인에게 정해진 게 없느냐고 물었다. 그때마다 그녀는 매번 없다고 대답했다. 한번은 페어팩스 부인이 주인에게 직접 신부는 언제 집으로 데려오는지 물었는데, 그는 묘한 표정을 짓더니 농담으로 대꾸하며 무슨 뜻인지 모르겠다고 했다.

특히나 내가 놀란 것은 잉그램 양이 손필드에 오거나 로체스터 씨가 잉그램 저택을 방문하는 일도 전혀 없다는 점이었다. 30여 킬로미터 떨어진 다른 주와의 경계에 있기는 했지만, 열렬히 사랑하는 사람들에게 거리가 무슨 상관인가. 로체스터 씨처럼 지칠 줄 모르는 숙련된 기수라면 오전 동안에도 도착할 수 있는 거리였다. 나는 그러면 안 되지만 희망을 품기 시작했다. 결혼은 깨졌고 모든 것이 헛소문이었으며 한쪽 아니면 둘 다 마음이 변했을 수도 있었다.

나는 로체스터 씨가 슬프거나 화가 났는지 그의 표정을 유심히 살피곤 했다. 하지만 요즘은 불쾌한 감정 따위는 보이지 않고 한결같이 기분이 좋아 보였다. 아델과 함께 시간을 보내거나 내가 맥없이 우울해하는 날이면 오히려 그가 명랑하게 굴었다. 게다가 요즘같이 자주 나를 부른 적도 없었다. 그리고 이만큼 친절하게 대한 적도 없었다. 나 또한 이렇게 깊이 그를 사랑한 적이 없었다.

제23장

영국 전역에 눈부신 한여름이 찾아왔다. 사면이 바다로 둘러싸인 영국에서는 보기 드문 맑은 하늘과 타오르는 태양을 이 무렵에는 매일같이 볼 수 있었다. 마치 철새 무리처럼 눈부시게 아름다운 남쪽 이탈리아의 날들이 몰려와 영국의 절벽 위에 쉬기 위해 내려앉은 듯했다. 건초를 모두 거둬들인 손필드 들판은 푸르게 깎여 있었다. 길은 하얗게 말라 있었고 나뭇잎이 우거졌다. 잎이 무성해 검푸르게 보이는 울타리와 숲은 햇살이 내려쬐는 말끔하게 풀을 베어낸 초원과 대조를 이루었다.

세례 요한 축일 저녁, 아델은 반나절을 헤이 마을 길가에서 산딸기를 따고는 지쳐 해가 떨어지자마자 잠자리에 들었다. 나는 그 애가 잠드는 걸 지켜본 뒤 정원으로 나갔다.

하루 중 가장 기분 좋은 시간이었다. 낮 동안의 강렬한 불길은 다 타버리고 목이 말라 헐떡거리는 들판과 햇볕에 그을린 산마루에 시원하게 이슬이 내렸다. 구름이 장관을 이루지도 않고 수수하게 태양이 지고 난 하늘은 경건한 자줏빛으로 물들어갔다. 붉은 보석의 빛깔과 타오르는 용광로의 불꽃이 한데 타오르는 듯한 자줏빛이 어느 높은 봉우리에서부터 하늘 한가운데까지 높고 넓게 그리고 부드럽게 퍼져나갔다. 아름답고 짙은 푸른빛이 매력적인 동쪽 하늘에는 단 하나의 보석처럼 갓 솟아오른 별이 외롭게 떠 있었다. 머지않아 자태를 뽐낼 달은 아직 지평선 아래에 숨어 있었다.

나는 포장된 길을 따라 한참을 걸었다. 그때 익숙한 여송연 냄새가 어느 창문에서 은은하게 풍겨오고 있었다. 둘러보니 서재의 미닫이창이 손바닥만큼 열려 있었다. 그곳에서는 내가 보일 수도 있었다. 그래서 나는 과수원으로 들어갔다. 저택 안에서 여기만큼 아늑하고 자유로운 곳은 없었다. 숲이 우거지고 꽃이 만발해 있었다. 한쪽으로는 매우 높은 담이 안마당을 가리고 있었고 다른 한쪽으로는 너도밤나무 가로수길이 잔디밭을 가로막았다. 아래쪽으로는 도랑을 파서 만들어놓은 울타리가 쓸쓸한 들판과 하나뿐인 경계를 이루었다. 울타리부터 아래쪽으로는 월계수가 늘어선 구불구불한 오솔길이 이어졌다. 그 길 끝에 커다란 마로니에 한 그루가 있고 그 밑에 둥그렇게 생긴 자리가 있었다. 여기라면 누구의 눈에도 띄지 않고 산책을 즐길 수 있었다.

이렇게 이슬이 내리고 쥐죽은 듯 고요하며 땅거미가 지는 때라면 나는 오랫동안 걸을 수 있을 것 같았다. 그러나 이제 막 솟아오르고 있는 달빛이 더 넓게 트인 곳을 비추고 있어 나는 그곳을 향해 울타리 위쪽의 꽃밭과 과수원 사이를 걸었다. 그러다 문득 걸음을 멈췄다. 무슨 소리가 난 것도 아니고 뭔가를 봐서도 아니었다. 경고라도 하듯 바로 아까와 같은 향기가 풍겨왔기 때문이다.

들장미와 개사철쑥, 재스민, 패랭이꽃, 장미꽃 향기가 저녁 공기를 가득 채우고 있었다. 하지만 이 향기는 관목에서 나는 향기도 꽃이 풍기는 향기도 아니었다. 내가 너무나 잘 알고 있는 로체스터 씨의 여송연 냄새였다.

나는 주변을 둘러보고 귀를 기울였다. 잘 익은 열매가 가득 매달린 나무들이 보였고 8백 미터쯤 떨어진 곳에서 나이팅게일의 지저귀는 소리가 들렸다. 사람의 움직임이나 걷는 소리는 들리지 않는데, 향기가 점점 진해졌다. 도망쳐야 했다. 나는 관목 숲으로 난 쪽문으로 향했다. 그때 막 들어오는 로체스터 씨가 보였다. 나는 담쟁이덩굴이 우거진 구석으로 비켜섰다.

'오래 있지 않을 것이다. 곧 왔던 길로 돌아가겠지. 꼼짝하지 않고 앉아 있으면 나를 보지 못할 거야.'

그러나 그렇지 않았다. 로체스터 씨도 나만큼이나 황혼 무렵을 좋아했다. 그에게도 오래된 정원은 매력적이었다. 그는 천천히 걸어왔다. 그리고 구스베리 나뭇가지를 들어 매달려 있는 자두만큼 커다란 열매를 바라보았다. 그리고 벽 쪽에서 익은 버찌를 따거나 향기를 맡는 건지, 꽃잎에 맺힌 이슬을 보며 감탄하는 건지 꽃들 위로 몸을 굽히기도 했다. 그때 커다란 나방 한 마리가 윙윙거리며 나를 스치고 지나가 그의 발아래 초목에 내려앉았다. 그는 나방을 발견하고 자세히 보기 위해 허리를 굽혔다.

'내 반대 방향으로 돌아섰네. 나방에 정신이 팔려 있으니까 살금살금 지나가면 모를 거야.'

나는 자갈길로 가면 탁탁 소리가 날까 봐 잔디밭 가장자리로 걸어갔다. 그는 내가 가는 길에서 2미터쯤 떨어진 화단 한가운데 서 있었다. 나방이 그의 눈길을 끈 게 틀림없었다.

'무사히 지나갈 수 있겠어.'

달이 높이 뜨지 않았는데도 그의 그림자가 정원에 길게 드리웠다. 그 그림자를 건너가려는데 그가 고개도 돌리지 않은 채 나직이 말했다.

"제인, 이리 와서 이 녀석을 좀 봐요."

나는 아무 소리도 내지 않았다. 뒤통수에 눈이 달린 것도 아닌데 어떻게 그는 그림자도 느낄 수 있는 것일까? 그 순간 나는 깜짝 놀랐지만 곧 그에게 다가갔다.

그가 말했다.

"이 날개 좀 봐요. 이 녀석을 보니 서인도제도에서 봤던 나방이 생각나는군. 영국에서는 이렇게 크고 화려한 나방이 밤에 돌아다니는 일이 흔치 않거든. 이런! 날아가는군."

나방은 이리저리 날아다니다가 멀리 가버렸다. 나도 슬며시 집으로 돌아가려는데 로체스터 씨가 뒤따라오더니 쪽문 앞에 이르자 말했다.

"돌아서요. 이토록 아름다운 밤에 집 안에만 앉아 있는 건 딱한 일이오. 해가 지는 동시에 달이 뜨고 있는 이때 잠자리에 들고 싶은 사람은 아무도 없을 거요."

내 결점 중 하나는 어떤 때는 재빨리 답이 튀어나오지만, 이따금 때론 도무지 변명거리가 떠오르지 않을 때도 있다는 것이다. 난처한 상황에서 빠져나가기 위해 말이 술술 터져 나오거나 그럴 듯한 핑계가 필요한 위기 상황에서만 이런 실수가 벌어진다. 나는 로체스터 씨와 단둘이 어둑어둑한 과수원을 산책하고 싶지 않았다. 하지만 이 자리를 피하려고 내세울 만한 변명거리가 떠오르지 않았다. 나는 부지런히 빠져나갈 궁리를 하며 느릿느릿한 걸음으로 그의 뒤를 따라갔다. 그렇지만 몹시 차분하고 위엄 있는 그를 보자 당황한 나 자신이 부끄러웠다. 만약 악마가 있거나 그럴 가능성이 있다면 내 마음속에만 자리 잡고 있는 듯했다.

그는 평온하고 차분해 보였다.

월계수가 늘어선 오솔길로 들어서 낮은 도랑 울타리와 마로니에가 서 있는 방향으로 천천히 걸어가면서 그가 말했다.

"손필드는 여름 보내기가 참 좋은 곳 아니오?"

"네, 좋은 곳이에요."

"당신도 이 집에 어느 정도 정이 들었겠군. 자연의 아름다움을 보는 눈도 있고 애착심도 꽤 강하니 말이오."

"네, 애착이 가요."

"그리고 어쩐 일인지 철없는 어린 아델뿐 아니라 저 둔한 페어팩스 할멈한테도 마음을 쓰는 것 같더군."

"네, 의미는 다르지만 둘 다 사랑해요."

"헤어지게 되면 섭섭할 것 같소?"

"네."

"안됐군!"

그는 한숨을 내쉬며 잠시 말을 멈췄다가 다시 말을 이었다.

"세상 사는 일이 다 그렇지 않소. 마음에 드는 곳에 자리를 잡으면 휴식 시간이 끝났으니 빨리 일어나 움직이라는 소리가 들린단 말이오."

"제가 꼭 나가야 하는 건가요? 꼭 손필드를 떠나야 하나요?"

내가 물었다.

"그래야 할 거요. 미안하지만 떠나야 한다고 믿소."

순간 충격으로 정신이 아찔했다. 하지만 나는 얼른 마음을 다잡았다.

"그러죠. 나갈 때를 알려주시면 준비할게요."

"지금 이야기하고 있는 거요. 오늘 밤 말하겠소."

"정말 결혼하시는군요?"

"바로 그거요. 역시 예리하군, 정확하오."

"금방이오?"

"꽤 빨리 하게 될 듯하오. 내…… 아니 에어 선생, 기억하겠지? 처음 내가, 아니 소문으로라도 노총각의 성스러운 올가미를 씌워 신성한 결혼을 하겠다고 솔직히 말했잖소. 다시 말해 잉그램 양을 품에 안기로 한 것 말이오. 품에 가득 차겠지만 그건 중요한 게 아니지. 블랜치와 같은 미인은 아무리 함께 있어도 질리지 않을 테니. 제인, 내 말 듣고 있소? 두리번거리면서 나방을 찾고 있는 건 아니겠지. 자, 내가 말한 것처럼 저건 그냥 집으로 날아가는 무당벌레요. 어쨌든 그 이야기를 먼저 꺼낸 건 당신이라는 걸 기억해주길 바라오. 내가 존경해 마지않는 분별력, 책임이 막중한 고용인의 지위에 걸맞은 신중함과 겸손함으로 이미 말했잖소. 만약 내가 잉그램 양과 결혼하면 당신과 아델 모두 이 집에서 나가는 게 좋겠다고 말이오. 그 제안은 내가 사랑하는 사람의 인격을 은연중에 모욕하는 것처럼 들리지만 넘어가 주겠소. 제인, 당신이 떠나면 그건 잊도록 하겠소. 당신의 지혜로운 본뜻만 주목하고 내 행동의 원칙으로 삼겠소. 아델은 학교에 가야 하고 당신은 새로운 일자리를 구해야 할 거요."

"네, 당장 광고를 내도록 할게요. 그동안 제가……."

나는 "제가 갈 곳을 구할 때까지만 여기 있게 해주세요"라고 말하려다가 말았다. 목소리가 말을 듣지 않아 길게 말할 수 없을 것 같았기 때문이다.

"한 달 안에 나는 신랑이 될 거요. 그전에 내가 직접 당신의 일자리와 거처를 알아봐 주겠소."

"고맙습니다. 그리고 죄송합니다, 제가……."

"아니, 사과할 필요 없소! 당신만큼 자기 책임을 다하는 사람은 고용주가 어렵지 않게 제공할 수 있는 거라면 뭐든 요구할 수 있을 거라고 생각하니까. 사실은 벌써 장모 되실 분을 통해 선생에게 일자리가 있다는 이야기를 들었소. 아일랜드의 코노트 주 비터너트 로지 저택에서 다이오니시어스 오골 부인의 다섯 딸을 가르치는 일이오. 내 생각에는 당신도 아일랜드를 좋아할 것 같은데. 인심이 좋다고들 하더군."

"까마득히 먼 곳이네요."

"거리가 무슨 상관이오. 당신처럼 분별력 있는 아가씨가 여행이나 먼 거리가 싫은 건 아니겠지?"

"여행이 아니라 거리가 너무 멀어서요. 게다가 바다로 가로막혀서……."

"제인, 뭐가 가로막혀 있다는 거요?"

"영국과 손필드 그리고 ……."

"또?"

"로체스터 님이오."

무심결에 이런 말이 튀어나왔다. 그러자 제멋대로 눈물이 펑펑 쏟아졌다. 하지만 나는 소리를 내지도 않고 흐느끼지도 않았다. 오골 부인과 비터너트 로지 저택을 생각하니 마음이 서늘해졌다. 그리고 지금 나란히 걷고 있는 로체스터 씨와 나 사이에 밀어닥칠 파도치는 거친 바다를 생각하니 가슴이 더욱 시렸다. 나도 모르게 사랑하게 된 사람과 나 사이를 갈라놓는 재산, 계급, 관습 같은 더 넓은 바다를 떠올리면 심장이 꽁꽁 얼어붙는 듯했다.

"정말 먼 곳이에요."

나는 다시 말했다.

"확실히 멀긴 하지. 아일랜드의 코노트 주 비터너트 로지 저택으로 떠나면 나는 다시는 당신을 보지 못할 거요. 그건 확실하오. 더구나 나는 아일랜드를 그다지 좋아하지 않으니 가지도 않을 거고. 제인, 우린 좋은 친구였소. 그렇지 않소?"

"그랬죠."

"친구들은 헤어지기 전날 밤 그 얼마 남지 않은 짧은 시간이나마 가까이서 보내고 싶어 하지. 이쪽으로 와요! 삼십 분 정도 여행과 이별에 대해 이야기나 합시다. 저기 높은 곳에서 별들이 반짝거리기 시작했소. 여기 마로니에가 있군. 늙은 뿌리 위에 의자도 있소. 자, 이리 와서 오늘 밤은 편안히 앉아 이야기나 나눕시다. 여기에 함께 앉아 있을 일도 다시 없을 테니."

그는 나를 앉히고 자신도 앉았다.

"제인, 아일랜드는 너무 멀리 떨어져 있소. 내 귀여운 친구를 그런 지루한 여행에 보내야 하다니 너무 미안하오. 내가 더는 해줄 게 없으니 어쩌면 좋소? 제인, 당신과 나는 매우 닮았다고 생각하지 않소?"

나는 아무 대답도 하지 못하고 있었다. 심장이 멎은 듯했다. 그가 계속해서 말했다.

"당신에게 묘한 기분이 들 때가 있소. 특히 지금처럼 내 옆에 가까이 있을 때는 더욱 그렇지. 마치 내 왼쪽 갈비뼈 아래 어디쯤에 끈이 하나 달려 있는데 그 끈이 똑같이 당신의 자그마한 몸 오른쪽 갈비뼈 아래 부분과 끊을 수 없게 묶여 있는 것 같거든. 하지만 거칠게 파도치는 해협과 3백 킬로미터가 넘는 육지가 우리 사이에 놓이면 그 교감의 끈도 툭 끊어지겠지. 그러면 나는 마음이 찢어질 거요. 그 생각을 하면 나는 마음이 초조해진다오. 당신은…… 나를 잊어버리겠지만."

"절대 그렇지 않아요. 아시잖아요."

나는 더 이상 말을 잇지 못했다.

"제인, 숲에서 나이팅게일이 노래하는 소리가 들리오? 들어봐요."

귀를 기울이던 나는 그만 흐느껴 울고 말았다. 더는 참을 수가 없었다. 감정을 주체하지 못한 나는 너무 괴로워하며 머리 끝에서 발끝까지 부들부들 떨며 울었다. 그러고 나서 겨우 이 세상에 태어나지 말았어야 했다느니 손필드에 오지 말았어야 했다느니 하는 충동적인 말들을 늘어놓았다.

"여기를 떠나기가 아쉽소?"

슬픔과 사랑 때문에 격렬한 감정이 솟구치더니 나를 완전히 장악하려고 했다. 그리고 온 힘을 다해 싸우더니 살아남아 점점 커져 결국엔 나를 지배했다. 그렇다! 나는 결국 말하고야 말았다.

"손필드를 떠난다니 너무 슬퍼요. 손필드를 사랑하니까요. 잠깐이었지만 여기서 풍족하고 즐겁게 생활했어요. 저는 무시당하지도 않았고 두려워할 것도 없었죠. 열등한 사람들 틈바구니에 끼어 살지도 않았고요. 밝고 힘차고 고상한 것들을 경험하고 교감했어요. 제가 존경하고 좋아하는 독창적이고 활기차며 마음이 넓은 분과 마주 보고 이야기도 나누고요. 그런데 이제 영원히 헤어져야만 한다고 생각하니 너무 두렵고 슬퍼요.

헤어질 수밖에 없다는 건 알겠어요. 우리가 언젠간 죽을 수밖에 없는 것과 같은 거죠."

"헤어질 수밖에 없다고?"

그가 별안간 물었다.

"네? 로체스터 님께서 그러셨잖아요."

"어떻게 말이오?"

"잉그램 양과 결혼하신다고요. 고귀하고 아름다운 로체스터 님의 신부 말이에요."

"나의 신부? 무슨 신부? 나는 신부가 없는데?"

"하지만 이제 맞게 되실 거잖아요."

"맞아, 그렇지. 그럴 거요."

그가 이를 악물고 말했다.

"그러니까 저는 떠나야 해요. 로체스터 님도 직접 그렇게 말씀하셨잖아요."

"아니! 당신은 꼭 여기 있어야 해. 내가 맹세하지. 그리고 그 맹세를 꼭 지킬 것이오."

"저는 가야 한다니까요."

순간 나는 울화가 치밀어올라 쏘아붙이듯 소리쳤다.

"제가 로체스터 님께 아무것도 아닌 존재로 여기 남을 수 있을 것 같아요? 제가 아무런 감정도 없는 기계인 줄 아세요? 입으로 들어가던 빵 조각을 빼앗기고 컵 속에 있던 생명수가 쏟아졌는데 어떻게 견딜 수 있겠어요? 제가 가난하고 미천한 데다가 작고 못생겼다고 영혼이나 감정도 없는 줄 아세요? 잘못 생각하셨어요! 저도 로체스터 님처럼 영혼이 있고 감정이 넘친다고요. 하느님이 제게도 아름다움과 많은 재산을 주셨더라면 이곳을 떠나는 괴로운 제 심정을 로체스터 님도 똑같이 느끼게 해주었을 거예요. 저는 지금 관습이나 인습에 대해 얘기하는 게 아니에요. 우리 육신에 대해 얘기하는 것도 아니고요. 제 영혼이 로체스터 님의 영혼에게 말하고 있는 거라고요. 마치 두 영혼이 죽어서 하느님 앞에 섰을 때처럼 동등하게요. 지금 우리가 동등한 것처럼요!"

"우리가 동등하다니!"

로체스터 씨가 내 말을 되풀이했다.

"그렇소, 제인. 그래요!"

그는 두 팔로 나를 꼭 껴안고 내 입술에 입을 맞췄다.

"맞아요. 하지만 아니기도 해요. 로체스터 님은 결혼한, 아니 결혼하신 거나 다름없죠. 자신보다 못한 사람과 결혼하신 거라고요. 마음도 통하지 않고 진심으로 사랑하지도 않는 사람과요. 로체스터 님이 잉그램 양을 비웃는 걸 보고 들었어요. 전 그런 결혼을 경멸해요. 그러니까 저는 로체스터 님보다 나은 사람이에요. 이제 이거 놓으세요!"

"제인, 어디로 갈 거요? 아일랜드로 갈 거요?"

"네, 아일랜드로요. 제 마음을 다 털어놨으니 이제 어디든 갈 수 있어요."

"제인, 흥분을 가라앉히고 가만히 있어 봐요. 꼭 필사적으로 자기 털을 뽑고 있는 미친 새 같소."

"저는 새가 아니니 그물로도 잡을 수 없어요. 저는 자유의지를 가진 인간이에요. 이곳을 떠나겠어요."

다시 몸부림을 쳐 그에게서 벗어난 나는 똑바로 섰다.

"그럼 당신의 의지로 운명이 정해지겠군. 당신한테 내 손과 마음, 재산을 일부 주겠소."

"이 순간에도 장난을 치시다니. 마지막이니 웃고 넘어가 드릴게요."

"평생 내 곁에 있어 주시오. 또 하나의 나이자 이 세상에 둘도 없는 동반자로서 말이오."

"그 문제라면 벌써 결정하셨잖아요. 그대로 따르셔야죠."

"제인, 잠깐 진정합시다. 당신은 너무 흥분해 있소. 나도 진정하겠소."

한 줄기 바람이 월계수가 서 있는 오솔길에 불어와 마로니에 가지를 흔들고 지나갔다. 그러고는 멀리멀리 끝없이 날아가더니 사라져버렸다.

나이팅게일의 노랫소리만이 귓가에 울렸다. 그 소리를 들으며 나는 또다시 눈물을 흘렸다. 로체스터 씨는 가만히 앉아서 다정하고 진지한 눈빛으로 나를 쳐다보고 있었다. 한참이 흐른 뒤 그가 드디어 말을 꺼냈다.

"제인, 내 곁으로 와요. 서로의 마음을 이해할 수 있도록 이야기를 좀 합시다."

"다시는 로체스터 님 곁에 가지 않을 거예요. 지금 제 마음엔 상처만 가득해요. 되돌릴 수도 없다고요."

"제인, 나는 지금 아내로서 와달라고 하는 거요. 내가 결혼하고 싶은 사람은 당신뿐이오."

나는 그가 놀린다고 생각해 아무 말도 하지 않았다.

"제인, 이리 와요."

"아내분이 우리 사이를 가로막고 있는걸요."

그가 일어나 내 앞으로 성큼성큼 걸어왔다.

"내 신부는 여기 있소."

그가 다시 나를 껴안으며 말했다.

"바로 당신이 나와 동등하고 나와 꼭 닮은 사람이오. 제인, 나와 결혼해주겠소?"

나는 여전히 대답하지 않았다. 그리고 여전히 그의 품에서 빠져나오려고 발버둥을 쳤다. 아직은 그를 믿을 수가 없었기 때문이다.

"나를 의심하는 거요?"

"당연하죠."

"나를 전혀 믿지 못한다는 거요?"

"털끝만큼도요."

"당신 눈에는 내가 거짓말을 하는 걸로 보인다는 거요?"

그가 울컥하며 다시 물었다.

"귀여운 회의론자 아가씨. 당신은 설명을 들어야겠다는 거군. 내가 잉그램 양을 사랑하는 것 같소? 전혀 그렇지 않소. 그건 당신도 알 거요. 그렇다면 그녀는 나를 사랑할까? 나는 그걸 증명하려고 애썼지. 그녀 귀에 들어가도록 소문을 퍼뜨렸소. 내 재산이 알려진 것의 3분의 1도 안 된다고 말이오. 그러고 나서 반응을 보려고 직접 찾아갔지. 그녀뿐 아니라 그 어머니까지 모두 나를 냉랭하게 대하더군. 나는 잉그램 양과 결혼하지 않을 거고 또 할 수도 없소. 나는 당신을, 묘한 당신을, 마치 이 세상 사람 같지 않은 당신을 내 몸처럼 사랑하니까. 가난하고 보잘것없으며 자그마하고 예쁘지도 않은 당신한테 나를 남편으로 맞아달라고 이렇게 청혼하오."

"네? 저한테요?"

나는 너무 놀라 거의 외치듯 물었다. 그가 특유의 무례한 행동으로 진지하게 나오자 나는 그의 진심이 느껴지기 시작했다.

"이 세상에 로체스터 님 말고는 친구 하나 없는 저한테 말이에요? 우리가 친구인지는 모르겠지만, 당신이 주신 돈 말고는 땡전 한 푼 없는 저한테 말이에요?"

"제인, 바로 당신 말이오. 당신을 내 사람으로 만들고 싶소. 완전히 내 사람으로 말이오. 그래 주겠소? 얼른 그러겠다고 대답해주시오."

"로체스터 님, 얼굴을 보여주세요. 달빛이 비치는 쪽으로 고개를 돌려주세요."

"왜?"

"표정을 보고 싶으니까요. 돌아보세요!"

"자! 내 표정은 구겨지고 갈겨 쓴 종이쪽지보다 읽기 더 어려울 거요. 읽어보시오. 다만 괴로우니 서둘러요."

그의 얼굴은 한껏 흥분되고 상기되어 있었다. 얼굴이 실룩거리고 눈에서는 묘한 광채가 뿜어져 나왔다.

"아, 제인. 이건 고문이오! 예리하면서도 진실하고 너그러운 표정을 지은 채 나를 고문하는군!"

"제가 어떻게 그럴 수 있겠어요. 이게 사실이라면 저는 로체스터 님께 고맙고 헌신하고픈 마음밖에 들지 않는걸요. 이런 마음인데 어떻게 고통을 드리겠어요."

"고맙다고!"

그가 거칠게 외치며 말을 이었다.

"제인, 어서 빨리 청혼을 받아들이겠다고 말해줘요. '에드워드, 아내가 되어주겠어요, 우리 결혼해요'라고 어서 말해요."

"진심이세요? 정말로 저를 사랑하세요? 진심으로 제가 아내가 되길 바라시는 거예요?"

"그렇소. 하늘에 대고 맹세하길 바란다면 그렇게 하리다."

"그렇다면 좋아요, 결혼하겠어요."

"내 귀여운 아내여, 에드워드라고 불러봐요."

"사랑하는 에드워드!"

"내게로 와요. 이젠 완전히 내 곁으로 와요."

그는 자신의 뺨을 내 뺨에 갖다 대며 나직한 목소리로 내 귀에 속삭였다.

"나를 행복하게 해줘요. 나도 당신을 행복하게 해주겠소."

잠시 후 그가 말을 이었다.

"하느님, 저를 용서하소서. 그 누구도 간섭하지 않게 해주소서. 저는 이 여자를 제 사람으로 맞아 끝까지 지킬 겁니다."

"간섭할 사람은 아무도 없어요. 방해할 친척도 없고요."

"그것만큼 좋은 일이 또 있겠소."

내가 로체스터 씨를 지금보다 덜 사랑했다면 기뻐서 어쩔 줄 몰라 하는 그의 말투나 표정을 보고 경박하다고 느꼈을 것이다. 하지만 나는 그의 옆에 앉아 헤어짐이라는 악몽에서 깨어나 결혼이라는 낙원으로 이끌려 들어가 내게 주어진 넘치는 행복만을 생각하고 있었다. 그는 몇 번이나 물었다.

"제인, 행복하오?"

그리고 나는 몇 번이고 대답했다.

"네."

그리고 나서 그는 중얼거렸다.

"속죄될 거야. 속죄되겠지. 친구 하나 없고 차가운 데다가 사는 낙조차 모르던 그녀를 내가 발견하지 않았던가! 나는 그녀를 지키고 아끼고 위로해줄 것이다. 내 마음 깊이 사랑하고 내 결심을 끝까지 지킬 것이다. 그리고 하느님의 법정에서 속죄받을 것이다. 창조주께서 내가 하는 일을 허락해주실 거야. 세상이 나를 비판하면 이 세상과 연을 끊을 거야. 사람들이 비난해도 맞서 싸우겠어."

그런데 그날 밤 무슨 일이 있었던 것일까? 달은 아직도 지지 않고 있었다. 우리는 계속 어둠 속에 있었다. 나는 로체스터 씨 가까이에 있었지만 그의 얼굴은 거의 보이지 않았다. 무엇이 마로니에를 괴롭혔던 걸까? 마로니에가 온몸을 비틀며 신음했다. 그때 바람이 월계수가 서 있는 오솔길로 휘몰아쳐 우리 머리 위를 휩쓸고 지나갔다.

"제인, 안으로 들어가야겠소. 날씨가 변덕을 부리는군. 마음 같아서는 아침까지 당신과 함께 있고 싶은데 말이오."

로체스터 씨가 말했다.

'저도요.'

나는 속으로 대답했다.

"저도 당신과 함께 있고 싶어요"라고 말하려는 순간 갑자기 바라보고 있던 구름 속에서 선명하게 시퍼런 섬광이 번쩍이더니 쿠쿵 하는 날카로운 굉음이 가까이에서 들려왔다. 나는 너무 눈이 부셔 로체스터 씨의 넓은 어깨 뒤로 숨을 생각밖에 나지 않았다.

그리고 비가 쏟아지기 시작했다. 그는 나를 데리고 오솔길을 지나 정원을 가로질러 집으로 돌아왔다. 그러나 집 안으로 들어가기도 전에 우리는 이미 비에 흠뻑 젖어 있었다. 홀에 들어가자 그가 내 숄을 벗기고 풀어진 머리카락의 물기를 털어주었다. 그때 페어팩스 부인이 자기 방에서 나왔다. 나뿐 아니라 로체스터 씨도 그녀를 보지 못했다. 등불이 켜져 있었고 시계는 열두 시를 가리켰다.

"젖은 옷은 얼른 갈아입어요. 그리고 가기 전에 잘 자요, 내 사랑!"

그는 몇 번이나 내게 입을 맞추었다. 내가 그의 품에서 빠져나와 고개를 들자 눈앞에 창백하고 심각하며 깜짝 놀란 표정의 페어팩스 부인이 서 있었다. 나는 그녀에게 미소를 지어 보이고 2층으로 뛰어올라 갔다.

'나중에 설명하면 될 거야'라고 생각했다. 하지만 방에 들어오자 그녀가 잠시나마 오해하겠다는 생각에 마음이 편치 않았다. 그러나 한껏 기쁜 마음에 다른 모든 감정은 이내 사라져버리고 말았다. 바람이 휘몰아치더니 가까이서 천둥이 치고 번갯

불이 쉴 새 없이 번쩍였다. 그렇게 두 시간 동안이나 폭풍이 몰아치고 폭포수처럼 비가 쏟아져도 나는 전혀 무섭지 않았다. 그동안 로체스터 씨는 세 번이나 내 방문 앞에 와서 별일이 없는지, 두려운 건 아닌지 물었다. 그러자 나는 마음이 편안해졌고 무슨 일이 일어나더라도 이겨낼 수 있을 것 같았다.

다음 날 아침 내가 잠자리에서 일어나기도 전에 아델이 방으로 뛰어 들어오더니 지난 밤 과수원 아래 커다란 마로니에가 벼락을 맞아 두 동강이 났다고 말해주었다.

제24장

자리에서 일어나 옷을 갈아입으면서 어젯밤 있었던 일을 돌이켜보니 혹시 꿈이 아니었나 하는 생각까지 들었다. 로체스터 씨를 만나 다시 한 번 사랑의 맹세를 들어야 믿을 수 있을 것 같았다. 거울을 보며 머리를 매만지다 문득 내 얼굴을 보니 이제 더는 못생겨 보이지 않았다. 표정에는 희망이 가득하고 얼굴에는 생기가 돌았다. 눈은 기쁨의 샘을 보다가 반짝거리는 물결의 빛을 빌려온 듯했다. 그동안 나는 로체스터 씨와 얼굴을 마주하지 않으려고 할 때가 많았다. 왜냐하면 그가 내 얼굴을 마음에 들어 하지 않을까 봐 두려웠기 때문이다. 하지만 이제는 고개를 들고 똑바로 그를 쳐다봐도 그의 사랑이 절대 식지 않을 거라는 확신이 들었다.

나는 수수하지만 깨끗한 밝은 색의 여름옷을 옷장에서 꺼내
입었다. 그 옷은 내게 그 어느 옷보다도 잘 어울렸다. 지금까지
이렇게 행복한 기분으로 옷을 입어본 적이 없었다.

　한달음에 아래층으로 내려가 보니 어젯밤 폭풍이 지나간 뒤
눈부신 6월의 아침이 찾아와 있었다. 그러나 나는 그 광경을
보고 놀라지 않았다. 열린 유리창을 통해 불어오는 신선하고
향기로운 산들바람의 숨결을 느끼고도 결코 놀라지 않았다.
내가 이렇게 행복하니 분명 자연도 즐거운 거라는 생각이 들었
던 것이다. 한 여자 거지가 창백한 얼굴에 누더기를 걸치고 어
린 아들과 함께 길을 올라오고 있었다. 나는 달려가 지갑을 탈
탈 털어 들어 있던 삼사 실링 정도 되는 돈을 모두 내주었다.
좋든 싫든 그들도 내 기쁨을 함께 나누게 됐다. 까마귀 떼가
깍깍거리고 새들은 노래를 불렀다. 하지만 기쁨이 넘치는 내
마음은 그보다 더 즐겁게 노래하고 있었다.

　그러나 슬픈 표정으로 창밖을 내다보던 페어팩스 부인을 본
순간 나는 깜짝 놀랐다. 그녀는 나지막한 목소리로 말했다.

　"에어 양, 아침 식사를 하실 건가요?"

　아침을 먹는 동안 그녀는 쌀쌀맞은 태도로 아무 말이 없었
다. 하지만 내가 그녀의 오해를 풀어줄 수는 없었다. 주인이 해
명할 때까지 기다려야 했다. 그녀도 마찬가지였다. 나는 식사
를 끝내고 서둘러 2층으로 올라갔다. 마침 아델이 공부방에서

나오고 있었다.

"어디 가는 거야? 이제 공부할 시간인데."

"로체스터 아저씨가 제 방으로 가래요."

"로체스터 씨는 어디 계시는데?"

"저기요."

아델은 방금 나온 방을 가리켰다. 방에 들어가자 로체스터 씨가 서 있었다.

"와서 아침 인사를 해줘요."

그가 말했다.

이 말에 나는 기쁜 마음으로 다가갔다.

그는 차디찬 말이나 악수가 아니라 포옹과 키스로 내게 아침 인사를 했다. 그에게서 사랑과 애정표현을 받는 것이 매우 자연스러우면서도 기분이 좋았다.

"제인, 웃고 있는 당신 얼굴이 활짝 핀 꽃처럼 아주 예쁘군. 오늘 아침 정말 예뻐. 창백한 나의 귀여운 요정 맞소? 이게 내 겨자씨(셰익스피어의 희극 《한여름 밤의 꿈》에 등장하는 작은 요정—옮긴이)란 말이오? 보조개가 팬 뺨과 장밋빛 입술, 비단결같이 부드러운 담갈색 머리칼에다가 빛나는 담갈색 눈동자를 가진 명랑한 아가씨가?"(독자 여러분, 내 눈동자는 사실 초록색이다. 그의 실수를 양해하기 바란다. 그에게는 내 눈이 새로 염색이라도 한 듯 보였나 보다.)

"네, 제인 에어 맞아요."

"곧 제인 로체스터가 될 거요. 사 주 뒤에 말이오. 제인, 하루도 더 미룰 수가 없어요. 내 말 알아들었소?"

듣고는 있었지만 무슨 뜻인지 잘 이해되지 않았다. 아찔한 기분이 들었다. 그 말을 듣고 난 뒤 나는 뭔가 강렬한 느낌을 받았다. 마치 세게 얻어맞고 기절이라도 한 듯 두렵기까지 했다.

"제인, 얼굴이 붉어지더니 이제는 다시 창백해졌소. 왜 그러는 거요?"

"제인 로체스터라는 새로운 이름으로 부르셔서요. 참 생소하게 들리네요."

"그렇소. 로체스터 부인이지, 젊은 로체스터 부인. 페어팩스 로체스터의 어린 신부!"

그가 말했다.

"왠지 그런 일이 없을 것 같아요. 실제로 일어날 것 같지 않은 걸요. 인간은 절대 이 세상에서 완전히 행복할 수 없어요. 저만 남들과 다른 운명을 타고났을 리도 없고요. 제게 그런 행운이 찾아오는 건 동화 같은 이야기예요. 한낱 꿈에 불과한 거죠."

"내가 할 수 있고 곧 그렇게 하고 말 거요. 당장 오늘부터 시작해야지. 아침에 런던 은행으로 편지를 보내 보관해둔 보석을 보내라고 했소. 손필드의 로체스터 가문 부인들에게 내려오는가 보오. 하루나 이틀 안에 그 보석들을 당신 무릎에 쏟아놓을 거요. 내가 같은 신분의 귀족 딸과 결혼했다면 그녀에게 줬을 모든 특권과 배려를 당신도 받게 될 거요."

"아니에요, 보석 같은 건 필요 없어요. 그런 이야기는 듣고 싶지도 않아요. 제인 에어한테 보석이라니 이상해요. 차라리 없는 게 나아요."

"내가 직접 그 다이아몬드 목걸이를 당신 목에 걸어줄 거요. 이마에 보석 장식도 씌워줄 거고. 당신한테 잘 어울릴 거요. 조물주가 적어도 당신 이마에는 귀족이라는 표식을 찍어놓았으니까 말이오. 이 아름다운 손목에는 팔찌를 채워주고 요정 같은 손가락에 반지도 끼워줄 거요."

"아니에요! 화제를 돌려 다른 이야기를 해요. 말투도 바꾸고요. 미인한테 하듯 말하지 마세요. 저는 퀘이커 교도 같고 못생긴 가정교사일 뿐이에요."

"내 눈에는 미인이오. 내가 마음속으로 깊이 바라던 우아하고 고상한 미인 말이오."

"보잘것없고 하찮다는 뜻이군요. 당신은 꿈을 꾸고 있어요. 아니면 나를 비웃는 거라고요. 제발 비꼬지 말아요!"

"세상 사람들이 모두 당신 아름다움을 알아볼 수 있게 만들어주겠소."

로체스터 씨의 말을 계속 듣고 있자니 나는 불안해졌다. 뭔가 착각하고 있거나 나 자신을 속이려 한다는 기분이 들었다.

"나의 제인에게 비단과 레이스로 지은 드레스를 입히고 머리에는 장미꽃을 꽂아줄 거요. 그리고 내가 가장 사랑하는 그 머리에는 세상에서 가장 비싼 베일을 씌워주겠소."

"그러면 저를 알아보지 못하실 거예요. 더는 당신의 제인 에어가 아니라 어릿광대 옷을 입은 원숭이나 다른 새의 깃털로 꾸민 어치처럼 보일 테니까요. 제가 궁정 부인의 옷차림을 하느니 차라리 당신이 무대 의상으로 치장한 모습을 보는 게 나을 거예요. 저는 진심으로 당신을 사랑하지만 당신이 잘생겼다고 하지는 않잖아요. 너무 사랑하니까 억지로 추켜세우고 싶지도 않고요. 그러니까 저한테도 그러지 말아주세요."

그러나 그는 내 말에 아랑곳하지 않고 계속 말을 이어갔다.

"오늘 당장 당신을 데리고 밀코트로 가야겠소. 직접 드레스 몇 벌을 고르시오. 사 주 뒤가 결혼식이잖소. 결혼식은 저 아래 있는 교회에서 조촐하게 올릴 셈이오. 결혼식이 끝나면 곧바로 런던으로 가서 며칠 지내다가 태양과 더 가까운 곳으로 갑시다. 프랑스의 포도밭이나 이탈리아의 평원 같은 곳 말이오. 예전에 유명했거나 지금 유명한 것들은 뭐든 다 보여주겠소. 도시 생활도 맛보고 말이오. 다른 사람들과 비교하는 것만으로도 자신의 가치를 깨닫게 될 거요."

"여행이라고요? 당신과 함께?"

"파리, 로마, 나폴리, 피렌체, 베네치아, 빈 등에 갈 거요. 예전에 내가 돌아다녔던 곳을 당신과 다시 한 번 가보는 거지. 내가 밟고 다녔던 곳을 이번에는 당신이 실프(공기의 요정—옮긴이) 요정 같은 발로 또 한 번 디디는 거요. 십 년 전에는 혐오와 증오와 분노를 친구 삼아 반쯤 미친 사람처럼 온 유럽을 돌아다녔지만, 이번에는 마음의 상처도 낫고 죄도 씻어낸 채로 나를 위로해주는 천사와 함께 다시 찾아가는 거지."

그 말을 듣고 나는 소리 내어 웃었다. 그러고 나서 단호하게 말했다.

"저는 천사가 아니에요. 죽을 때까지 천사가 될 수도 없고요. 그냥 저일 뿐이에요. 로체스터 씨, 저한테서 뭔가 거룩한 걸 기대하거나 바라지 않으셨으면 해요. 당신과 마찬가지로 저도 그런 건 불가능해요. 저는 당신한테 그런 건 털끝만큼도 기대하지 않아요."

"그럼 당신은 어떤 걸 기대하오?"

"당신은 한동안 지금과 별로 다르지 않을 거예요. 아주 잠깐이지만요. 그러다가 냉정해지고 변덕을 부리면서 엄해지겠지요. 그러면 저는 당신을 기쁘게 하려고 갖은 애를 쓰겠죠. 하지만 제게 익숙해지면 당신은 저를 다시 좋아하게 될 거예요. 사랑하는 게 아니라 좋아하게 된다고요. 당신의 사랑은 타올랐다가 6개월, 어쩌면 그전에 식어버리고 말 거예요. 남자가 쓴 책들에서 보니 남편의 사랑이 지속되는 기간은 길어도 6개월이라고 했거든요. 하지만 저는 가장 사랑하는 이에게 친구로서나 동반자로서 불쾌한 사람이 되고 싶진 않아요."

"불쾌하다니! 그리고 다시 좋아한다니! 나는 쭉 당신을 좋아할 거요. 그냥 좋아하는 정도가 아니라 진심으로 열렬히 변함없이 사랑한다는 걸 당신이 인정하게 만들 거요."

"하지만 변덕스러우시잖아요. 마음도 자주 바뀌고."

"예쁘장한 얼굴만으로 내 마음을 훔치려는 여자들한테는 그렇지. 영혼도 없고 사랑도 없다는 걸 알게 되면 나는 아주 사악해진다오. 또한 지루하고 우둔하며 천박하고 심술궂은 무미건조한 사람이라는 걸 발견하면 말이야. 하지만 맑은 눈빛과 호소력 있는 말솜씨, 불같이 뜨거운 열정을 품은 영혼, 부러지지 않고 휘는 온순하면서도 한결같은 사람한테는 더없이 부드럽고 진실하지."

"그런 사람을 만나본 적이 있으세요? 그런 분을 사랑해본 적이 있으세요?"

"지금 사랑하고 있소."

"저를 만나기 전에 말이에요. 정말로 제가 당신의 까다로운 기준에 맞는 점이 있나요?"

"제인, 나는 지금까지 당신 같은 사람을 한 번도 만난 적이 없소. 당신은 나를 기쁘게 해주고 나를 지배하지. 겉으로 보기엔 복종하는 것 같아서 나는 당신이 온순하게 군다고 생각하게 돼. 그 부드러운 실타래를 손가락으로 돌돌 감고 있으면 내 팔을 거쳐 심장까지 전율이 느껴지거든. 나는 그렇게 점점 좌지우지되고 정복당할 거요. 하지만 그 느낌은 이루 말할 수 없을 정도로 달콤하고 정복당하는 기분도 그 어떤 승리감보다 더 매력적이겠지. 제인, 왜 웃는 거요. 알 듯 모를 듯 야릇하게 바뀐 표정은 무슨 뜻이오?"

"실례지만 불현듯 이런 생각이 떠올라서요. 헤라클레스와 삼손 그리고 그들이 반했던 매력적인 여자들을 생각했어요."

"장난꾸러기처럼 그런 생각을 하다니!"

"좀 들어보세요! 헤라클레스와 삼손이 어리석게 굴었던 것만큼이나 당신이 지금 하는 말도 전혀 현명하지가 않아요. 그들도 구혼할 때야 부드러웠을 테지만 결혼했다면 나중에는 엄격한 남편의 모습만 남았을 거예요. 저는 당신도 그렇게 될까 봐 두려워요. 지금부터 일 년 뒤에 당신이 들어주기 어렵고 내키지도 않는 일을 제가 부탁하면 뭐라고 대답하실지 모르겠네요."

"지금 부탁해요. 아무리 작은 거라도 좋소. 당신이 뭐든 부탁을 해줬으면 좋겠소."

"그럴 거예요. 벌써 생각해둔 게 있어요."

"말해봐요. 하지만 그런 표정으로 당신이 나를 올려다보며 미소 짓는다면 나는 바보처럼 들어보기도 전에 허락하기로 맹세할 것 같소."

"그럴 리 없어요. 부탁드릴 건 이거 하나예요. 보석을 보내지 말고 제 머리에 화관도 씌우지 말아주세요. 마치 지금 주머니 속에 갖고 있는 민무늬 손수건 가장자리를 황금 레이스로 장식 하는 것 같을 거예요."

"순금 위에 도금을 하는 거겠지. 그러면 부탁을 들어주리다. 은행에 청구한 내용은 취소하지. 하지만 아직 내게 부탁을 한 건 아니잖소. 선물을 하지 말아 달라고 한 것뿐이지. 다시 부탁해봐요."

"음, 그러면 정말 궁금한 게 있으니 대답해주세요."

"뭐? 뭐요? 호기심은 위험한 부탁을 하게 만드는데. 어떤 부탁이든 다 들어주겠다고 맹세하지 않은 게 천만다행이군."

그는 한껏 들떠 재촉했다.

"하지만 부탁을 들어준다고 해도 위험할 건 전혀 없어요."

"제인, 말해봐요. 하지만 그냥 비밀 같은 걸 물어보느니 내 재산의 절반을 달라고 하는 거였으면 좋겠소."

"아하수에로 왕이시여!(〈에스더〉 5장 6절에서 아하수에로 왕은 사랑하는 왕비 에스더에게 '그대의 요구가 무엇이뇨 나라의 절반이라 할지라도 시행하겠노라'고 했다—옮긴이) 제가 당신의 재산 절반으로 무얼 하겠나이까? 제가 투자할 좋은 땅이나 찾는 유대인 고리대금업자라고 생각하세요? 저는 그런 것보다 당신이 완전히 저를 믿어줬으면 좋겠어요. 진심으로 저를 받아들인다면서 믿지 못하는 건 아니겠죠?"

"제인, 그럴 만한 가치가 있다면 뭐든 털어놓을 거요. 하지만 부디 쓸데없는 걱정거리를 만들진 말아요. 독이 될 수도 있어요. 내 곁에서 이브처럼 되지 말아요!"

"왜 안 돼요? 방금 얼마나 정복당하고 싶은지, 설득당하니까 얼마나 기쁜지 모르겠다고 말했잖아요. 그러니 제 능력을 시험해보기 위해서라도 그 고백의 힘을 빌려 달래거나 애원도 해보고 필요하면 울거나 토라진 척도 해봐야지 않겠어요?"

"그러면 한번 시험해보시오. 주제넘게 굴면 바로 끝일 테니."

"그런가요? 너무 빨리 손을 드셨네요. 어찌나 심각한 표정을 짓고 계시는지! 눈썹이 제 손가락만큼 굵어지고 이마는 어느 놀라운 시 구절과 닮았어요. '시퍼렇게 층층이 쌓인 천둥의 다락.' 결혼한 후에도 그런 표정을 지으실 거예요?"

"만약 결혼한 후에 당신 표정이 이렇다면 하느님을 믿는 사람으로서 요정인지 불도마뱀일지 모를 당신과 결혼하는 건 단박에 포기해버리고 말 거요. 요것! 물어보고 싶은 게 뭔지 어서 말해보아라!"

"보세요. 이제야 겨우 예의를 버리셨네요. 저는 듣기 좋은 말만 해주시는 것보다 무례하게 대해주시는 편이 훨씬 좋아요. 천사보다는 '요것'이라고 불러주시는 게 편하고요. 제가 물어보고 싶은 건 이거예요. 왜 저한테 잉그램 양과 결혼하고 싶어

하는 것처럼 말씀하신 거예요?”

“그게 다요? 그 정도라니 정말 다행이군.”

그제야 그는 잔뜩 찌푸렸던 시커먼 눈썹을 펴고 미소를 지으며 나를 내려다보았다. 그리고 마치 큰 위험을 피해 매우 기쁘다는 듯 내 머릿결을 쓰다듬으며 이렇게 말했다.

“이제 고백해야겠군. 화가 나면 당신이 불처럼 흥분한다는 건 익히 알고 있었소. 하지만 당신은 살짝만 화가 나더라도 격정에 불타오르더군. 선선하게 달빛이 비치던 어젯밤 당신이 운명에 저항하며 당신과 내가 동등하다고 주장할 때도 그랬지. 어쨌든 제인, 바로 당신이 나를 당신한테 청혼하게 만든 거요.”

“물론 그랬을 테죠. 괜찮다면 좀 더 간단히 말해주세요. 잉그램 양은요?”

“음, 나는 잉그램 양에게 구혼하는 척한 거요. 내가 당신을 미친 듯이 사랑하는 것처럼 당신도 나를 사랑하길 바랐거든. 그렇게 만들려면 질투심만큼 든든한 지원군도 없다는 걸 알고 있었지.”

“대단하시네요. 제 새끼손가락 끝만큼도 안 될 만큼 쩨쩨하게 보여요. 그런 식으로 행동하다니 아주 수치스럽고 창피하기 짝이 없어요. 잉그램 양의 감정은 생각도 안 해보셨나요?”

“잉그램 양의 감정은 딱 한 가지밖에 없소. 자존심이지. 그래서 겸손하게 만들어줄 필요가 있었지. 제인, 질투가 났소?”

204

"로체스터 씨, 신경 쓰지 마세요. 물론 관심도 없으시겠지만. 다시 한 번 사실대로 대답해보세요. 당신한테 농락당한 잉그램 양이 왜 전혀 괴롭지 않을 거라고 생각하시는 거예요? 자신이 버림받았다고 생각하지 않겠어요?"

"천만에! 그 반대로 그녀가 나를 어떻게 버렸는지 말해주지 않았구려. 그녀는 내가 파산했다는 말을 듣자마자 나에 대한 열정이 식었소. 아니 완전히 사라져버렸지."

"로체스터 씨, 당신은 성격이 별나고 꿍꿍이가 있는 분이에요. 너무 특이한 자신만의 원칙이 있어 겁이 날 지경이에요."

"원칙이 다듬어지지 않아서 그렇소. 돌봐주지 않아 자라면서 좀 비뚤어졌나 보군."

"다시 한 번 진지하게 대답해주세요. 얼마 전 제가 겪었던 고통을 남이 겪게 되지 않을까 걱정할 필요 없이 마음껏 기뻐해도 될까요?"

"기뻐해도 좋소, 내 착하고 귀여운 아가씨. 이 세상에 당신처럼 순수하게 나를 사랑하는 사람도 없소. 제인, 당신이 나를 사랑한다는 확신이 드니 내 마음이 흥분되는군."

나는 고개를 돌려 내 어깨 위에 놓인 그의 손에 입을 맞췄다. 나는 진심으로 그를 사랑했다. 어떻게도 표현할 수 없고 어떤 말로도 부족할 만큼 사랑했다.

"더 물어봐요. 당신 부탁을 들어주니 즐겁소."

그가 말했다.

나는 또 부탁할 것이 있었다.

"페어팩스 부인에게 저와 결혼할 생각이라고 알려주세요. 어젯밤 홀에서 제가 당신과 함께 있는 걸 보고 몹시 놀란 눈치였어요. 제가 부인과 다시 마주치기 전에 설명해주세요. 그렇게 착한 분에게 오해를 받다니 슬퍼요."

"제인, 방에 가서 모자를 쓰고 와요. 오늘 아침 나와 밀코트에 갑시다. 당신이 채비를 하는 동안 내가 노부인에게 모두 설명하겠소. 과연 부인은 당신이 사랑을 위해 어떤 희생도 치를 수 있고, 그 후에도 후회하지 않을 거라고 생각할까?"

"그분은 제가 제 신분과 당신의 신분을 망각하고 있다고 생각할 거예요."

"신분! 신분 말이군! 당신의 신분은 내 마음속에 있소. 당신한테 무례하게 구는 사람들은 절대 가만두지 않을 거요. 자, 갑시다."

나는 금세 옷을 갈아입었다. 그리고 로체스터 씨가 페어팩스 부인의 방에서 나오는 소리가 들리자 서둘러 그녀의 방으로 내려갔다. 노부인은 그날 읽어야 할 부분인 듯 성경이 그녀 앞에 펼쳐져 있고, 그 위에 안경이 놓여 있었다. 그러나 로체스터 씨의 갑작스러운 통보에 그녀는 성경을 읽고 있었다는 사실조차 잊어버린 듯했다. 그녀는 맞은편의 빈 벽을 멍하니 바라보고 있었다. 평온하던 그녀의 마음이 뜻밖의 소식에 요동을 치는 것 같았다. 그녀는 나를 보자 몸을 일으키고 애써 미소 지으며 축하의 말을 건네려고 했다. 그러나 금세 미소가 사라지더니 말을 다 끝마치지도 않고 그만 멈췄다. 부인은 안경을 치우고 성경을 덮더니 의자를 뒤로 밀었다.

"정말 깜짝 놀랐어요. 에어 양에게 무슨 말을 해야 할지 모르겠군요. 이게 꿈은 아니겠죠? 가끔 혼자 앉아서 졸다가 실제로 일어나지 않은 일을 상상하기도 하거든요. 깜빡 잠이 들었는데 십오 년 전에 세상을 떠난 남편이 걸어 들어와 내 곁에 앉은 게 한두 번이 아니에요. 평소처럼 '엘리스' 하고 내 이름을 부르는 소리까지 들었다니까요. 자, 말해보세요. 정말로 로체스터 씨가 선생에게 청혼을 했나요? 놀리지 말고요. 그분이 오 분 전에 여기 들어와서 선생이 한 달 안에 자기 아내가 될 거라고 하신 것 같아서요."

"저한테도 그렇게 말씀하셨어요."

"그랬군요. 그분을 믿으세요? 그러겠다고 했나요?"

"네."

부인은 당황한 듯 나를 쳐다봤다.

"꿈에도 생각지 못한 일이네요. 자존심이 강한 분인데. 로체스터 집안이 모두 그랬죠. 그리고 적어도 그분 부친께서는 재물을 좋아하셨고요. 로체스터 씨 또한 그 문제에는 신중하다고들

하더군요. 그분이 정말로 선생하고 결혼하실 거라고 말했어요?"

"그렇게 말씀하셨어요."

이 말에 그녀는 내 머리끝에서 발끝까지 찬찬히 살펴보았다. 이 수수께끼를 풀어줄 만한 매력을 도저히 찾지 못하겠다는 눈빛이었다.

"잘 이해가 안 되네요. 하지만 선생이 그렇게 말하는 걸 보니 사실이겠지요. 어떻게 될지는 나도 모르겠지만. 정말 모르겠어요. 결혼 같은 건 대부분 신분이나 재산이 비슷해야 바람직하니까요. 나이 차도 이십 년이나 나잖아요. 로체스터 씨는 거의 선생의 아버지뻘이에요."

그녀가 말했다.

"아니에요! 그분은 절대 아버지뻘이 아니에요. 우리 둘이 같이 있는 모습을 보면 아무도 그렇게 생각하지 않을 거예요. 로체스터 씨는 스물다섯 살 청년처럼 보인다고요."

나는 기분이 나빠져 외쳤다.

"그분은 정말로 선생을 사랑해서 결혼하려는 걸까요?"

부인이 물었다.

그녀의 냉정한 표정과 의심스럽다는 듯한 태도에 마음이 상해 내 눈에서는 눈물이 솟았다.

부인이 말을 이었다.

"슬프게 해서 미안해요. 하지만 선생은 너무 어리고 남자들을 잘 몰라서 나는 선생이 조심하기를 바랐을 뿐이에요. 옛말에 '번쩍인다고 모두 금은 아니다'라고 하잖아요. 이번에는 선생이나 내가 예상한 것과 전혀 다른 일이 벌어질까 봐 진심으로 걱정돼요."

"왜요? 제가 괴물이라도 되나요? 로체스터 씨가 진심으로 저를 사랑하는 게 그렇게 무리한 일인가요?"

내가 물었다.

"아니에요. 선생은 참 괜찮은 사람이에요. 요새 들어 훨씬 더 괜찮아졌고요. 로체스터 씨도 선생을 좋아하는 것 같아요. 나도 벌써부터 그분이 선생을 어느 정도 마음에 들어 한다는 걸 알아챘지요. 그분이 좋아하는 기색이 역력해서 선생이 걱정될 때도 있었어요. 다만 선생이 조심하기만을 바랐죠. 하지만 비록 가능성이라 해도 나쁜 이야기를 하고 싶지는 않았어요. 그런 말을 하면 틀림없이 선생은 놀라고 기분 나빠할 테니까요. 선생은 신중한 데다 대단히 겸손하고 분별력이 있으니 알아서 자신을 보호할 거라고 믿었죠. 어젯밤 온 집 안을 다 찾아봐도 선생이 보이지 않고 로체스터 씨까지 안 계셔서 얼마나 걱정했는지 몰라요. 그러다 열두 시쯤 선생이 그분과 함께 들어오는 모습을 본 거예요."

"음, 이제 염려하시지 않아도 돼요. 별일 없었으니까요."

나는 더 이상 참지 못하고 그녀의 말을 잘랐다.

"끝까지 별일 없기를 바라요. 하지만 내 말을 믿어요. 조심해서 나쁠 건 없어요. 로체스터 씨를 멀리하세요. 그리고 그분뿐 아니라 자기 자신도 믿지 말아요. 이 정도 신분의 신사가 자기 집 가정교사와 결혼하는 일은 흔치 않으니까요."

나는 점점 화가 치밀어오르고 있었다. 그때 아델이 방으로 뛰어들어 왔다.

"저도 갈래요. 밀코트에 가게 해주세요. 로체스터 아저씨가 저는 안 데려간대요. 새 마차에 자리가 엄청나게 남는데도요. 선생님이 저도 데려가자고 부탁해주세요."

"그래, 말해줄게."

나는 아델을 데리고 서둘러 방을 나왔다. 비관적인 감시자한테서 마침내 벗어나게 되어 기뻤다. 마차는 이미 준비되어 있었다. 마부가 마차를 돌려 현관 앞에 대는 중이었고 로체스터 씨는 포장길을 걷고 있었다. 파일럿은 주인 앞뒤로 왔다 갔다 하면서 따라다녔다.

"아델을 데려가도 되죠?"

"안 된다고 했소. 귀찮은 녀석은 떼어놓고 당신과 둘이서만 갈 거요."

"허락해주세요. 부탁이에요. 아델과 같이 가는 편이 더 좋을 거예요."

"안 될 말이오. 방해만 될 거요."

그는 단호한 표정과 목소리로 말했다. 그러자 페어팩스 부인의 싸늘한 경고와 기분 나쁜 의심이 머릿속에 떠올랐다. 불확실하고 실체가 없는 무언가가 내 희망을 막아서고 있었다. 그에게 미치는 내 영향력이 꽤 사라져버린 듯했다. 나는 의기소침해져 더는 불평하지 않고 순순히 그의 말을 따랐다. 내가 마차에 오르는 걸 돕던 그가 내 얼굴을 보더니 물었다.

"무슨 일이오? 표정이 어두워졌군. 정말 저 애와 같이 가고 싶은 거요? 두고 가면 섭섭할 것 같소?"

"같이 가고 싶어요."

"그럼 가서 모자를 쓰고 번개같이 돌아와야 해!"

그가 아델에게 소리쳤다. 아델은 부리나케 뛰어갔다.

"아침 시간 한 번 방해받는 건 아무것도 아니지. 이제 조금만 있으면 평생 당신을, 당신의 생각, 당신과의 대화, 당신과 함께 보내는 시간까지 내가 다 차지할 테니까."

아델은 번쩍 들려 마차 안으로 들어오자 부탁해줘서 고맙다는 표시로 내게 뽀뽀를 퍼부었다. 이 모습을 지켜보던 로체스터 씨는 곧바로 아델을 들어 자기 옆 구석 자리에 앉혔다. 그러자 아델은 옆으로 내 쪽을 흘끔거렸다. 이처럼 엄한 사람이 옆에 앉아 있으면 마음대로 움직이기도 어렵다. 아델은 괴팍하게 구는 로체스터 씨에게 말을 건네기는커녕 뭔가를 물어볼 수도 없었다.

"아델을 제 쪽으로 보내주세요. 성가시게 할지도 몰라요. 여긴 자리가 충분해요."

내 말에 그는 아델이 강아지라도 되는 양 내게 넘겨주었다.

"아델은 학교에 보낼 거요."

이번에 그는 미소를 지으며 말했다.

아델은 그 말을 듣고 선생님 없이 학교에 가야 하느냐고 물었다.

"그렇지, 당연히 선생님은 없을 거야. 왜냐하면 내가 선생님을 달나라로 데려갈 거니까. 달나라 화산 꼭대기 사이에 있는 새하얀 골짜기들 가운데 동굴 하나를 찾은 다음 선생님이랑 함께 살 거야. 선생님은 나하고 단둘이서."

"선생님은 먹을 게 아무것도 없을 거예요. 아저씨 때문에 선생님이 굶게 된다고요."

아델이 말했다.

"내가 아침저녁으로 선생님에게 만나(모세를 따라 이집트를 탈출한 이스라엘 백성이 광야에서 굶주릴 때 하느님이 내려준 음식—옮긴이)를 주워다 줄 거야. 달나라에는 산과 들이 온통 만나로 새하얗게 덮여 있거든."

"몸을 녹이고 싶어지면요. 불은 어떻게 켜요?"

"불은 달나라 산속에서 타오르지. 선생님이 추우면 내가 선생님을 산꼭대기로 데려가 분화구 가장자리에 눕혀놓을 거야."

"어머나! 그건 별로예요. 불편할 것 같아요. 그리고 옷이 낡아서 해지면 어떻게 새 옷을 입어요?"

로체스터 씨는 어리둥절한 척하며 대답했다.

"흠! 아델, 너라면 어떻게 하겠니? 머리를 써서 방법을 생각해봐. 하얀 구름과 분홍 구름으로 옷을 만드는 건 어떨까? 무지개를 자르면 정말 예쁜 스카프를 만들 수 있을 거야."

"선생님은 지금이 훨씬 더 좋아요"

아델은 이렇게 말하고 나서 잠시 생각하더니 덧붙였다.

"그리고 달나라에서 아저씨랑 단둘이 살면 선생님은 지겨워질 거예요. 제가 선생님이라면 절대 아저씨랑 가겠다고 하지 않을 거예요."

"선생님은 벌써 가겠다고 했는걸. 맹세까지 했어."

"하지만 아저씨는 선생님을 달나라에 데려갈 수가 없어요. 달나라로 가는 길이 없는걸요. 전부 공기뿐인 데다가 아저씨와 선생님 둘 다 날지 못하니까요."

"아델, 저기 들판을 좀 봐."

이제 우리는 손필드의 정문을 나와 밀코트로 향하는 평탄한 길을 경쾌하게 달리고 있었다. 지난 밤 폭풍우 덕분에 먼지들이 가라앉았고, 길 양쪽에 늘어선 키 작은 산울타리와 우뚝 솟은 나무들이 비를 맞고 되살아나 푸르게 빛났다.

"이 주일 전쯤 늦은 시간에 저 들판에서 아저씨가 산책을 하고 있었지. 네가 과수원 풀밭에서 건초 만드는 걸 도와주었던 바로 그날 저녁에 말이야. 베어놓은 풀을 갈퀴로 모으다가 지쳐서 좀 쉬려고 계단 위에 앉았단다. 그리고 수첩이랑 연필을 꺼내 오래전 내게 닥친 불행과 앞으로는 행복하게 살고 싶다는 소원을 적기 시작했어. 점점 어두워졌지만 빨리 써 내려가고 있었지. 그런데 그때 누군가 길 위에 나타나더니 2미터 정도 떨어진 곳에서 멈췄어. 도대체 누군지 궁금해서 쳐다봤지. 그는 자그맣고 머리에 거미줄 같은 얇은 베일을 쓰고 있었어. 가까이 오라고 손짓하니까 내 무릎 앞에 와서 서더구나. 나는 말을 걸진 않았어. 그도 아무 말이 없었고. 하지만 우리는 서로 눈빛을 읽었지. 우리는 말하지 않고도 대화를 나눴어. 그는 자기가 요정 나라에서 온 요정이라고 했어. 나한테 행복을 주는 게 임무라고 하더구나. 그러면서 내가 자기와 함께 이 세상을 떠나 달나라처럼 외딴 곳으로 가야만 한다는 거야. 고개를 들어 헤이 언덕 너머 솟아오르는 초승달을 가리키더니 우리가 살게 될지도 모르는 석화석고 동굴과 은백색 골짜기 이야기도 해줬어. 같이 가고는 싶지만 네가 방금 말한 것처럼 날개가 없다고 했지. 그랬더니 요정이 이렇게 말했어. '그런 건 상관없어요. 여기 이 부적이 어떤 일이라도 막아줄 거예요.' 그리고 예쁜 금반지를 내밀면서 말했어. '제 손 네 번째 손가락에 반지를 끼워주세요. 그러면 나는 당신의 것이 되고 당신은 제 것이 될 거예요.

그리고 이 땅을 떠나 저기서 우리만의 천국을 만들어요.' 그러면서 요정은 다시 달을 가리켰어. 아델, 그 반지는 내 바지 주머니 속에 들어 있어. 지금은 1파운드짜리 금화로 변해 있지만 금화를 다시 반지로 바꿀 거야."

"그런데 그게 선생님이랑 무슨 상관이에요? 저는 요정 같은 건 관심 없어요. 아저씨는 선생님을 달나라로 데려간다고 하셨잖아요."

"선생님이 바로 그 요정이야."

그가 비밀이라는 듯 소곤거렸다. 나는 아델에게 아저씨가 농담으로 하는 이야기니 귀 기울여 들을 필요 없다고 말해주었다. 아델도 프랑스인 특유의 의심 많은 태도로 로체스터 씨를 "진짜 거짓말쟁이"라고 부르며 그가 말한 '요정 이야기'를 조금도 믿지 않는다고 말했다. 그리고 '요정이 정말 있을 리 없고, 있다고 해도' 분명히 그의 앞에 나타나 반지를 주거나 달나라로 가서 살자고 하는 일은 절대 일어나지 않을 거라고 했다.

밀코트에 있는 시간은 괴로웠다. 로체스터 씨는 나를 어떤 비단 가게로 억지로 데려가 옷을 여섯 벌이나 고르라고 했다. 나는 너무 싫어서 제발 다음으로 미루자고 애원했다. 하지만 그는 지금 당장 끝내야 한다며 고집을 부렸다. 결국 끊임없이 소곤거리며 애원한 끝에 옷을 여섯 벌에서 두 벌로 줄였다. 그런데 그 두 벌도 자기가 직접 골라야 한다고 했다. 나는 불안해하며 그를 바라보았다. 그의 눈은 가게 안에 있는 화려한 비단들을 이리저리 살펴보고 있었다. 그러다 그는 가장 화려한 자줏빛 비단과 최고급 분홍색 공단을 골랐다. 나는 그에게 이건 금으로 된 가운과 은으로 된 모자를 한 번에 사주는 것과 다름없다면서 감히 저 옷을 입을 엄두도 나지 않을 거라고 속삭였다. 바위처럼 고집을 피우는 그를 간신히 설득해 수수한 검정색 공단과 진줏빛 비단으로 바꾸었다.

"지금은 그냥 넘어가지만 다음에는 꽃밭처럼 화려하게 빛나도록 만들어줄 거야."

그가 말했다.

비단 가게에 이어 보석 상점까지 갔다가 나온 뒤에야 나는 겨우 마음을 놓을 수 있었다. 그가 선물을 사줄수록 내 뺨은 난처함과 굴욕감으로 점점 더 빨갛게 달아올랐다. 마침내 마차로 돌아와 녹초가 된 몸을 의자에 기대고 나서야 좋은 일과 나쁜 일이 정신없이 밀어닥쳐 까맣게 잊어버리고 있던 일이 생각났다. 존 에어 삼촌이 리드 부인에게 보낸 편지였다. 삼촌은 나를 양녀로 삼아 유산을 상속해주겠다고 쓰셨다.

'조금이라도 내 힘으로 생활할 수 있게 된다면 정말 안심이 될 거야. 인형처럼 로체스터 씨가 사주는 옷을 입고 다나에(그리스 신화에 나오는 여인으로, 제우스는 황금 소나기로 변신해 청동 탑에 갇힌 그녀를 찾아갔다—옮긴이)처럼 앉아 매일 황금 소나기를 맞을 순 없어. 돌아가자마자 마데이라로 편지를 써서 삼촌한테 내 결혼 소식을 알려야지. 언젠가 로체스터 씨의 재산에 보탬이 될 수 있다면 지금 이렇게 신세지는 게 견딜 수 없을 정도로 힘들지는 않을 거야. 이렇게 생각하니(나는 잊지 않고 그날 당장 편지를 보냈다) 마음이 좀 놓이면서 내 연인이자 주인인 로체스터 씨의 눈을 마주 볼 용기가 생겼다. 나는 얼굴과 시선을 모두 피했지만 그의 눈은 끈질기게 내 눈을 쳐다보고 있었다. 그가 미소를 지었다. 그런데 나는 그의 미소가 황금과 보석으로 여자 노예를 치장한 뒤 즐겁고 행복해하는 술탄의 미소 같았다. 나는 내 손을 잡고 절대 놓지 않는 그의 손을 빨갛게 될 정도로 꽉 잡았다가 뿌리쳤다.

"그런 표정 짓지 마세요. 계속 그러면 로우드에서 입던 옷만 입을 거예요. 결혼식에는 연보라색 체크무늬 면으로 된 옷을 입을 거라고요. 그러면 진줏빛 비단으로는 당신 잠옷을 만들고 검정색 공단으로는 조끼를 수도 없이 만들게 될 거예요."

그는 빙그레 웃으며 두 손을 비비더니 외쳤다.

"아, 당신을 보고 당신 말을 듣고 있으면 참 재미있단 말이야. 기발하고 톡 쏘는 매력이 있어. 이 자그마한 영국 처녀는 영양처럼 눈이 부드럽고 천국의 미녀처럼 아름다운 터키 황제의 후궁을 다 준대도 내주지 않겠어!"

나를 터키 후궁과 비교하는 그의 말이 내 심기를 건드렸다.

"저는 터키 황제의 후궁 노릇 같은 건 절대로 안 해요. 그러니까 저를 그런 사람들과 같은 취급하지 마세요. 그런 여자들을 원하신다면 제 옆에 있지 마시고 당장 이스탄불의 노예시장으로 가시면 돼요. 그리고 쓰지 못해 안달이 난 것 같은 넘쳐나는 돈으로 노예나 왕창 사들이면 되겠네요."

"그러면 내가 검은 눈동자를 가진 수많은 사람을 사들이는 동안 당신은 뭘 할 거요?"

"선교사가 돼서 당신의 후궁과 노예가 된 사람들에게 자유를 설파할 준비를 할 거예요. 당신 후궁들이 사는 곳에 들어가 반란을 일으키게끔 부추길 거고요. 우리 손으로 직접 높으신 당신한테 족쇄를 채울 거예요. 그리고 당신이 어떤 폭군도 허락한 적 없는 가장 자유로운 인권 헌장에 서명할 때까지 풀어주지 않을 거예요."

"당신의 자비심에 나를 맡겨야겠군."

"그런 눈으로 애원한다면 자비를 베풀지 않을 거예요. 그런 얼굴을 하고 있다면 억지로 헌장에 서명한다 해도 석방되면 가장 먼저 헌장의 조항들을 어길 게 틀림없으니까요."

"제인, 그럼 내가 어떻게 하면 되겠소? 교회에서 하는 결혼식이 아니라 비밀 결혼식이라도 해달라는 거요? 말해봐요. 특이한 조건을 넣고 싶은 것 같은데 어떤 조건이오?"

"저는 그저 마음이 편했으면 좋겠어요. 엄청난 의무에 짓눌리고 싶지 않아요. 셀린 바렝에 대해 했던 이야기 기억하시죠? 다이아몬드와 캐시미어를 사주셨다면서요. 저는 영국의 셀린 바렝은 되지 않을 거예요. 저는 앞으로도 계속 아델의 가정교사로 일하겠어요. 그러면 먹고 자는 게 해결되고 일 년에 30파운드 정도 수입이 생기죠. 그 돈으로 옷을 사면 되니까 저한테 아무것도 안 해주셔도 돼요. 다만……."

"다만 뭐요?"

"존중해주시면 돼요. 저도 당신을 존중할 테니 서로 밑지는 건 없는 거죠."

"이거 원! 당신만큼 뻔뻔하고 콧대 높게 태어난 사람은 아마 없을 거요."

대화를 나누는 동안 어느덧 손필드에 다다랐다.

"오늘 저녁을 나와 함께 들지 않겠소?"

대문 안으로 들어서며 그가 물었다.

"아니요, 고맙지만 사양할게요."

"왜 고맙지만 사양한다는 거요?"

"한 번도 같이 식사한 적이 없잖아요. 그런데 이제 와서 같이 먹어야 할 이유를 모르겠어요. 그때까지……."

"그때까지라니? 말을 하다가 마는 걸 좋아하는군."

"어쩔 수 없이 먹게 될 그때까지 말이에요."

"나와 같이 식사하기를 두려워하다니, 내가 사람 잡아먹는 괴물이나 시체 파먹는 귀신처럼 식사하는 줄 아는 거요?"

"그렇게 생각한 적 없어요. 하지만 앞으로 한 달만 더 지금처럼 보내고 싶어요."

"애 가르치는 고생 따위는 당장 그만둬요."

"아뇨, 미안하지만 그건 안 돼요. 계속 지금처럼 지낼 거예요. 지금처럼 지내면서 당신한테 방해가 되지 않도록 할게요. 저를 보고 싶으면 저녁에 사람을 보내 불러주세요. 그러면 제가 갈게요. 다른 시간에는 안 돼요."

"나는 담배 아니면 코담배라도 피워야 위안이 되겠군. 아델이 늘 하는 말처럼 '체면을 지키기 위해서' 말이오. 그런데 불행히 담배 상자도 코담배 값도 없구려. 하지만 들어봐요, 귀여운 폭군 아가씨. 속삭여주겠소. 지금은 당신 마음대로 해도 좋아요. 하지만 곧 내 마음대로 하게 될 날이 올 거요. 일단 당신을 사로잡으면 이렇게(회중시계의 줄을 만지며) 쇠사슬을 매달아 꼭 간직할 거요. 그래요, 작고 어여쁜 아가씨. 보석 같은 당신을 잃어버리지 않게 내 품 속에 꼭 안고 다닐 거요."

내가 마차에서 내리는 것을 도와주며 그가 말했다.

그가 아델을 들어 내려주는 사이 나는 집으로 들어와 위층으로 올라와 버렸다.

저녁이 되자 예상대로 로체스터 씨는 나를 불렀다. 나는 그에게 부탁할 일을 미리 준비해두었다. 저녁 시간 내내 다정한 대화만 하지는 않겠다고 마음먹었기 때문이다. 나는 그의 목소리가 좋다는 것을 기억하고 있었다. 훌륭한 가수들이 대개 그렇듯 그도 노래하기를 좋아했다. 나는 노래를 잘하지 못했다. 그리고 그의 까다로운 평가에 따르면 연주 실력도 별로였다. 하지만 훌륭한 연주나 노래를 듣는 건 좋았다. 창문 위로 별들이 수놓아진 푸른 장막이 내려앉기 시작하는 낭만적인 분위기가 물씬 풍기는 해 질 녘이 되자 나는 일어나 피아노 뚜껑을 열고 부디 노래 한 곡을 불러달라고 청했다. 그는 나를 변덕스러운 마녀라고 하면서 다음번에 불러주겠다고 했다. 그러자 나는 지금이 노래하기 가장 좋은 때라며 우겼다.

"내 목소리가 좋소?"

그가 물었다.

"정말 좋아요."

나는 원래 자만심을 받아주는 편이 아닌데 이번만큼은 편의를 위해 오히려 그의 허영심을 자극하고 만족시켜주었다.

"제인, 그러면 당신이 반주해주시오."

"좋아요, 해볼게요."

나는 반주를 시작하기는 했다. 하지만 그는 금세 나를 '어설픈 아가씨'라 부르며 자리에서 쫓아냈다. 바라던 대로 나는 사정없이 한쪽으로 밀려났다. 그는 피아노 앞에 앉더니 직접 반주를 하기 시작했다. 그는 노래만 잘 부르는 게 아니라 피아노 실력도 좋았다. 나는 창가 쪽 구석진 자리로 가서 앉았다. 잔잔한 나무숲과 어둑어둑한 잔디밭을 바라보고 있자니 피아노 선율에 맞춰 감미로운 목소리가 울려 퍼졌다.

타오르는 가슴속
느껴지는 참사랑
생명의 물결처럼
온몸에 퍼져가네.

그녀가 오기만 바라고
떠나면 괴로워하네.
그녀 발걸음이 느려지면
내 가슴도 얼어붙네.

사랑하고 사랑받기란
말할 수 없는 행복
행복을 좇기 위해
앞만 보고 나아가네.

그렇지만 우리 사이
너른 공간엔 길도 없고

푸른 바다 거센 파도
포말처럼 위험하네.

황야와 숲으로 난
강도가 들끓는 길처럼
권세와 정의, 비애와 분노가
우리 영혼 사이에 놓여 있다네.

위험과 장애를 견뎌내고
불길한 징조는 물리쳤네.
위협도 괴로움도 경고도
맹렬히 지나쳤지.

내 무지개는 빛처럼 빠르게 가고
나는 꿈속처럼 날아가네.
찬란하게 눈앞을 가로막는 건
소나기와 빛의 아이

고통의 검은 구름 위에
부드럽고 엄숙한 기쁨이 빛나니
어떠한 재앙이 닥쳐도

두려울 것 없네.

이 달콤한 순간

내가 극복한 모든 것이

복수를 외치며 달려와도

두려울 것 없네.

거만한 증오가 나를 쓰러뜨리고

정의와 장애가 다가와도

끝없는 권세와 분노가

끝없는 적의를 맹세해도

내 사랑은 나를 믿고

작은 손을 내 손에 얹으며

성스러운 혼인의 끈으로

하나 됨을 맹세하니

함께 살고 함께 죽기로

내 사랑이 입 맞추며 맹세하니

사랑하고 사랑받는

말할 수 없는 행복이 있네!

로체스터 씨가 자리에서 일어나 내게로 다가왔다. 그의 얼굴은 환하게 빛났고 매처럼 부리부리하고 큰 눈은 반짝였으며 사랑이 온 얼굴에 넘쳐흘렀다. 순간적으로 움츠러들었지만 나는 이내 마음을 가다듬었다. 나는 달콤한 광경이나 대담한 애정표현은 원치 않았다. 그런데 지금 이 두 가지 위험에 직면해 있었다. 방어할 무기가 필요했다. 나는 목소리를 가다듬었다. 그리고 그가 내게 다가오자 일부러 무뚝뚝하게 물었다.

"이제 누구와 결혼하시나요?"

"사랑하는 제인이 그런 질문을 하다니 예상 밖이로군."

"아뇨! 저는 당연하고 꼭 해야 할 질문이라고 생각해요. 미래의 아내가 당신과 함께 죽는다고 하잖아요. 그런 이교도적인 사상은 무슨 뜻이죠? 저는 절대 같이 죽을 생각이 없거든요. 어림없어요."

"나는 오직 당신이 나와 함께 사는 것만 바라고 기도하오. 당신의 죽음 따위는 생각하지 않소."

"그래요. 저도 당신처럼 죽을 때가 됐을 때 죽을 권리가 있어요. 그때를 기다릴 거예요. 남편이 죽었다고 서둘러 죽을 생각은 없어요."

"이기적인 생각을 용서해줘요. 그리고 그 증거로 화해의 키스를 해주지 않겠소?"

"아니요, 사양할게요."

그러자 그는 "귀여운 고집불통"이라고 부르더니 이렇게 덧붙였다.

"자신을 찬미하는 노래를 들으면 다른 여자들은 좋아서 완전히 녹아내릴 텐데."

나는 원래부터 똑똑하고 냉정한 면이 있어 앞으로 이런 모습을 자주 보게 될 거라고 했다. 게다가 앞으로 사 주 동안 거칠고 단호한 성격을 보여주기로 마음먹었으니 아직 취소할 수 있을 때 자신의 계약 내용을 충분히 파악해놓으라고 했다.

"좀 더 차분하게 이성적으로 이야기하는 게 어떻겠소?"

"원하신다면 차분해지겠어요. 하지만 지금도 이성적으로 말하고 있는걸요."

그는 화가 나서 "흥" 하고 코웃음을 치더니 이내 "쳇" 하고 혀까지 찼다.

나는 마음속으로 생각했다.

'좋아요. 마음껏 씩씩대고 조바심 내봐요. 당신과 살아가려면 이게 최선의 방법일 거라고 확신해요. 나는 말로 다 표현할 수 없을 만큼 당신을 사랑해요. 하지만 지나친 감상에 빠지진 않을 거예요. 그래서 당신도 그 소용돌이의 가장자리에서 떨어지지 않도록 재치 있는 대답이라는 바늘로 지킬 거예요. 바로 그 날카로운 바늘로 우리가 서로에게 진정으로 도움이 될 수 있는 만큼의 거리를 유지할 거예요.'

내가 좀 더 화를 돋우자 그는 격분해서 방 맞은편 끝까지 가버렸다. 그때 자리에서 일어나 나는 평소와 다름없이 공손한 태도로 "로체스터 씨, 안녕히 주무세요"라고 말하며 옆문으로 빠져나왔다.

나는 이렇게 시작된 방법을 그날 이후 줄곧 사용했고 그 결과는 매우 성공적이었다. 물론 로체스터 씨는 화가 나서 퉁명스럽게 굴었다. 그러나 나는 그가 대체적으로 재미있어한다는 걸 알 수 있었다. 양처럼 순하게 굴거나 산비둘기처럼 다정하기만 하면 오히려 그가 제멋대로 행동하도록 부추겨 판단력을 흐리게 할 뿐 아니라 그의 상식에도 맞지 않고 취향도 아니라는 것을 알게 되었다.

나는 다른 사람들과 함께 있을 때는 전과 다름없이 공손하고 얌전하게 굴었다. 예의에 벗어난 행동은 전혀 하지 않았고 그렇게 할 이유도 없었다. 그의 기대를 저버리고 그를 괴롭히는 것은 단둘이 있는 저녁 시간뿐이었다. 정확히 저녁 일곱 시가 되면 그는 어김없이 나를 불렀다. 하지만 내가 나타나도 이제는 '내 사랑', '소중한 사람' 같은 간지러운 말을 입에 담지 않았다. 그 대신 '약 올리는 꼭두각시', '심술궂은 꼬마 요정', '도깨비'나 '변덕쟁이' 같은 말로 불렀다. 그리고 어루만지는 대신 인상을 찌푸리고, 손을 잡는 대신 팔을 꼬집으며, 뺨에 키스하는 대신 귀를 세게 잡아당겼다. 그래도 나는 괜찮았다. 나는 확실히 다정한 애정 표현보다 거친 표현이 더 좋았다. 페어팩스 부인도 이제 나를 인정하는 듯했다. 더는 나 때문에 불안해하지 않았다. 그래서 나는 내가 잘하고 있다고 믿게 됐다. 반면 로체스터 씨는 나 때문에 뼈와 가죽만 남았다면서 곧 때가 되면 지금의 일을 단단히 갚아주겠다며 을러댔다. 나는 이 말을 들으며 몰래 웃곤 했다.

'이제 나는 당신을 적절하게 통제할 수 있고, 앞으로도 그럴 거예요. 한 가지 방법이 안 통하면 또 다른 방법을 생각해내면 된다고요.'

그러나 그런 일을 하는 것이 결코 쉬운 건 아니었다. 그를 놀리는 대신 기쁘게 해주고 싶은 때도 많았다. 미래의 남편은 내게 하나의 세계가 되어가고 있었다. 그는 인간과 거대한 태양 사이를 가로막는 일식처럼 나와 내 종교관 사이를 가로막았다. 그 당시 나는 하느님이 창조하신 인간을 우상처럼 받들고 있어서 그분이 보이지 않았다.

제25장

청혼을 받고 한 달이 흘렀다. 이제 몇 시간만 있으면 바로 결혼식이었다. 이제 그날을 위한 모든 준비가 끝나 이제는 미룰 수도 없었다. 적어도 나는 더 이상 준비할 게 없었다. 나는 트렁크에 짐을 넣고 자물쇠로 잠근 뒤 줄로 묶어 내 작은 방 한 쪽 벽에 나란히 일렬로 세워놓았다. 내일 이 시간이면 이 짐들은 저 멀리 런던으로 가고 있을 것이다. 별일이 없다면 나 또한 가게 될 것이다. 아니, 내가 아니라 '제인 로체스터'라는 아직은 알지 못하는 미지의 인물이 말이다. 주소를 적은 표만 달면 끝이었다. 작고 네모난 꼬리표 네 장이 서랍 속에 있었다. 로체스터 씨가 직접 한 장씩 '런던 ○○ 호텔, 로체스터 부인'이라고 써놓았다. 그러나 나는 아직 그 꼬리표를 직접 가방에 붙이거나 남에게 해달라고 부탁할 자신이 없었다. 로체스터 부인! 그런 사람은 아직 없었다. 내일 오전 여덟 시가 지난 다음에야 태어날 테니까 말이다. 그래서 나는 그녀가 이 세상에 태어난 것을 확인한 다음 로체스터 부인에게 모든 재산을 넘겨주기로 했다. 이미 화장대 맞은편 옷장에 로우드에서 입었던 검은색 모직 옷과 밀짚모자 대신 로체스터 부인의 옷들이 들어 있는 것만으로도 충분했다. 내 옷의 자리를 빼앗고 걸려 있는 결혼 예복 한 벌, 진줏빛 드레스와 얇은 베일은 내 것 같지가 않았다. 옷들은 밤 아홉 시인 지금 어두운 내 방에서 희미한 빛을 내뿜고 있었다. 나는 말했다.

"새하얀 환영아, 잠시 너만 남겨두고 나가야겠다. 몸이 뜨거워서 말이야. 바람 소리가 들리니 나가서 바람을 쐬야겠어."

몸이 뜨거워진 느낌이 든 이유는 허둥지둥 여행 준비를 했기 때문이 아니었다. 그렇다고 큰 변화, 내일부터 펼쳐질 새로운 생활에 대한 기대 때문도 아니었다. 분명히 이런 두 가지 이유로 불안하기도 하고 흥분되어 이 늦은 밤 어두운 정원으로 뛰쳐나오기는 했지만, 내 마음에 큰 영향을 미친 원인은 따로 있었다.

마음속에 이상하게 불안한 생각이 밀려왔다. 이해할 수 없는 일이 벌어졌던 것이다. 나 말고는 본 사람도, 아는 사람도 없었다. 사건은 바로 전날 밤에 일어났다. 로체스터 씨는 집에 없었다. 50킬로미터쯤 떨어진 곳에 있는 두서너 개의 농장에 볼일이 있어 나갔는데 아직까지 돌아오지 않았다. 계획대로 영국을 떠나기 전에 직접 해결해야 할 일이었다. 나는 그가 돌아오기를 기다리고 있었다. 마음의 짐을 덜고 나를 괴롭히는 수수께끼의 해답도 알고 싶었다. 그러니 독자 여러분, 그가 돌아올 때까지 기다려주기 바란다. 그에게 비밀을 털어놓을 때 여러분도 알게 될 테니 말이다.

나는 바람을 피해 과수원으로 향했다. 하루 종일 남쪽에서 거센 바람이 불어왔지만 비는 한 방울도 내리지 않았다. 밤이 되어도 바람은 가라앉지 않고 더 요란하고 맹렬하게 휘몰아쳤다. 나무들은 꼼짝없이 한쪽으로 쏠렸고 나뭇가지는 한 시간 동안 한 번도 몸을 비틀거나 가지를 들어 올리지 못했다. 그렇게 계속해서 나뭇가지 끝은 북쪽으로 구부러졌고 구름은 극에서 극으로 한 덩어리씩 빠르게 흘러갔다. 7월의 푸른 하늘은 코빼기도 찾아볼 수 없었다.

공기를 가르며 온 천지를 울리는 시끄러운 천둥소리에 내 마음의 괴로움을 내맡기고 바람을 피해 달리면서 나는 희열을 느꼈다. 월계수 오솔길을 걸어가다 보니 눈앞에 벼락 맞은 마로니에가 나타났다. 나무는 시커멓게 갈라져 있었다. 몸통 한가운데가 둘로 쪼개져 입을 벌리고 숨을 헐떡거리고 있는 듯했다. 갈라진 반쪽은 단단한 밑동과 튼튼한 뿌리 덕분에 완전히 떨어지지는 않았다. 그러나 나무는 생명이 끊어진 상태였다. 더는 수액이 흐르지 않았고 양팔의 커다란 나뭇가지들은 죽어서 다음 겨울에 폭풍이 오면 한쪽이나 양쪽이 모두 쓰러질 게 뻔했다. 그래도 아직은 오롯하게 한 그루의 나무였다.

나는 마치 괴물처럼 쪼개진 나무가 살아서 내 말을 듣기라도 하듯 말을 건넸다.

'서로 꼭 잡고 있길 잘했어. 보기에는 쪼개지고 새카맣게 타버렸지만 아직 든든한 뿌리에 붙어서 네 속에는 미약하지만 생명이 남아 있을 거야. 하지만 너희는 이제 푸른 잎을 피우지 못하고 너희 가지에 새들이 둥지를 틀고 앉아 노래할 수도 없을 거야. 기쁨과 사랑의 날들은 이미 끝났어. 그래도 너희는 외롭지 않아. 썩어가면서도 함께할 친구가 있으니까.'

나무를 올려다보고 있는데 갈라진 틈으로 보이는 하늘에 잠시 달이 모습을 드러냈다. 핏빛으로 붉게 물든 달 표면을 구름이 반쯤 덮고 있었다. 달은 당혹스럽고 쓸쓸한 시선으로 나를 보다가 금세 짙은 구름 속으로 사라지고 말았다. 바람은 순간 손필드 주변에서 잦아들었다가 저 멀리 숲과 시냇물 너머에서 거칠고 구슬프게 울부짖었다. 그 소리를 듣고 있으니 슬퍼져서 나는 다시 달렸다.

과수원 안을 여기저기 돌아다니며 나무 주변 풀밭에 잔뜩 떨어진 사과를 주워 익은 것을 골라낸 다음 집으로 가져와 식품창고에 넣어두었다. 그러고 나서 난롯불이 커져 있는지 확인하러 서재에 들어갔다. 여름이긴 하지만 이렇게 을씨년스러운 밤이면 로체스터 씨는 자기가 돌아왔을 때 난롯불이 밝게 타오르고 있기를 바랐다. 진작 난롯불은 켜놓았고 활활 잘 타고 있었다. 나는 그의 안락의자를 난롯가에 가져다 놓고 탁자도 끌어왔다. 그리고 커튼을 치고 초도 켜서 올려놓았다. 모든 준비가 끝나자 그 어느 때보다 마음이 불안해졌다. 차분하게 앉아 있을 수도 없고 그렇다고 집 안에 있을 수도 없었다. 방 안의 작은 시계와 홀의 괘종시계가 열 시를 알렸다.

나는 속으로 생각했다.

'시간이 꽤 늦었는데 왜 아직 안 오시지? 대문까지 나가봐야겠다. 달빛이 비쳐서 꽤 멀리까지 보일 거야. 어쩌면 지금 오고 계시는지도 몰라. 마중 나가 있으면 단 몇 분이라도 덜 초조하겠지.'

대문을 뒤덮은 큰 나무들 위로 바람이 요란하게 불었다. 그러나 내 눈앞에 보이는 길은 온통 고요하고 쓸쓸했다. 달이 고개를 내밀면 가끔 구름 그림자가 지날 뿐 길고 하얀 선과 같은 길에는 움직이는 것이라곤 눈을 씻고 찾아봐도 없었다.

그 길을 바라보고 있으니 별안간 어린아이처럼 눈물이 흘렀다. 실망하고 초조해서 나오는 눈물이었다. 나는 창피한 생각이 들어 얼른 눈물을 훔쳤다. 달은 방 안에 온몸을 숨기고 짙은 구름으로 커튼을 쳤다. 밤이 점점 깊어가고 있었다. 한 차례 돌풍이 몰아치더니 후두둑 비가 쏟아졌다.

"얼른 오세요. 제발 얼른 돌아오세요!"

나는 미친 듯이 불안해하며 소리쳤다. 그가 차 마시는 시간 전에는 돌아올 거라고 생각했다. 그런데 무슨 일이 있어 이렇게 늦은 시간까지 돌아오지 않는 걸까? 사고라도 난 걸까?

지난밤 일이 다시 떠올랐다. 그 일이 재앙의 조짐이 아닌가 싶었다. 내 소원이 너무 커서 이뤄지지 못하는 게 아닌지 불안했다. 최근 더없는 행복을 누려왔는데 이제 좋은 시절이 가고 내리막길로 향하고 있는 건 아닌가 하는 생각도 들었다.

'집에 들어갈 수 없어. 이렇게 험한 날씨에 그는 밖에 있는데 나만 난롯가에 앉아 있을 수는 없지. 가슴 졸이며 걱정하느니 다리 아픈 게 나아. 좀 더 걸어가면 만날 수 있을 거야.'

나는 잰걸음으로 걸었다. 하지만 멀리 가지 못했다. 4백 미터도 채 걷기 전에 말발굽 소리가 들렸다. 누군가 말을 타고 전속력으로 달려오고 있었다. 개 한 마리가 나란히 달려왔다. 제발 불길한 예감이 사라졌으면! 로체스터 씨였다. 메스루어를 타고 파일럿을 대동한 채 내 눈앞에 와 있었다. 그가 나를 보았다. 어느새 달빛이 밤하늘에 푸른 들판을 펼치고 희미하게 빛나고 있었다. 그는 모자를 벗어 들고 머리 위에서 흔들어 보였다. 나는 그에게 달려갔다.

그는 안장에 앉은 채로 몸을 숙이며 내게 손을 뻗었다.

"이것 봐! 당신은 이제 나 없이는 살 수가 없군. 내 구두코를 밟아요. 그리고 두 손으로 날 잡고 올라타요!"

나는 시키는 대로 했다. 기쁜 마음으로 민첩하게 그의 앞에 올라탔다. 그는 반가워하면서 강렬하게 입을 맞추었다. 승리감에 취한 것 같았지만 그냥 넘어가기로 했다. 그는 기뻐하면서도 애써 자제하는 듯했다.

"그런데 이 시각에 마중을 나오다니 무슨 일이오? 무슨 문제라도 생긴 거요?"

"아니요. 왠지 당신이 돌아오지 않으실 것만 같아서요. 그래서 도저히 집 안에 가만히 앉아 기다릴 수가 없었어요. 특히나 이렇게 비바람이 몰아치는 날씨에는요."

"맞아, 비바람이 몰아치는군. 당신은 마치 인어처럼 홀딱 젖었어. 내 외투로 몸을 감싸요. 그런데 당신 열이 나는 것 같군. 뺨과 손이 타는 것처럼 뜨거워. 다시 한 번 묻는데 정말 아무 일 없소?"

"이젠 괜찮아요. 불안하지도 슬프지도 않아요."

"그러면 지금까지는 불안하고 슬펐소?"

"약간이오. 조금 이따 말씀드릴게요. 아마 제 이야기를 들으면 그저 웃으시겠지만."

"내일이 지나고 나면 마음껏 웃어주지. 하지만 그때까지는 웃을 엄두가 안 나는군. 아직은 확실치 않으니. 지난 한 달간 당신은 미꾸라지처럼 요리조리 빠져나가고 들장미처럼 가시가 돋쳐 잡을 수도 없었지. 손가락만 닿아도 가시에 찔리곤 했는데 오늘 밤에는 마치 길 잃은 양을 한 마리 주워 안고 있는 것 같군. 제인, 당신은 목동을 찾아 울타리 밖으로 나온 거요?"

"당신이 보고 싶었어요. 으쓱해하지는 말아요. 벌써 집에 다 왔네요. 이제 내려주세요."

로체스터 씨는 나를 포장길에 내려주었다. 존이 말을 끌고 가자 그는 내 뒤로 따라 들어와 빨리 옷을 갈아입고 서재로 오라고 했다. 계단을 올라가려고 하자 그는 나를 붙들고 빨리 내려오라며 다시 한 번 다짐을 받았다. 나는 오래 걸릴 것도 없이 오 분쯤 뒤에 그에게 갔다. 그는 저녁 식사를 하고 있었다.

"제인, 같이 먹어요. 이 식사 말고 또 한 번만 먹고 나면 당분간 손필드 저택에서 식사할 일은 없을 테니까."

나는 그의 옆에 앉아 있기는 했지만 식사는 못 하겠다며 사양했다.

"여행을 앞두고 들떠서 그렇소? 런던에 갈 생각을 하니 신경이 쓰여서 식욕도 없는 거요?"

"지금은 내일 일어날 일 같은 건 생각도 안 나요. 제가 무슨 생각을 하고 있는지 저도 모르겠어요. 모든 것이 다 꿈만 같아요."

"나는 꿈이 아니라 현실이오. 자, 만져봐요."

"당신이 제일 환영 같아요. 꼭 꿈같아요."

그가 웃으며 손을 내밀었다. 그리고 내 눈 바로 앞까지 얼굴을 들이대더니 말했다.

"이게 꿈이겠소?"

그의 팔은 길쭉하고 힘이 세며 두툼한 손은 볼록하게 근육이 발달되어 있었다.

"맞아요. 이렇게 만져봐도 여전히 꿈같아요."

그의 손을 내리며 내가 말했다.

"식사는 다 하셨어요?"

"그렇소."

나는 종을 울려 식탁을 치우라고 일렀다. 다시 단둘이 남게 되자 나는 난롯불을 돋우고 그의 무릎께에 있는 낮은 의자에 앉았다.

"벌써 자정이 다 되어가네요."

내가 말했다.

"그렇군. 하지만 결혼 전날 밤은 나와 밤을 새우기로 한 약속 잊지 말아요."

"기억해요. 약속대로 적어도 한두 시간은 더 있을게요."

"준비는 다 됐소?"

"네, 다 했어요."

"나도 그렇소. 정리가 끝났지. 내일 교회에서 돌아온 다음 삼십 분 내로 출발합시다."

"네, 좋아요."

"방금 '좋아요'라며 웃는 얼굴이 조금 이상한데? 양쪽 뺨도 빨갛고 눈빛도 이상하게 반짝거리고! 어디 아픈 거요?"

"괜찮은 것 같아요."

"같다니! 대체 무슨 일인지 말해봐요."

"말하지 못하겠어요. 어떤 느낌인지 설명할 수가 없어요. 저는 그냥 지금 이 순간이 영원했으면 좋겠어요. 다음에 어떤 운명이 닥칠지 모르잖아요."

"제인, 그건 우울증이야. 너무 들떴거나 지쳐서 그래요."

"당신은 마음이 편하고 행복하세요?"

"편하냐고? 그렇지는 않아. 하지만 정말 행복하지."

나는 정말 행복한지 보려고 그의 표정을 유심히 살펴보았다. 그의 얼굴은 불타오르듯 달아올라 있었다.

"제인, 나를 믿고 신경 쓰이는 게 있으면 다 털어놔요. 부담 같은 건 다 내려놓고 마음을 편히 가져요. 무슨 걱정이 있소? 내가 좋은 남편이 못 될까 봐?"

"말도 안 돼요."

"이제부터 만나게 될 새로운 세계가 걱정되는 거요? 새로운 신분과 새로운 생활이 두렵소?"

"아니에요."

"정말 모르겠는데. 당신의 슬픈 얼굴을 보고 애잔한 목소리를 들으니 불안해지는군! 어서 말해봐요."

"그러면 들어보세요. 어젯밤 집에 안 계셨죠?"

"그랬지. 좀 전에 보니 내가 집에 없는 동안 무슨 큰일이라도 난 것 같은 눈치던데. 물론 별일은 아니겠지만 그것 때문에 마음이 불안해진 게 틀림없소. 말해봐요. 페어팩스 부인이 뭐라고 하던가? 아니면 하인들이 하는 이야기를 엿들은 거요? 당신의 예민한 자존심이 상할 만한 이야기라도 하던가?"

"아니에요."

이때 시계가 열두 시를 쳤다. 나는 탁상시계가 은방울 같은 소리로, 커다란 괘종시계가 쉰 것 같은 소리로 흔들리면서 열두 번을 다 칠 때까지 기다렸다가 말을 이었다.

"어제는 온종일 정말 바빴어요. 쉴 새 없이 부산을 떨었지만 행복했어요. 당신이 생각하는 것처럼 새로운 신분 같은 것들 때문에 마음이 어지럽거나 괴롭진 않았어요. 그저 당신과 함께 살아갈 희망을 가질 수 있어 즐거울 뿐이었죠. 당신을 사랑하니까요. 안 돼요. 지금은 껴안지 마세요. 끝까지 말하게 해주세요. 어제까지 저는 모든 것이 당신과 나를 위해 하느님의 섭리에 따라 이루어진다고 굳게 믿었어요. 기억하실지 모르겠지만 어제는 하늘과 공기가 맑아서 당신의 여행이 안전한지 또는 편안한지 같은 건 걱정할 필요도 없었죠. 차를 마시고 나서 저는 당신을 생각하면서 포장길을 산책했어요. 당신이 가까이 있다고 상상하니 실제로 제 곁에 계시지 않아도 그립지 않았어요. 저는 앞으로 다가올 제 삶과 그보다 훨씬 넓고 복잡한 당신의 삶을 생각했어요. 좁고 얕은 시내와 그 시내가 흘러 들어가는 바다의 깊이를 비교하는 거나 마찬가지죠. 저는 윤리학자들이 왜 인생을 쓸쓸한 황야에 비유하는지 궁금했어요. 제게는 활짝 핀 장미꽃 같았거든요. 그런데 해 질 녘이 되자 공기가 갑자기 차가워지면서 구름이 몰려오기 시작했어요. 저는 집 안으로 들어갔죠. 소피가 막 웨딩드레스가 도착했으니 보라면서 저를 2층으로 불렀어요. 상자 속을 보니 옷 아래에 당신의 선물이 들어 있었어요. 당신이 귀족처럼 사치를 부려 런던에서 보내온 화려한 베일이오. 제가 보석은 받지 않으니까 저를 속여서라도 값비싼 선물을 받게 하려고 그러셨을 거예요. 베일을 펴보면서 저는 미소를 지었어요. 그리고 당신의 귀족적인 취향과 평민 출신의 신부를 귀족처럼 보이게 하려고 애쓰는 당신을 어떻게 놀려줄까 고민했어요. 제가 직접 준비한 무늬 없는 네모난 비단 레이스를 들고 가서 재산이나 미모, 훌륭한 가문도 없는 저 같은 여자는 이 정도가 적당하지 않은지 물어볼까 하는 생각도 했죠. 그렇게 말하면 당신이 어떤 표정을 지을지가 눈에 선했어요. 당신은 분명히 발끈해서 평등주의자처럼 말하며 부자나 귀족과 결혼해 재산을 불리고 신분을 높일 필요 따위는 전혀 없다고 외쳤을 거예요. 그 소리가 귓가에 들리는 것 같았어요."

그때 로체스터 씨가 내 말에 끼어들었다.

"마녀 같은 아가씨! 내 속마음까지 꿰뚫어보고 있군. 그런데 베일에서 자수 말고 또 뭘 발견한 거요? 그렇게 슬퍼 보이는 걸 보니 독약이나 단도라도 봤소?"

"아니, 아니에요. 우아하고 아름다운 베일과 페어팩스 로체스터 씨의 자존심 말고는 없었어요. 물론 그런 것 때문에 겁먹은 것도 아니에요. 당신의 자존심이야 늘 보고 느끼는 거니까요. 그런데 날이 어두워지면서 바람이 불기 시작했어요. 오늘처럼 높고 거친 바람은 아니었지만 꽤 음침하고 신음하는 듯한 소리를 내는 무서운 바람이었어요. 당신이 집에 계시면 얼마나 좋을까 하고 생각했어요. 이 방에 들어와 빈 의자와 불 꺼진 난로를 보니 오싹한 기분이 들더군요. 잠자리에 든 지 한참이 지났는데 잠이 오지 않았어요. 불안해져서 괴로울 지경이었죠. 바람은 점점 거세지는데 그 사이로 서글픈 소리가 나지막이 들렸어요. 처음에는 그 소리가 집 안에서 나는 건지, 밖에서 들려오는 건지 구분이 안 되더라고요. 하지만 바람이 잠잠해질 때마다 그 소리가 기묘하고 애절하게 들려왔어요. 결국 저는 그 소리가 저 멀리서 개가 짖는 소리일 거라고 생각했죠. 잠시 후 소리가 멈추자 마음이 놓였어요. 잠이 들어서도 꿈속에서는 계속 바람이 휘몰아치는 컴컴한 밤이었어요. 그 순간 당신 곁에 있고 싶다고 생각했죠. 그러면서 우리를 갈라놓는 어떤 장해물이 있는 것처럼 묘하게 억울한 생각이 들었어요.

잠이 들자마자 처음 보는 구불구불한 길을 따라 걷고 있었어요. 그때 칠흑 같은 어둠이 저를 둘러싸더니 비를 퍼붓기 시작했어요. 저는 아주 작은 어린아이를 안고 있었어요. 너무 어리고 허약해 걷지도 못하는 아이였는데, 그 아이가 제 차가운 팔에 안겨 덜덜 떨면서 가엾게 울었어요. 당신은 벌써 저 멀리 앞에 가고 있구나 싶었지요. 그래서 부지런히 달려가 당신 이름을 부르며 멈춰달라고 말해야겠다고 생각했죠. 그런데 몸을 전혀 움직일 수 없고 목소리도 나오지 않았어요. 그러는 사이에 당신은 멀리멀리 가버리는 듯했죠."

"제인, 내가 이렇게 가까이 있는데도 그 꿈들이 마음에 걸리는 거요? 귀여운 겁쟁이로군! 꿈속에서 느낀 슬픔 같은 건 잊어버리고 현실의 행복만 생각해요! 나를 사랑한다고 했잖소. 나는 그 말을 잊지 않겠소. 당신도 부정하지 못하겠지. 그 말만은 당신 입술 안에서 소리 없이 사라지지 않을 거요. 은은하지만 분명하게 속삭이는 소리를 들었소. 너무 엄숙할지 모르겠지만 음악을 듣는 듯 달콤했지. '그저 당신과 함께 살아갈 희망을 가질 수 있어서 즐거울 뿐이에요. 당신을 사랑하니까요.' 제인, 날 사랑하오? 다시 한 번 말해줘요."

"사랑해요. 온 마음을 다해 사랑해요."

"그런데……."

잠시 말이 없던 그가 입을 열었다.

"이상하지. 그 말이 내 가슴을 아프게 찌르는 거 같아. 왜지? 아마 당신이 종교적인 기운을 담아 진심으로 말했기 때문일 거요. 지금 나를 올려다보는 당신 눈에는 믿음과 진심과 헌신이 듬뿍 담겨 있어. 마치 성령이 곁에 있는 것처럼 벅찬 느낌이지. 짓궂은 표정 좀 해봐요, 제인. 자주 짓는 표정 있잖소. 수줍은 듯하지만 제멋대로면서 얄미운 그 미소를 한번 지어줘요. 내가 너무 밉다고 말해봐요. 나를 놀리고 약 올려봐요. 뭐든 좋으니 마음 아프게만 하지 말아요. 차라리 화내는 편이 낫소."

"제 이야기가 다 끝나면 원하시는 만큼 놀리고 약을 올려드릴게요."

"제인, 나는 얘기가 다 끝난 줄 알았소. 당신이 꿈 때문에 우울한 줄 알았지."

나는 고개를 가로저었다.

"뭐? 더 있단 말이오? 별로 중요한 건 아니겠지. 미리 말해두지만 나는 믿지 않겠소. 계속해봐요."

놀랍게도 그는 불안해하며 한층 초조한 모습을 보였다. 나는 계속 말을 이었다.

"꿈을 하나 더 꿨어요. 손필드 저택이 박쥐와 올빼미가 모여

사는 을씨년스러운 폐가가 되는 꿈이었어요. 위풍당당한 저택 정면에는 금방이라도 무너질 듯 아슬아슬 뼈대만 남은 높다란 벽이 서 있었죠. 달 밝은 밤에 저는 잡초가 무성한 집 안을 거닐 었어요. 이쪽에서는 대리석 벽난로에 걸려 넘어지고 저쪽에서는 떨어진 처마 돌림띠 조각에 걸려 비틀거렸죠. 아직도 누군지 모르는 그 애를 숄로 감싸 안고 있었어요. 팔이 아팠지만 그 애를 아무 데도 내려놓지 않았어요. 너무 무거워서 걷기 힘들 지경이었지만 안고 있었죠. 그때 저 멀리서 길 위를 달리는 말발굽 소리가 들렸어요. 틀림없이 당신일 거라고 생각했어요. 당신이 먼 나라로 가서 앞으로 몇 년간 돌아오지 않을 여행을 떠나고 있었어요. 아이는 무서워 제 목에 매달렸고 저는 숨이 막혔어요. 마침내 꼭대기까지 올라갔더니 당신이 하얀 길 위에 아주 작은 점처럼 보이더군요. 점점 더 작아지고 있었어요. 바람이 너무 세게 불어 그 위에 더는 서 있을 수도 없었어요. 그래서 좁은 벽의 튀어나온 부분에 걸터앉아 겁먹은 아이를 무릎 위에 놓고 달랬어요. 그때 당신은 길모퉁이를 돌고 있었지요. 마지막 모습이라도 보려고 앞으로 몸을 숙였는데 벽이 무너지면서 제가 흔들리는 바람에 아이가 무릎에서 떨어졌어요. 그리고 저도 균형을 잃고 떨어지다가 잠에서 깼어요."

"그래, 그게 끝이군."

"여기까지가 서론이에요. 정작 중요한 이야기는 시작도 못했어요. 그때 잠에서 깨어나려는데 환한 빛이 비치면서 눈이 부시더라고요. 해가 떴나 싶었죠. 하지만 아니었어요. 그게 아니라 촛불이었어요. 그래서 소피가 들어왔나 보다 했어요. 화장대 위에 촛불이 켜져 있었거든요. 제가 잠자리에 들기 전 웨딩드레스와 베일을 걸어두었던 옷장 문이 열려 있었어요. 그 안에서 옷이 바스락거리는 소리가 나기에 '소피, 거기서 뭐해요?'라고 물었는데, 아무 대답이 없었어요. 그 순간 옷장 속에서 사람 형체가 나타나더니 화장대에 놓인 촛불을 집어 높이 쳐들고는 걸려 있는 옷을 살펴보는 거였어요. '소피! 소피!' 하고 다시 불러봤지만 여전히 대구를 안 하더군요. 그래서 침대에서 일어나 몸을 앞으로 쭉 내밀었죠. 처음에는 놀랐고 다음에는 당황스럽더니 온몸에 피가 꽁꽁 얼어붙는 것 같았어요. 그건 소피가 아니었어요. 리어도 아니고 페어팩스 부인도 아니고요. 그리고…… 그래요, 틀림없어요. 분명히 그 이상한 그레이스 풀도 아니었어요."

"분명 그들 가운데 한 명일 거요."

그가 내 말을 끊었다.

"아니요, 절대 아니라고 장담할 수 있어요. 제 앞에 서 있던 사람은 지금껏 손필드 저택에서 한 번도 본 적이 없는 사람이었어요. 그 정도 키에 그런 체형은 없었어요."

"제인, 그 모습을 설명해봐요."

"덩치가 크고 덥수룩한 검은 머리를 등 뒤로 길게 늘어뜨린 여자 같았어요. 무슨 옷을 입고 있었는지는 모르겠어요. 아래로 늘어진 새하얀 옷을 입었는데 잠옷인지 이불인지 수의인지 모르겠어요."

"얼굴은 봤소?"

"처음에는 못 봤어요. 그런데 그 여자가 베일을 높이 들고 오랫동안 보더니 자기 머리에 쓰고 거울 쪽으로 돌아섰어요. 그 순간 어둡고 네모난 거울에 얼굴이 비쳤어요. 그래서 똑똑히 봤어요."

"어떻게 생겼소?"

"끔찍하고 무시무시하게 생겼어요. 아, 그런 얼굴은 태어나서 처음 봤어요. 사나운 얼굴이었어요. 시뻘건 두 눈을 뒤룩거리는 시커멓게 부은 무서운 얼굴이었어요! 아, 그만 머릿속에서 지워버리고 싶어요."

"제인, 유령은 창백하오."

"그건 보라색에 가까웠어요. 입술은 거무죽죽하게 부어 있고 이마에는 주름까지 깊이 패어 있는 데다가 시뻘겋게 충혈된 눈 위로 새까만 눈썹이 치켜 올라가 있었어요. 그 모습을 보고 뭐가 떠올랐는지 아세요?"

"말해봐요."

"독일 민담에 나오는 무시무시한 흡혈귀요."

"허! 그래, 그게 무슨 짓을 했소?"

"머리에 쓰고 있던 베일을 벗더니 양쪽으로 쭉 찢어 바닥에 내팽개치고는 발로 짓밟았어요."

"그 후에는?"

"창문의 커튼을 걷고 밖을 내다봤어요. 동이 트는 걸 봤는지 촛불을 들고 문 쪽으로 가더라고요. 그러고는 제 침대 곁에 멈춰 서서 이글거리는 눈빛으로 저를 노려봤어요. 그리고 제 얼굴 가까이 촛불을 갖다 대더니 제 눈 바로 아래서 훅 하고 그걸 불어 껐어요. 소름 끼치게 무시무시한 얼굴이 제 눈앞에서 타오르는 것 같은 모습을 본 순간 저는 그만 정신을 잃었어요. 태어나서 두 번째로, 딱 두 번째로 기절한 거예요."

"깨어났더니 곁에 누가 있었소?"

"아무도 없었어요. 벌써 대낮이었어요. 자리에서 일어나 머리를 감고 얼굴을 씻은 다음 물을 들이켰어요. 기운은 없었지만 어디가 아프거나 하진 않았어요. 그리고 오직 당신한테만 이 이야기를 해야겠다고 마음먹었죠. 자, 그게 누군지 말씀해주세요."

"너무 흥분해서 헛것을 봤겠지. 틀림없이 그럴 거요. 이제부터 내 귀중한 보물을 잘 보살펴야겠군. 당신처럼 신경이 예민한 사람은 늘 조심조심 대해줘야 해."

"제 신경이 예민해서가 아니에요. 그건 현실이었어요. 정말로 일어났던 일이라고요."

"그러면 그전에 꾼 꿈도 사실인가? 손필드 저택이 폐가가 되었소? 내가 장해물을 극복할 수 없어 당신과 헤어졌소? 눈물한 방울 흘리지 않고 작별의 키스나 인사 한 마디도 없이 당신을 떠난단 말이오?"

"아직은 아니에요."

"내가 곧 그럴 거라는 말이오? 이런! 우리를 굳게 맺어줄 날이 벌써 시작되었소. 한번 맺어지고 나면 다시는 그런 악몽을 꾸지 않을 거요. 내가 보증하지."

"악몽이라고요? 저도 그랬으면 좋겠어요. 당신마저 그 끔찍한 방문객이 누군지 모르시면 더더욱 그래요."

"제인, 내가 모르는 걸 보니 틀림없이 사실이 아닌 거요."

"저도 오늘 아침에 일어났을 때까지만 해도 그렇게 생각하려고 했어요. 환한 햇빛 아래서 익숙한 제 물건들을 보고 용기와 위안을 얻으려고 주변을 둘러보았죠. 그런데 카펫 위의 증거를 보고 제 생각이 확실히 틀렸다는 걸 알았어요. 제 베일이 두 갈래로 찢어져 놓여 있었다고요."

로체스터 씨가 흠칫 놀라며 몸서리치는 듯했다. 그는 나를 와락 껴안으며 외쳤다.

"하느님, 감사합니다! 지난밤 누군가 정말 당신 방에 들어갔지만 해를 입은 건 베일밖에 없군. 아, 무슨 일을 당할 수 있었다는 생각만 해도 끔찍하구려!"

그가 가쁜 숨을 내쉬며 꽉 껴안는 바람에 나는 숨이 막힐 지경이었다. 그렇게 몇 분간 말없이 있던 그가 좀 전과 달리 밝은 목소리로 말했다.

"자, 제인. 내가 전부 설명해주겠소. 그건 반은 꿈이고 반은 현실이었소. 분명 누군가 당신 방에 들어갔을 거요. 그리고 그건 당연히 그레이스 풀이었을 테지. 언젠가 당신도 그 여자가 이상하다고 했잖소. 당신이 알고 있는 모든 사실을 떠올려보면 그렇게 생각할 만하지 않소. 그 여자가 나와 메이슨에게 한 짓을 생각해봐요. 당신이 비몽사몽하고 있을 때 그 여자가 들어와서 한 짓을 본 거요. 하지만 놀라고 너무 흥분해서 마귀처럼 보인 거지. 부스스한 긴 머리칼과 시커멓게 부어오른 얼굴, 산만 한 덩치는 모두 상상 속에서 지어낸 거요. 악몽의 결과지. 앙심을 품고 베일을 찢은 건 사실이고. 그녀다운 짓이지. 당신은 왜 그런 여자를 집에 두느냐고 물을 거요. 우리가 결혼해서 일 년이 지나면 그 이유를 설명해주겠소. 하지만 지금은 안 돼요, 제인. 이 정도면 만족하겠소? 수수께끼에 대한 내 대답을 믿어주겠소?"

나는 곰곰이 생각해보았다. 사실 그것밖에는 설명할 답이 없을 것 같았다. 만족스럽지는 않았지만 나는 그를 기쁘게 해주기 위해 그렇게 보이려고 애썼다. 확실히 안심이 되기는 했다. 그래서 흡족하다는 듯한 미소를 지어 보이며 대답했다.

"네."

이미 한 시가 훌쩍 넘어 있었다. 그래서 나는 방으로 돌아갈 준비를 했다.

"소피가 아델 방에서 같이 자나?"

방으로 들고 갈 초에 불을 붙이자 그가 물었다.

"네."

"아델의 침대가 작긴 하지만 당신이 누울 공간은 있을 거요. 오늘 밤은 아델과 같이 자요. 틀림없이 그 일 때문에 신경이 예민해져 있을 테니 혼자 자지 않는 편이 좋겠소. 아델 방으로 가겠다고 약속해요."

"그렇게 할게요."

"방문은 꼭 잠가요. 그리고 2층에 올라가면 소피를 깨워 제시간에 깨워달라고 부탁해요. 내일 아침 여덟 시 전에 옷을 입고 아침 식사까지 마쳐야 하니까. 이제 우울한 생각은 더 이상 하지 말아요. 쓸데없는 걱정도 잊어버리고. 제인, 바람이 부드럽게 귓가를 스치는구려. 유리창을 두들기던 빗소리도 그쳤고. 여기 봐요. 정말 아름다운 밤이오."

그가 커튼을 들어 올리며 말했다. 정말 아름다운 밤이었다. 하늘이 절반 정도는 구름 한 점 없이 맑게 개었다. 서쪽으로 흐르던 구름은 바람에 떠밀려 은빛 열을 이루며 동쪽으로 흘러가고, 달은 평화롭게 빛나고 있었다.

"제인, 이제 기분이 어떻소?"

로체스터 씨는 뭔가를 살피는 듯 내 눈을 들여다보며 조용히 물었다.

"고요한 밤이네요. 제 마음처럼요."

"오늘 당신은 헤어지거나 슬퍼하는 꿈을 꾸지 않을 거요. 대신 행복하게 사랑하고 축복받으며 결혼하는 꿈을 꿀 거요."

그러나 이 예상은 절반만 들어맞았다. 나는 슬픈 꿈도, 그렇다고 행복한 꿈도 꾸지 않았다. 아예 잠들지 못했기 때문이다. 나는 귀여운 아델을 품에 안은 채 평화롭고 순진무구한 얼굴을 들여다보며 날이 밝기만을 기다렸다. 그럼에도 정신은 말짱히 깨어 있고 내 몸도 활기가 넘쳤다.

해가 뜨자마자 나도 일어났다. 지금도 기억이 난다. 내가 일어나자 아델은 내게 꼭 달라붙었다. 나는 내 목에 감긴 작은 손을 풀고 입을 맞췄다. 그러자 이상한 감정이 들면서 눈물이 흘렀다. 나는 혹시라도 푹 잠들어 있는 그 애가 깰까 봐 서둘러 자리를 떠났다. 아델은 마치 내 과거를 상징하는 것 같았다. 그리고 내가 예복을 입고 만나러 가는 그는 두렵긴 하지만 동경하고 있는 내 미래를 의미했다.

제26장

아침 일곱 시가 되자 소피가 내게 옷을 입혀주러 왔다. 그녀는 무척이나 느릿느릿 움직였다. 시간이 너무 오래 걸려 늦어지자 로체스터 씨는 결국 기다리다 못해 사람을 보내 왜 내려오지 않는지 물었다. 그때 소피는 베일을 머리에 브로치로 고정시키고 있었다(나는 결국 수도 놓이지 않은 네모난 비단 레이스 베일을 쓰게 되었다). 나는 마지막 단장이 끝나자마자 서둘러 그녀의 손에서 벗어났다.

"잠깐만요! 거울 좀 보세요. 아직 한 번도 안 보셨잖아요."

그녀가 프랑스어로 외쳤다.

나는 문턱을 넘다가 돌아섰다. 거울 속에 긴 드레스를 입고 베일을 쓴 내 모습이 보였다. 평소와 너무나 달라서 마치 낯선 사람을 보는 듯했다.

"제인!"

내 이름을 부르는 소리를 듣고 나는 허겁지겁 아래로 내려갔다. 계단 밑에서 로체스터 씨가 기다리고 있었다.

"게으름뱅이! 나는 조바심이 나서 속이 타들어 가는데 이렇게 꾸물거리다니!"

그는 나를 식당으로 데려가 머리부터 발끝까지 꼼꼼히 살피고 나더니 말했다.

"한 떨기 백합처럼 아름답군. 내 인생의 자랑거리이자 내가 너무나 보고 싶어 하던 모습이오."

그렇게 말한 뒤 그는 내게 십 분을 줄 테니 아침 식사를 마치라고 말하면서 종을 울렸다. 이 소리를 듣고 최근에 고용한 하인 한 명이 들어왔다.

"존이 마차를 준비하고 있나?"

"네, 주인님."

"짐은 내려다 놓았고?"

"지금 옮기고 있습니다."

"그러면 지금 교회에 가서 우드 목사와 서기가 있는지 알아보고 내게 알려주게."

독자 여러분도 알다시피 교회는 바로 정문 맞은편 너머에 있었다. 하인은 금세 돌아와서 말했다.

"우드 씨는 제의실에서 성직자복을 입고 계십니다."

"그럼 마차는?"

"말에 마구를 다는 중입니다."

"교회에 갈 때는 필요 없지만 우리가 교회에서 돌아오기 전에는 준비를 마쳐야 하네. 상자와 짐을 모두 실어서 끈으로 묶어 놓고 마부는 자리에 앉아 대기하도록 해두게."

"제인, 준비됐소?"

나는 자리에서 일어났다. 신랑 신부의 들러리도, 안내해줄 친척도 없었다. 로체스터 씨와 나뿐이었다. 홀을 지날 때 페어 팩스 부인이 서 있었다. 나는 그녀에게 말을 걸고 싶었지만, 내 손은 무쇠 같은 손에 꽉 잡혀 있었다. 성큼성큼 앞서가는 그의 발걸음에 끌려가다시피 했다. 로체스터 씨는 무슨 일이 있어도 단 일 초도 지체할 수 없다는 표정이었다. 다른 신랑도 이런 모습일까? 이렇게 한 가지 목표를 향해 무서울 정도로 전진하는 걸까? 단호한 눈썹 아래 눈이 이글이글 타오르며 빛나는 걸까?

그날 날씨가 맑았는지 궂었는지 기억이 나지 않는다. 마찻 길을 내려가면서 나는 하늘이나 땅을 보지 않았다. 내 눈은 내 마음과 함께 로체스터 씨의 몸속으로 흡수되어버린 듯했다. 그 와 함께 가면서 그가 강렬한 시선을 보내는, 눈에는 보이지 않는 무언가를 나도 보고 싶었다. 그가 굴하지 않고 맞서는 생각이 뭔지 느껴보고 싶었다.

교회 안으로 들어가는 쪽문에서 걸음을 멈춘 그는 그제야 숨을 헐떡거리는 나를 보았다.

"사랑이라는 감정에 빠져 내가 당신을 너무 거칠게 대한 건 아니오? 잠시 쉬었다 갑시다. 내게 기대요."

내 앞에 그 모습을 드러낸 낡은 잿빛 교회당, 그 뾰족한 탑 주위를 맴도는 땅까마귀 한 마리와 그 너머로 펼쳐진 불그레한 아침 하늘이 지금도 또렷하게 떠오른다. 풀로 푸르게 뒤덮인 무덤들도 기억난다. 그리고 낯선 사람 두 명이 야트막하고 조그만 언덕을 서성이며 이끼 낀 비석에 새겨진 비문을 읽고 있던 모습도 생각난다. 우리를 보고 그들이 교회 뒤편으로 돌아가 버렸기 때문에 내 눈에 띄었다. 나는 그들이 교회 옆문으로 들어가 우리 증인이 되어주려는 줄 알았다. 로체스터 씨는 그들을 보지 못했다. 순간적으로 내 얼굴에 핏기가 사라지고 창백해져 나를 살펴보느라 정신이 없었기 때문이다. 얼마 지나지 않아 내가 기운을 차리자 그는 나를 데리고 천천히 교회 현관 앞으로 걸어갔다.

우리는 조용하고 소박한 교회 안으로 들어갔다. 하얀 성직자복을 차려입은 목사가 나지막한 제단에서 기다리고 있었다. 그 옆에는 서기가 서 있었다. 사방이 고요했다. 우리와 멀찍이 떨어진 곳에서 두 개의 그림자만이 움직였다. 내 짐작이 맞았다. 낯선 남자들은 우리보다 먼저 교회에 들어와 있었다. 그들은 우리를 등진 채 로체스터 가의 납골당 옆에서 난간 너머로 오랜 세월 얼룩진 대리석 묘비를 바라보고 있었다. 그 묘비에는 무릎을 꿇은 한 천사가 새겨져 있는데 17세기 내전 당시 마스턴 무어 전투에서 전사한 데이머 드 로체스터와 아내인 엘리자베스의 유해를 지키고 있었다.

우리는 제단 앞 난간에 섰다. 내 등 뒤에서 조심스레 걸어오는 소리가 들려 어깨 너머로 돌아보니 신사로 보이는 낯선 이들 가운데 한 명이 제단 쪽으로 걸어오고 있었다. 드디어 예식이 시작되었다. 목사는 결혼의 의미를 설명한 다음 한 걸음 앞으로 나와 로체스터 씨 쪽으로 몸을 살짝 굽히며 말했다.

"두 분에게 명합니다. 둘 중 누구든 이 결혼이 합법적으로 이루어질 수 없는 장애를 가지고 있다면 만 백성의 비밀이 드러나는 끔찍한 심판의 날에 대답하듯 지금 여기서 고백하도록 하십시오. 하느님의 말씀을 거역하고 맺어진 결혼은 그분의 뜻으로 이루어진 결합이 아니며, 그 결혼은 유효하지 않습니다."

목사는 관례대로 잠시 말을 멈췄다. 과연 이 말 뒤에 이어지는 침묵을 깨고 대답한 사람이 있었을까? 아마 그런 일은 백 년 동안 단 한 번도 없었을 것이다. 목사는 기도서에서 눈도 떼지 않고 잠시 숨을 멈췄다가 결혼식을 이어나갔다. 이미 로체스터 씨를 향해 손을 뻗은 채 "그대는 이 여자를 아내로 맞이하겠는가?"라고 묻기 위해서 입을 떼었다. 그런데 바로 그때 가까이서 한 남자의 목소리가 또렷하게 들려왔다.

"이 결혼식을 계속 진행해서는 안 됩니다. 장애가 있음을 공표합니다."

목사는 고개를 들어 발언자를 쳐다보며 말없이 서 있었다. 서기도 마찬가지였다. 로체스터 씨는 마치 발밑에 지진이라도 일어난 듯 살짝 흔들렸다. 하지만 다시 발을 단단히 디디고 서서 고개나 눈도 돌리지 않고 말했다.

"계속하십시오."

그가 굵고 나지막한 목소리로 이렇게 말하자 교회 안은 깊은 침묵에 빠졌다. 이내 우드 목사가 말했다.

"저 주장의 진위 여부를 확인하기 전까지는 식을 진행할 수 없습니다."

"이 결혼식은 중단되어야 합니다. 이 자리에서 제 주장을 증명할 수도 있습니다. 이 결혼에는 결코 극복하지 못할 장애가 있습니다."

등 뒤의 목소리가 말을 이었다.

로체스터 씨는 이 말을 듣고도 무시했다. 그는 내 손을 꽉 잡고 꼿꼿하게 서서 미동도 하지 않았다. 그의 손이 내 손을 얼마나 세게 잡고 있었는지 모른다. 지금 이 순간 그의 창백하고 단단하며 넓은 이마는 마치 깎아놓은 대리석 같았다. 그의 눈은 여전히 경계를 늦추지 않았지만 그 속에서 거칠게 번뜩거리고 있었다!

목사는 어쩔 줄 몰라 하며 물었다.

"그 장애가 뭐지요? 해결될 수 있는 거겠죠. 잘못이 아니라고 해명하면 말입니다."

"아닙니다. 극복할 수 없는 장애라고 이미 말씀드렸습니다. 저는 심사숙고해서 드리는 말씀입니다."

그 남자는 앞으로 나와 난간에 기대며 말했다. 그는 한 마디씩 차근차근 또렷하고 차분하지만 크지 않은 목소리로 말을 이어갔다.

"장애는 앞서 한 결혼에 있습니다. 로체스터 씨에게는 살아 있는 아내가 있습니다."

천둥소리에도 아랑곳하지 않던 내 신경이 그 낮은 목소리에 떨리기 시작했다. 나는 서릿발처럼 찬 얼음이나 불길에서도 느껴본 적 없던 격렬한 감정을 느꼈다. 그러나 마음을 다잡고 있어 기절하지는 않았다. 나는 로체스터 씨를 바라보았다. 그리고 그도 나를 바라보도록 했다. 그의 얼굴은 너무도 창백해 전체가 하얀 돌덩이처럼 보였다. 마치 부싯돌처럼 눈에서는 불꽃이 일었다. 그는 낯선 남자의 말을 부인하지 않았다. 그리고 모든 일에 저항하려는 듯했다. 말없이 웃음기 없는 얼굴로 내가 사람이라는 사실을 잊어버린 듯 그저 내 허리를 감싸 안고 자기 옆에 잡아두었다.

"당신 누구요?"

그가 불청객에게 물었다.

"저는 런던 ○○ 가에서 온 브리그스 변호사라고 하오."

"지금 있지도 않은 아내를 내게 떠맡기는 거요?"

"당신에게 아내가 있다는 걸 상기시켜 드리는 겁니다. 당신은 인정하지 않는지 몰라도 법은 인정하고 있죠."

"그 여자가 누군지 알려주시오. 이름과 가문, 거주지를 말해 봐요."

"그러지요."

브리그스 씨는 침착하게 주머니에서 종이 한 장을 꺼내 콧소리가 섞인 사무적인 말투로 읽어 내려갔다.

"잉글랜드 ○○ 주 펀딘 영지와 ○○ 군 손필드 저택의 소유주인 에드워드 페어팩스 로체스터는 서기 1800년 10월 20일(지금으로부터 십오 년 전) 본인의 누이동생이자 상인 조너스 메이슨과 크레올 사람인 그의 아내 앙투아네트의 딸인 버사 앙투아네트 메이슨과 자메이카의 스패니시타운 ○○ 교회에서 혼인했음을 주장하고 증명합니다. 혼인 기록은 해당 교회의 교적부에서 확인할 수 있습니다. 여기 그 사본을 가져왔습니다. 서명. 리처드 메이슨."

"그 증명서…… 그것이 진짜라 해도 내가 결혼했던 사실은 증명할 수 있지만, 내 아내라는 여자가 아직 살아 있다는 증거는 아니잖소."

"부인은 석 달 전에도 살아 있었습니다."

"당신이 어떻게 아시오?"

"증인이 있으니까요. 당신도 그 증언은 부인할 수 없을 겁니다."

"증인을 데려오시오. 아니면 지옥에나 가버리든가!"

"증인을 세우겠습니다. 여기 와 있습니다. 메이슨 씨, 부디 앞으로 나와주세요."

메이슨이라는 이름을 듣자 로체스터 씨는 이를 악물었다. 그는 발작하듯 온몸을 부들부들 떨었다. 분노와 절망으로 그의 온몸이 떨리는 것이 곁에 있던 내게도 느껴졌다. 그때까지 뒤에 남아 있던 또 한 명의 낯선 사람이 다가왔다. 변호사의 어깨 너머로 창백한 얼굴이 보였다. 그랬다. 바로 메이슨 씨였다. 로체스터 씨는 고개를 돌려 그를 노려봤다. 전에도 말했지만 그의 눈동자는 검은 색이었다. 그 새까만 눈이 황갈색으로, 아니 핏발이 서 있었다. 얼굴이 벌겋게 달아오르고 불그레해진 뺨과 창백한 이마는 가슴속에서 불꽃이 점점 거세지자 달아오르는 듯했다. 그는 몸을 움직여 강한 팔을 쳐들었다. 당장이라도 메이슨 씨를 교회 바닥에 내동댕이치고 인정사정없이 주먹을 날려 숨통을 끊어놓을 듯한 기세였다. 메이슨 씨는 움츠리며 힘없이 소리쳤다.

"아이고, 하느님!"

경멸감이 로체스터 씨의 얼굴을 스치고 지나갔다. 그리고 그의 분노는 병충해가 갉아먹은 초목처럼 사그라졌다. 그는 그저 이렇게 물을 뿐이었다.

"도대체 너 따위가 할 말이란 게 뭐야?"

로체스터 씨의 질문에 메이슨 씨의 파리한 입술에서 알아들을 수 없는 말이 새어나왔다.

"똑똑히 대답하지 못하면 악마에게 잡아먹힐 줄 알아. 다시 묻겠다. 너 같은 녀석이 무슨 할 말이 있다는 거냐?"

"저, 여기가 신성한 교회라는 걸 잊지 마세요."

목사가 그의 말을 막더니 메이슨 씨에게 부드러운 목소리로 물었다.

"이분의 아내가 아직 살아 있는지 아닌지 알고 있습니까?"

"용기 내어 이야기하세요."

이번에는 변호사가 그를 격려했다.

"저분의 아내는 지금 손필드 저택에 살고 있습니다. 제가 지난 4월 거기 있는 걸 보았습니다. 저는 그녀의 오빠입니다."

메이슨 씨가 좀 더 분명하게 말했다.

그러자 목사가 소리쳤다.

"손필드 저택이라니! 말도 안 되는 소리요! 나는 오래전부터 이 지역에 살고 있지만 지금까지 단 한 번도 손필드 저택에 로체스터 부인이 있다는 말을 들어본 적이 없소."

나는 로체스터 씨의 입술이 험악한 미소로 일그러지는 것을 보았다. 그가 중얼거렸다.

"맙소사! 내가 지금까지 그 일, 그 여자의 이름이 나오지 않게 얼마나 조심했는데."

십 분 동안 그는 생각에 잠겨 있다가 비로소 무언가 결심한 듯 말했다.

"좋소, 총에서 총알이 튀어나오듯 모든 것을 한꺼번에 털어놓겠소. 목사님, 기도서를 덮고 성직자복도 벗으시오. (서기에게) 존 그린 군, 자네는 이제 가보게. 오늘은 결혼식을 하지 않을 걸세."

서기는 시키는 대로 교회를 떠났다.

로체스터 씨는 거침없이 말을 이어갔다.

"중혼은 추악한 단어요. 그럼에도 나는 중혼을 하려고 했소. 하지만 운명은 내 계획을 허락하지 않았소. 아니면 나를 막은 것은 하느님의 뜻이겠지. 아마 후자일 것 같소. 나는 이 순간 악마나 다름없소. 여기 계신 목사님이 말씀하겠지만 분명 하느님의 가장 가혹한 심판을 받아 마땅하오. 꺼지지 않는 불길과 죽지 않는 구덩이 속에 내던져질 거요. 여러분, 내 계획은 수포로 돌아갔습니다. 이 변호사와 의뢰인의 말은 사실입니다. 나는 결혼한 적이 있고 아내도 살아 있습니다! 목사님께서는 손필드 저택에 로체스터 부인이 산다는 말을 들어본 적이 없다고 하셨죠. 하지만 저 집에 미치광이가 밤낮으로 감시를 당하며 갇혀 있다는 소문은 여러 번 들어봤을 겁니다. 어떤 사람은 내 배다른 누이라고 귀띔했을 테고 또 다른 누군가는 나한테 버림받은 내연녀라고 했겠죠. 이제야 알려드리지만 그 여자는 십오 년 전에 결혼한 제 아내입니다. 이름은 버사 메이슨이죠. 허연 얼굴로 사지를 덜덜 떨면서 담대하게 사나이다운 모습을 보여주고 있는 이 의연한 남자의 누이동생입니다. 이봐, 힘내게. 나를 두려워하지 마! 자네를 치느니 차라리 여자를 치겠네. 버사 메이슨은 정신이상자입니다. 집안 유전이죠. 그 집안에서는 삼대에 걸쳐 백치와 미치광이가 나왔어요. 모친은 서인도제도 크레올 사람인데 미치광이에다 술주정뱅이였죠! 이런 사실을 나는 결혼한 후에야 알았습니다. 그전에 자기 집안의 비밀을 절대 알리지 않았거든요. 어찌나 효녀인지 버사는 이 두 가지를 모친한테서 빼다 박았더군요. 정말 훌륭한 인생의 동반자를 맞이한 거죠. 순결하고 현명한 데다가 얌전하기까지 하니 내가 얼마나 행복했을지 짐작하시겠지요? 나는 별의별 일을 다 봤습니다. 얼마나 즐거운 날들이었는지 직접 보셨어야 했는데! 하지만 더는 설명하지 않겠습니다. 그 대신 브리그스 씨, 우드 씨, 메이슨 군, 여러분을 초대할 테니 우리 집으로 가서 풀 부인이 돌보는 환자를 만나보시죠. 내 아내 말입니다. 내가 속아서 어떤 사람과 결혼했는지 보시고 내가 결혼 약속을 저버리고 적어도 인간적인 동정을 구할 권리가 있는지 판단해주시기 바랍니다. 그리고 이 아가씨는……."

그가 나를 바라보며 말했다.

"목사님과 마찬가지로 이 역겨운 비밀에 대해 아무것도 모릅니다. 이 아가씨는 모든 것이 올바르고 합법적이라고 생각했죠. 그래서 미친 짐승 같은 여자에게 이미 발목이 매인 이 가엾은 남자한테 속아 사기 결혼이라는 덫에 걸릴 뻔했다는 걸 몰랐습니다. 여러분, 모두 따라오십시오!"

그는 여전히 나를 꼭 끌어안은 채 교회를 나왔다. 신사 세 명이 우리를 뒤따랐다. 저택 현관 앞에는 마차가 우리를 기다리고 있었다.

"존, 마차를 차고에 가져다 놓게. 오늘은 필요 없을 거야."

로체스터 씨가 무뚝뚝하게 말했다. 우리가 들어서자 페어팩스 부인과 아델, 소피, 리어가 축하해주려고 다가왔다.

그러자 주인이 소리쳤다.

"물러서요! 축하는 집어치워! 축하할 사람이 어디 있다고. 나는 아냐! 십오 년이나 늦었다고!"

로체스터 씨는 여전히 내 손을 잡은 채 뒤따라오는 신사들에게 어서 오라고 손짓하더니 계속해서 계단을 올라갔다. 우리는 2층으로 올라가 복도를 지나 3층으로 갔다. 그는 열쇠로 나지막한 검은 문을 열고 들어갔다. 방 안에는 커다란 침대와 그림이 그려진 옷장이 있고 벽걸이 장식품이 걸려 있었다.

"메이슨, 자넨 이 방에 와본 적이 있지? 그녀가 자네를 물어뜯고 칼로 찌르지 않았나?"

로체스터 씨가 말했다.

벽걸이 장식품을 들추자 다른 문이 나타났다. 그는 이 문을 열었다. 창문도 없는 방 안에는 높고 튼튼한 철망에 둘러싸여 난롯불이 타고 있었다. 천장에서부터 연결된 줄에는 등불이 매달려 있었다. 그레이스 풀은 난롯불에 허리를 숙이고 냄비에 뭔가를 요리하고 있었다. 그리고 방 한구석 시커먼 어둠 속에서 누군가 앞뒤로 펄쩍펄쩍 뛰고 있었다. 얼핏 봐서는 짐승인지 사람인지 분간할 수 없었다. 네 발로 기는 것 같기도 하고 기괴한 야수처럼 할퀴기도 하며 으르렁대기도 했다. 하지만 옷을 걸쳤으며 검고 희끗희끗한 머리칼이 말갈기처럼 머리와 얼굴을 덮고 있었다.

"풀 부인, 좋은 아침이오. 별일 없소? 환자는 좀 어떻소?"

로체스터 씨가 말했다.

"그럭저럭 지내고 있습니다."

그레이스는 이렇게 대답한 뒤 끓고 있는 요리를 조심스레 선반 위에 올려놓으며 다시 말했다.

"물려고 덤비기는 하는데 난폭한 정도는 아니에요."

그때 날카로운 비명이 들려와 애써 좋게 이야기하는 그레이스 풀의 말이 거짓으로 판명되고 말았다. 옷을 걸친 하이에나가 일어나 어깨를 펴고 다리로 섰다.

"앗, 주인님. 주인님을 보고 있어요! 가시는 게 좋겠어요."

그레이스가 외쳤다.

"그레이스, 잠시만이오. 잠깐만 있다가 가겠소."

"그럼 제발 조심하세요!"

미친 여자가 울부짖었다. 덥수룩한 머리칼을 얼굴에서 떼어내며 손님들을 사납게 노려보았다. 나는 그 붉으락푸르락하는 얼굴과 부어오른 눈코입을 한눈에 알아보았다. 그때 풀 부인이 앞으로 나섰다. 그러자 로체스터 씨가 그녀를 옆으로 밀치며 말했다.

"비켜서요. 지금은 칼을 갖고 있지 않겠지? 나도 조심하고 있으니 안심하시오."

"뭘 가지고 있는지 누가 알겠어요. 얼마나 교활한데요. 사람의 능력으로는 저 음흉한 잔꾀를 헤아릴 수가 없어요."

"나가는 게 좋겠소."

메이슨 씨가 속삭였다.

"꺼져버려!"

로체스터 씨가 소리쳤다.

"조심하세요!"

그레이스가 소리치자 신사 셋이 동시에 뒤로 물러났다. 로체스터 씨는 나를 자기 등 뒤로 밀었다. 미친 여자가 로체스터 씨에게 뛰어올라 맹렬하게 목을 움켜잡고 그의 볼을 물어뜯었다. 두 사람은 몸싸움을 벌였다. 여자는 뚱뚱한 데다가 덩치가 컸다. 키도 거의 남편만 했다. 게다가 싸우는 힘도 성인 남자 못지않았다. 힘이 센 그도 몇 번이나 목이 졸릴 뻔했다. 제대로 한 방을 날려 그녀를 쓰러뜨릴 수도 있었지만 그는 주먹을 쓰지 않았다. 그저 힘으로 제압하려고만 했다. 그는 간신히 미친 여자의 양팔을 잡더니 그레이스 풀이 건네준 끈으로 등 뒤에서 묶었다. 그리고 가까이 있던 밧줄로 의자에 잡아맸다. 그사이에도 그녀는 처참하게 비명을 지르고 발작을 하며 몸부림쳤다. 로체스터 씨는 모든 일을 끝내고 목격자들을 향해 돌아섰다. 그러고는 쓸쓸하면서도 쓴 웃음을 지으며 말했다.

"이 여자가 내 아내요. 이것이 우리 부부의 유일한 포옹이고 또 한가할 때면 위안이 되어주는 유일한 애정 표현이지. (내 어깨에 손을 얹으며) 그리고 지금 지옥의 문 앞에서 엄숙하고 차분하게 서서 악마가 날뛰는 광경을 지켜보고 있는 이 여자야말로 내가 원하는 사람이오. 비위가 상하는 스튜를 먹은 뒤 다음 요리로 입을 씻어내듯 말이오. 우드 씨, 브리그스 씨, 둘의 차이가 보이시오? 이쪽의 맑은 눈과 저쪽의 시뻘건 눈알을 비교해보시오. 이 얼굴과 저 꼴을, 이 몸과 저 몸뚱이를, 그다음에 복음을 전하는 목사님과 법을 따르는 당신이 나를 심판해주시오. 그리고 '너희가 비판하는 그 비판으로 너희가 비판을 받을 것이요(〈마태복음〉 7장 2절—옮긴이)'라는 말씀을 기억하시오. 이제 나갑시다. 내 소중한 보물을 가둬야 하니까."

다들 방에서 나왔다. 로체스터 씨는 그레이스 풀에게 몇 가지 지시를 내리느라 방 안에 조금 더 머물러 있었다. 계단을 내려오며 변호사가 내게 말했다.

"이봐요, 아가씨. 아가씨는 전적으로 책임이 없군요. 아가씨의 삼촌께서 이 소식을 들으면 매우 기뻐하실 겁니다. 메이슨 씨가 마데이라로 돌아갈 때까지 살아 계시다면 말이죠."

"삼촌이라니요? 그분이 뭐요? 그분을 아세요?"

"메이슨 씨가 알지요. 에어 씨는 푼샬에서 몇 년 동안 메이슨 씨 회사의 주재원으로 일하셨어요. 아가씨한테서 로체스터 씨와 결혼을 생각 중이라는 편지를 받으셨을 때 마침 메이슨 씨가 에어 씨와 함께 계셨던 거죠. 자메이카로 돌아가는 길에 쉬었다 가려고 마데이라에 들리셨거든요. 에어 씨는 그 소식을 메이슨 씨에게 말씀하셨답니다. 여기 계신 의뢰인이 로체스터라는 이름을 가진 신사분과 친분이 있다는 걸 알고 계셨거든요. 예상하셨다시피 메이슨 씨는 이 이야기를 들은 뒤 깜짝 놀라고 걱정이 되어 사건의 진상을 밝히신 거죠. 유감스럽게도 아가씨의 삼촌께서는 지금 병상에 계십니다. 나이가 들어 쇠약한 데다가 병의 특징상 회복하기는 어려우실 겁니다. 에어 씨는 직접 오셔서 아가씨를 덫에서 구해내고 싶으셨지만, 서두를 수가 없어서 메이슨 씨에게 부탁해 결혼을 막을 수 있도록 조치를 취하신 거죠. 그분은 메이슨 씨를 저에게 보내 도움을 요청하셨습니다. 그리고 저는 최대한 신속하게 조치를 취했지요. 너무 늦지 않아서 정말 다행입니다. 틀림없이 아가씨도 다행이라고 생각하실 겁니다. 당신이 마데이라에 도착하기 전에 삼촌께서 돌아가시지 않을 게 확실하다면 메이슨 씨와 함께 가보라고 권하겠지만, 지금 같은 상황이라면 에어 씨한테서 직접 연락을 받거나 그분에 관한 소식이 올 때까지 영국에서 기다리는 편이 나을 것 같군요."

그러고 나서 그는 메이슨 씨에게 물었다.

"우리가 여기서 더 볼일이 남았나요?"

"아니요, 그만 돌아가죠."

메이슨 씨가 불안한 말투로 대답했다. 그들은 로체스터 씨에게 간다는 말도 없이 현관문을 나가버렸다. 목사는 좀 더 기다렸다가 거만한 교구 주민인 로체스터 씨에게 훈계와 꾸지람을 몇 마디 하고는 돌아갔다.

나는 내 방으로 돌아가 반쯤 문을 열고 서서 목사가 떠나는 소리를 들었다. 모두 돌아가자 나는 아무도 못 들어오게 빗장을 걸어 잠그고 방에 틀어박혔다. 울지도 않고 슬퍼하지도 않았다. 그러기엔 지나치게 침착했다. 나는 기계적으로 웨딩드레스를 벗고 어제 마지막이라고 생각하며 입었던 모직 옷으로 갈아입은 뒤 자리에 앉았다. 기운이 없고 너무 피곤했다. 나는 탁자 위에 팔꿈치를 얹은 채 턱을 괴고 생각했다. 지금까지는 그저 듣고 보고 움직였을 뿐이다. 이끄는 대로 이리저리 끌려다녔다. 사건이 계속되고 비밀이 폭로되는 것을 지켜보고만 있었다. 하지만 이제부터는 생각해야 했다.

아침 시간 저택은 매우 조용했다. 미친 여자를 잠깐 보았던 걸 빼면 모든 게 조용했다. 교회에서도 모든 일이 조용히 끝났다. 감정이 폭발하거나 고래고래 소리 지르며 싸우는 일도 없었다. 논쟁을 벌이거나, 저항이나 도전을 하지도, 눈물을 흘리거나 흐느끼지도 않았다. 그저 몇 마디 말이 있은 뒤 결혼에 대한 이의가 조용히 제기됐다. 로체스터 씨는 짧지만 엄격하게 질문했고 그에 대한 대답과 설명이 있었고 증거가 제시됐다. 그러자 당사자가 공개적으로 이의 제기가 사실임을 인정했고 살아 있다는 증거도 공개되었다. 그렇게 침입자들은 떠났고 모든 것이 끝났다.

나는 평소처럼 내 방에 있었다. 눈에 보이는 나는 그대로였다. 두드려 맞지도, 상처를 입지도, 불구가 되지도 않았다. 그런데 어제의 제인 에어는 어디로 간 걸까? 그녀의 삶은? 그녀의 앞날은 어떻게 되는 걸까?

신부가 될 뻔했던 여자, 열정이 넘치고 기대에 가득 차 있던 제인 에어는 다시 쓸쓸하고 외로운 아가씨가 되었다. 그녀의 삶은 활기를 잃었고 앞날은 고독할 거라는 생각이 들었다. 크리스마스에 내리는 서리가 한여름에 내렸고, 12월의 눈보라가 7월에 휘몰아쳤으며, 잘 익은 사과가 얼어붙었고, 눈보라가 불어와 막 피어나 장미를 짓밟았으며, 들판과 보리밭은 서리로 뒤덮였다. 어젯밤 온갖 꽃이 만발해 붉게 물들었던 오솔길은 이제 온통 새하얀 눈으로 뒤덮여 길조차 찾을 수가 없었다. 열두 시간 전까지만 해도 열대 지방의 숲처럼 우거지고 향기롭던 숲이 지금은 겨울철 노르웨이의 소나무 숲처럼 황량하고 거칠며 새하얗게 변했다. 내 희망은 모두 사라졌다. 마치 옛날 이집트 땅에서 장자들이 하룻밤 사이에 모두 알 수 없는 죽음을 맞이한 것처럼 말이다(〈출애굽기〉 12장 19절—옮긴이). 나는 어제까지만 해도 환하게 빛나던 내 소중한 바람들을 떠올려보았다. 그것들은 이제 되살아날 수 없는 검푸른 시체가 되어 차갑게 굳어 누워 있었다. 나는 내 사랑을 생각해보았다. 내가 그에게 바치고 그가 내게서 이끌어냈던 사랑, 그것은 내 가슴속에서 산산이 부서져 마치 병에 걸려 차가운 요람에 힘겹게 누워 있는 아이가 되어버렸다. 하지만 이제 로체스터 씨의 품에 안길 수가 없다. 그의 품 안에서 온기를 느낄 수가 없다. 아아, 이제 다시는 그에게 의지할 수도 없을 것이다. 믿음이 사라지고 신뢰가 깨어진 것이다. 로체스터 씨는 더 이상 예전의 그가 아니었다. 내가 생각하던 그가 아니기 때문이다. 나는 그를 탓하지 않을 것이다. 그가 나를 배신했다고 말하지도 않을 것이다. 그렇지만 더 이상 그가 거짓 없이 진실하다고는 생각할 수가 없었다. 그를 떠나야 한다는 사실을 잘 알고 있지만 언제, 어떻게, 어디로 가야 할지는 알 수 없었다. 그는 분명 나를 하루빨리 손필드에서 내보내고 싶을 것이다. 그는 나를 진정으로 사랑한 게 아닌 듯했다. 그저 잠깐 동안의 열정에 휩싸였을 뿐이다. 그마저 잃어버린 지금 그는 더 이상 내가 필요치 않을 것이다. 이제 그의 눈에 띄어서는 안 된다. 내가 꼴도 보기 싫을 것이다. 아아, 나는 어쩌면 그렇게 눈이 멀었단 말인가? 또 행동은 왜 그리 나약했던 걸까?

나는 눈을 가리고 눈을 감았다. 어둠이 소용돌이치며 내 주위를 둘러쌌다. 생각이 시커멓고 걷잡을 수 없는 급류처럼 밀려왔다. 자포자기해서 무기력해진 나는 바싹 말라 바닥이 드러난 거대한 강바닥에 쓰러져 있는 기분이었다. 먼 산에서 큰물이 터져 나오는 소리가 들리면서 급류가 쏟아져 내리는 듯했다. 그러나 나는 일어설 의지도 도망칠 힘도 없었다. 죽기만을 바라며 의식도 없이 누워 있었다. 오직 한 가지 생각만 내 안에서 살아 있는 듯 고동쳤다. 바로 하느님에 대한 생각이었다. 그 생각을 하면서 나는 말없이 기도를 올렸다. 꼭 입 밖으로 내어 말해야 하는 무언가처럼 이런 말들이 빛을 잃고 캄캄해진 내 마음 속에서 맴돌았지만, 나는 소리 내어 말할 힘조차 없었다.

"나를 멀리하지 마옵소서. 환난이 가까우나 도울 자 없나이다(〈시편〉 22편 11절—옮긴이)."

급류가 가까이 다가오고 있었지만 나는 하느님께 피할 수 있게 해달라는 기도를 올리지 않았다. 두 손을 모으거나 무릎을 꿇지도 않았고 입술도 옴짝달싹하지 않았다. 마침내 거친 급류가 전속력으로 내게 쏟아졌다. 의지할 곳 없는 내 삶, 잃어버린 내 사랑, 부서진 내 희망, 무너진 내 믿음. 모든 생각이 한 덩어리의 파도가 되어 내 몸 위에서 엄청난 힘으로 요동쳤다. 그 고통스러운 시간은 말로 다 표현할 수 없을 정도였다. 정말이 표현 그대로였다.

"물들이 내 영혼에까지 흘러 들어왔나이다. 나는 설 곳이 없는 깊은 수렁에 빠지며 깊은 물에 들어가니 큰물이 내게 넘치나이다(〈시편〉 69편 1~2절—옮긴이)."

제27장

오후가 되어서야 나는 고개를 들어 주위를 둘러보았다. 해가 어느덧 서쪽으로 기울어져 벽이 노을빛으로 물들었다. 나는 자신에게 물었다.

'이제 어떻게 하지?'

내 마음은 '당장 손필드를 떠나'라고 대답했지만 너무나 갑작스러운 일에 두려워져서 나는 귀를 막아버렸다. 그리고 중얼거렸다.

"지금은 그런 말을 견딜 수 없어. 로체스터 씨의 아내가 되지 못한 건 그저 작은 슬픔일 뿐이야. 세상에서 가장 아름다운 꿈에서 깨어난 지금 모든 게 다 헛되다는 걸 알게 됐지만 참을 수도, 감당할 수도 있어. 하지만 당장 그리고 영원히 그를 떠나야 한다는 사실은 참을 수가 없어. 나는 못 하겠어."

그러자 내 마음속 목소리는 내가 할 수 있다고, 그래야만 한다고 단호하게 말했다. 나는 스스로의 다짐과 싸워야 했다. 내 의지가 약해지기를 바랐다. 그러면 더한 고통으로 나를 이끌 끔찍한 길을 피할 수도 있을 것 같았다. 이제 폭군으로 둔갑한 양심은 정열의 목덜미를 부여잡고 을러댔다.

'너는 아직 그 가냘픈 발을 절망의 구렁텅이에 살짝 담근 것뿐이야. 내가 이 강철 같은 팔로 너를 끝없는 괴로움 속으로 밀어 넣어버리겠어.'

"그러면 나를 손필드에서 나가게 해주세요. 누군가 나를 좀 도와주게 해주세요."

나는 작은 소리로 외쳤다.

"안 돼. 네가 스스로 알아서 나가야 해. 누구도 도와주지 않아. 너 스스로 오른쪽 눈을 뽑고 오른손을 잘라내야 해. 네가 사제가 돼서 심장을 제물 삼아 찔러야 해."

나는 벌떡 일어났다. 고독하고 고요한 가운데 냉혹한 재판관이 나타나 끔찍한 목소리를 들려주자 오싹했다. 똑바로 서자 머리가 빙빙 도는 것 같았다. 흥분한 데다가 먹은 것이 없어서인지 몸이 좋지 않았다. 그날 아침 식사를 하지 않아서 고기한 점, 물 한 모금 입에 대지 못했다.

가만히 생각해보니 오랜 시간 이 방에서 한 발짝도 나가지 않았는데도 내가 좀 어떤지 묻거나 내려오라는 연락이 없었다. 심지어 귀여운 아델조차 방문을 두드리지 않았고 페어팩스 부인도 나를 찾지 않았다.

"운명에게 버려진 자는 친구들한테서도 잊힌다."

나는 이렇게 중얼거리면서 빗장을 끄르고 방문을 열었다. 그러고는 그와 동시에 무언가 발에 걸려 쓰러졌다. 머리는 여전히 어지럽고 눈앞은 흐릿했으며 팔다리에는 힘이 하나도 없었다. 나는 금세 몸을 추스를 수가 없었다. 복도 바닥 위에 쓰러진 느낌은 아니었다. 누군가 팔을 뻗어 나를 붙잡았던 것이다. 올려다보니 로체스터 씨가 나를 받치고 있었다. 내 방 문지방에 의자를 가져다 놓고 앉아 있었던 것이다.

그가 말했다.

"드디어 나왔군. 정말 오랫동안 당신이 나오기만을 기다리며 귀를 기울였소. 그런데 움직이는 소리와 흐느끼는 소리가 단 한 번도 들리지 않더군. 죽음과 같은 침묵이 오 분만 더 이어졌다면 나는 강도처럼 자물쇠를 부수고 들어갔을 거요. 나를 피하는 거요? 혼자 방에 틀어박혀 슬퍼하다니 말이오! 차라리 내게 와서 맹렬하게 화를 냈으면 좋았을 텐데. 열정적인 성격이라 나는 당연히 그런 장면을 예상했소. 내게 와서 뜨거운 눈물을 펑펑 흘릴 거라고. 다만 내 품 속에서 그 눈물을 흘리길 바랐을 뿐이오. 그런데 아무것도 느끼지 못하는 바닥이 그 눈물을 다

받아내고 손수건이 흠뻑 젖고 만 것 같군. 아니, 그것도 아니었나 보군. 당신은 눈물 한 방울 흘리지 않았어. 얼굴은 창백하고 눈빛은 희미하지만 눈물 자국이 없어. 그러면 마음으로 피눈물을 흘린 건가? 제인, 나를 비난하지 않을 거요? 모질고 가슴 아프게 하는 말도? 내가 앉힌 자리에 그대로 말없이 앉아 지치고 생기 없는 표정으로 나를 보고 있구려. 제인, 나는 당신한테 상처 줄 생각이 전혀 없었소. 한 남자가 자기 딸처럼 예뻐하면서 자신의 빵을 나누어 먹고 자기 잔으로 물을 먹이면서 품 안에서 키운 새끼 양을 실수로 도살장에서 죽여버린 다음 자신의 피로 얼룩진 실수를 후회한다 해도 지금의 나만큼은 아닐 거요. 나를 용서해줄 수 없겠소?"

독자 여러분, 나는 그 순간 그 자리에서 그를 그만 용서하고 말았다.

로체스터 씨의 눈에는 짙은 회한이 서리고 그의 말투에는 진실한 연민이 묻어났으며 그의 태도에는 남자다운 패기가 있었다. 더구나 그의 표정과 모습에는 변함없는 사랑이 담겨 있었다. 나는 모두 다 용서했다. 하지만 그 말을 하지도, 겉으로 드러내지도 않았다. 그저 내 마음속 깊은 곳에서 그를 용서했다.

"제인, 이제 내가 악당이라는 걸 알았소?"

잠시 후 그는 생각에 잠긴 표정으로 물었다. 내가 계속해서 말도 없이 잠자코 있으니 궁금해진 모양이었다. 하지만 나는 일부러 말을 하지 않은 게 아니라 그냥 기운이 없었을 뿐이다.

"네."

"그럼 나를 호되고 신랄하게 비난해줘요. 봐주지 말고."

"그럴 수가 없어요. 너무 지치고 어지러워요. 물을 마시고 싶어요."

그는 몸서리치듯 한숨을 내쉬면서 나를 안아 들고는 아래층으로 내려갔다. 처음에는 어느 방으로 가고 있는지도 몰랐다. 멍한 눈으로 보니 모든 게 흐릿해 보였다. 이내 불의 온기가 느껴졌다. 여름이었지만 내 방 안은 얼음장처럼 추웠다. 그가 포도주를 가져와 내 입술에 대어주었다. 나는 그것을 마시고 조금 기력을 차렸다. 그러고 나서 그가 가져다준 음식을 약간 먹으니 제정신이 들었다. 주위를 둘러보니 나는 서재에서 그의 의자에 앉아 있었다. 그는 나와 꽤 가까운 곳에 앉아 있었다.

나는 생각했다.

'지금 큰 고통 없이 생을 마칠 수 있으면 좋을 텐데. 그렇다면 로체스터 씨의 마음속에서 내 마음을 애써 떼어내지 않아도 되겠지. 하지만 나는 그를 떠나야 해. 물론 절대 떠나고 싶지 않아. 도저히 떠날 수 없을 것 같아.'

"제인, 몸은 좀 어떻소?"

"훨씬 좋아졌어요. 곧 괜찮아질 거예요."

"포도주를 조금만 더 마셔봐요."

나는 조금 더 마셨다. 그러자 그가 잔을 탁자 위에 내려놓고 내 앞에 서더니 조심스레 나를 내려다보았다. 그러다 격렬한 감정이 솟구쳤는지 갑자기 알아들을 수 없는 소리를 지르며 돌아서 걸어갔다. 그리고 빠르게 방을 가로질렀다가 이내 돌아와서는 마치 키스하려는 듯 내게로 몸을 숙였다. 하지만 나는 이제 애정 표현은 할 수 없다는 생각이 들어 고개를 돌리고 그를 옆으로 밀어냈다.

"뭐요, 왜 그러는 거요? 아, 알겠다. 버사 메이슨의 남편과는 키스하지 않을 생각이로군. 내 품은 이미 가득 차 있고 내 포옹은 다른 여자의 것이라고 생각하오?"

그가 재빨리 물었다.

"저는 그럴 힘이나 권리가 없어요."

"왜 그렇게 생각하지? 굳이 당신 입으로 말할 필요 없이 내가 대신 대답해주지. '당신은 이미 아내가 있으니까.' 내 말이 맞는 거요?"

"네."

"그렇다면 당신은 나를 오해하는 거요. 마치 나쁜 짓이나 꾸미는 바람둥이로 말이오. 덫을 놓고 의도적으로 당신을 유인해 수치스럽게 만들고 당신의 자존심까지 다치게 했으면서 순수한 사람인 척하는 비열하고 천박한 바람둥이라고 생각하는 거요? 뭐라고 말 좀 해봐요. 물론 못 하겠지. 당신은 숨도 못 쉴 정도로 기운이 없는 데다 지금까지 나를 비난하고 질책해본 적이 없으니까. 또 눈물이 한가득 차 있어 말을 많이 하면 눈물이 쏟아질 거요. 지금 당신은 내게 충고나 비난도 하기 싫은 거지. 그저 어떻게 해야 하나 고민하고 있을 뿐이오. 무슨 말이든 다 부질없다고 생각하지. 당신은 날 경계하고 있는 거요."

"당신과 싸우고 싶지 않아요."

나는 목소리가 쉽사리 입 밖으로 나오지 않아 짧게 말할 수밖에 없었다.

"그러려고 하는 건지 모르겠지만 당신은 나를 파멸시키고 있소. '당신은 결혼했어요', '당신에겐 아내가 있으니 이제 곁에 가지 않을 거예요'라고 말하고 있소. 그리고 당신은 방금 내 키스를 거부했소. 이제 나하고는 남남으로 지내고 아델의 가정교사로서만 여기서 지낼 셈인가. 내가 다정하게 말을 걸어도, 또 내 사랑이 느껴져도 이렇게 말하겠지. '저 남자는 나를 정부로 삼으려고 했어. 이제 그의 앞에서는 얼음이나 바위가 되겠어'라고 말이오. 그런 뒤 정말 얼음이나 돌덩이처럼 차갑고 딱딱하게 굴겠지."

나는 목소리를 가다듬고 힘주어 말했다.

"제 주변의 모든 것이 바뀌었어요. 그러니까 당연히 저도 바뀌어야죠. 그리고 감정에 흔들리지 않고 옛 추억을 떠올리면서 끊임없이 괴로워하지 않으려면 방법은 한 가지뿐이에요. 새 가정교사를 구하세요."

"아델은 앞으로 학교에 다닐 거요. 그건 이미 결정된 일이오. 또한 당신이 손필드 저택에서 있었던 끔찍한 일을 떠올리며 괴로워하게 하지 않을 거요. 저주받은 곳, 아간(〈여호수아〉 7장에 나오는 인물로, 여리고성을 점령하고 얻은 전리품을 훔쳐 자기 천막에 감춰 이스라엘군이 패하도록 했다—옮긴이)의 천막, 저 넓은 하늘을 향해 끔찍한 시체의 기운을 뿜어내는 지하 동굴, 상상 속 악마 대군보다 더 무서운 진짜 악마가 살고 있는 돌로 된 이 좁은 지옥에서 더는 살게 하지 않겠소. 제인, 이제 여기 살지 않게 해주겠소. 나도 살지 않을 거요. 악마가 사는 손필드에 당신을 있게 한 것이 잘못이었소. 나는 당신이 오기 전 저주받은 이 집의 비밀을 절대 당신에게 알리지 말라고 집안사람들에게 말해두었소. 미친 여자가 같은 집에 살고 있다고 하면 아델의 가정교사가 되겠다고 할 사람이 하나도 없을 거라고 생각했기 때문이지. 게다가 이런저런 문제가 있어서 미친 여자를 다른 곳으로 옮길 수도 없었소. 여기보다 더 외지고 사람들 눈에 띄지 않는 펀딘 영지에 오래된 집이 하나 있지만, 숲에 둘러싸여 있어 건강에 좋지 않아 양심에 걸려 그러지 못했던 거요. 거기 옮겨놓았다면 벽이 습해 그 성가신 인간은 오래 살지 못했을 거요. 아무리 증오하는 여자라도 차마 그렇게 죽일 수는 없었소. 미친 여자의 존재를 당신한테 숨기는 건 어린애를 외투로 덮어 끔찍한 독을 뿜어내는 유퍼스나무 밑에 놓아두는 것과 같았소. 악마는 늘 독을 뿜어내니까. 항상 그랬지. 하지만 이제 손필드 저택의 문을 닫을 것이오. 대문에는 못을 박고 아래층 창문은 판자를 대어 막을 거요. 그리고 그레이스 풀한테 한 해에 2백 파운드를 주어 당신이 내 아내라고 부르는 무서운 마녀를 맡길 거요. 돈을 주면 풀 부인이 잘 돌봐주겠지. 그림스비 정신병원에서 간호사로 근무하는 풀 부인의 아들도 불러올 생각이오. 부인이 외롭지 않게 말동무가 되어줄 수 있고, 마귀가 아내를 시켜 밤중에 침대에서 자는 사람한테 불을 붙이거나 칼로 찌르거나 살을 물어뜯으려고 하면 도와줄 수도 있을 테니까."

나는 그의 말을 가로막았다.

"불행한 분에게 너무 잔인하신 거 아니에요? 증오하고 미워하는 마음을 갖고 말씀하시네요. 하지만 그분이 미치고 싶어서 미친 게 아니잖아요."

"제인, 내 귀여운 사람. 난 이렇게 부르겠소. 당신은 잘 모르고 있소. 또 나를 오해하고 있군. 나는 그 여자가 미쳤기 때문에 미워하는 게 아니오. 당신이 미친다고 내가 당신을 미워할 것 같소?"

"그럴 거예요."

"그러니까 오해라는 거요. 당신은 나를 전혀 모르오. 내 사랑이 얼마나 깊은지 당신은 몰라. 당신 몸을 이루는 세포 하나까지 다 내 몸처럼 귀중하오. 아프고 병들어도 마찬가지요. 당신의 마음은 내 보물이오. 미쳤다 해도 여전히 내 보물이지. 당신이 미쳐 날뛰면 두 팔로 당신을 꼭 안아줄 거요. 미친 사람에게 입히는 옷 같은 건 입히지 않을 거요. 당신이 날뛰면서 나를 움켜쥐고 놓지 않는다 해도 나는 좋소. 오늘 아침 그 여자가 한 것처럼 당신이 내게 거칠게 덤벼들어도 부드럽게 안아서 진정시켜줄 거요. 그 여자를 증오하며 피했지만, 당신한테서는 도망치지 않을 거요. 당신이 얌전하다면 다른 감시인이나 간호사도 필요 없소. 당신이 미소 지어주지 않는다 해도 나는 항상 다정한 모습으로 당신 곁을 지킬 거요. 나를 못 알아본다고 해도 나는 끝까지 당신의 눈을 마주 볼 거요. 그런데 왜 이런 생각까지 하게 됐지? 아, 손필드 저택을 떠나는 이야기를 하고 있었지. 알겠소. 지금 당장이라도 여길 떠날 수 있게 준비해두었소. 내일 출발합시다. 제인, 오늘 밤만 이 집에 있어요. 내일은 이 불행과 공포에서 영원히 벗어날 수 있을 거요. 새로 살 곳은 마련해뒀소. 끔찍한 기억과 원치 않는 침입자로부터, 허위와 중상모략으로부터도 안전한 피난처가 될 거요."

"아델을 데려가세요. 말동무가 되어드릴 거예요."

나는 그의 말을 가로막았다.

"제인, 그게 무슨 말이오? 아델은 학교에 보낸다니까. 내가 어린아이랑 무슨 대화를 하겠소. 게다가 내 아이도 아니고 프랑스 무희의 사생아인데! 왜 아델이 내 말동무라는 거요?"

"은둔생활을 하신다면서요. 혼자 계시면 외로워요. 지겨우실 거예요."

"외롭다니! 지겨울 거라니!"

그는 화가 난 듯 소리쳤다.

"내가 일일이 설명해줘야겠소? 당신은 왜 스핑크스처럼 이해할 수 없는 표정을 하고 있는 거요. 당신도 나와 함께 그 외로운 생활을 해야 하는 거요, 알겠소?"

나는 고개를 가로저었다. 그가 너무나 흥분해 있어서 힘겹게 용기를 내어 거절했다. 그는 잰걸음으로 방안을 왔다 갔다 하더니 갑자기 걸음을 멈추고 그 자리에서 뿌리라도 박힌 듯 꼼짝도 하지 않고 서 있었다. 그는 한참 동안 나를 바라보았다. 나는 그의 시선을 피해 난롯불을 보며 침착해지려고 애썼다.

"드디어 당신의 배배 꼬인 성격이 드러나는군."

그가 다시 입을 열었다. 흥분이 가라앉은 표정이었다. 목소리는 더 차분해져 있었다.

"지금까지는 물레가 막힘없이 돌아가며 비단 실을 만들어냈지. 하지만 언젠가 매듭이 생기고 실이 엉키리라는 걸 알았소. 지금이 그때요. 마음먹은 대로 되지 않아서 화가 치미는 골치 아픈 문제가 생긴 거요. 아, 삼손 같은 힘을 조금이라도 쓸 수 있다면 나도 거친 삼처럼 엉키고 설킨 실을 끊어버리고 싶소."

그는 이리저리 서성거리다가 다시 내 앞에 섰다.

"제인, 말이 되는 이야기를 하나 해줄 테니 들어보시오."

그가 고개를 숙여 내 귀에 입술을 바짝 갖다 대고 덧붙였다.

"당신이 거절하면 힘으로라도 몰아붙일 거요."

로체스터 씨는 더 이상 현실에 얽매이지 않고 하고 싶은 대로 하고 말겠다는 표정이었다. 그때 나는 한 번만 더 그의 난폭한 성격을 자극하면 결코 거절할 수 없을 거라는 걸 알았다. 오직 이 짧은 순간에만 그를 억제하고 막을 수 있었다. 도망치려하거나 그를 두려워하는 듯한 기미를 보인다면 아마 나와 그의 운명은 모두 그걸로 끝이었을 것이다. 그러나 나는 두렵지 않았다. 내 안에서 좋은 생각과 감정으로 나를 이끌어주는 어떤 힘이 샘솟고 있었다. 이렇게 급박하고 위태로운 상황이 꼭 두렵지만은 않았다. 마음을 끄는 뭔가가 있었다. 인디언이 카누를 타고 급류를 빠져나가는 기분과 비슷했다. 나는 꽉 움켜쥔 그의 주먹을 감싸 쥐고 손가락을 펴면서 타이르듯 말했다.

"앉으세요. 원하는 만큼 이야기해요. 무슨 말이든 다 들어줄 테니까요."

그는 앉았지만 쉽사리 입을 열지 못했다. 나는 아까부터 간신히 눈물을 참고 있었다. 내 우는 모습을 보면 그가 더욱 슬퍼할 것 같아서 애써 참았다. 그러나 이제는 마음껏 눈물을 흘리는 편이 나았다. 차라리 비처럼 쏟아지는 눈물을 그가 싫어하기를 바랐다. 그래서 나는 눈물을 펑펑 쏟으며 마음껏 울었다.

그가 제발 눈물을 그치라고 애원했지만 나는 감정이 격해져 멈출 수 없다고 말했다.

"제인, 나는 화가 나지 않았소. 당신을 너무 사랑해서 이러는 거요. 마음을 굳힌 듯 얼음장처럼 굳어 있는 당신의 창백한 얼굴을 지켜볼 수밖에 없다는 사실이 견딜 수가 없소. 자, 이제 울지 말고 눈물을 닦아요."

그의 목소리가 차분해진 걸 보니 흥분이 가라앉은 듯했다. 그러자 나도 안심이 됐다. 그가 내 어깨에 머리를 기대려고 하자 피했다. 이번엔 그가 나를 안으려고 했다. 하지만 그럴 순 없었다.

그는 내 온 신경이 떨릴 만큼 애처롭고 슬픈 말투로 말했다.

"제인, 당신은 나를 사랑하지 않았군. 당신이 사랑한 것은 내 지위와 내 아내 자리뿐이었소. 내가 당신의 남편이 될 자격이 없다고 생각하는 거겠지. 마치 내가 두꺼비나 원숭이라도 되는 것처럼 손도 대지 못하게 하는 걸 보니 말이오."

그의 말이 내 가슴을 찢어놓았다. 그러나 내가 무엇을 할 수 있고 또 무슨 말을 할 수 있단 말인가. 나는 어떤 행동이나 말도 할 수 없었다. 하지만 그의 마음에 상처를 준 것이 괴로워 어떻게든 그 상처에 연고라도 발라주고 싶었다.

"저는 그 어느 때보다 당신을 사랑해요. 예전보다 더욱 사랑해요. 하지만 사랑을 표현하거나 거기에 빠지면 안 돼요. 마지막으로 드리는 말씀이에요.”

그가 말했다.

“제인, 마지막이라니! 그게 무슨 말이오! 나를 사랑한다면서 매일 내 얼굴을 보고도 차갑게 거리를 둘 수 있다는 말이오?”

“아뇨, 그럴 수 없어요. 그러니 제가 할 수 있는 건 한 가지밖에 없어요. 하지만 말씀드리면 분명 화내실 거예요.”

“말해봐요. 내가 미친 듯이 화를 내더라도 당신의 눈물 한 방울이면 사그라질 테니.”

“저는 당신을 떠나야 해요.”

“얼마나 말이오? 몇 분? 잠깐 헝클어진 머리를 빗고 달아오른 얼굴을 씻는 동안?”

“아델에게 인사하고 손필드를 떠날 거예요. 당신과도 평생 헤어지는 거예요. 낯선 곳에서 낯선 사람들과 새로운 삶을 살아야 해요.”

“당연히 그럴 거요. 나도 그렇게 말했잖소. 나와 헤어진다는 끔찍한 소리는 안 들은 걸로 하지. 그 말을 내 몸의 일부가 되겠다는 말로 받아들이겠소. 새 삶, 좋지! 이제 내 아내가 될 테니. 나는 아내가 없으니 앞으로 로체스터 부인이 되는 거요. 죽을 때까지 나는 당신만 지킬 거요. 당신을 남프랑스에 있는 집으로 데려가겠소. 지중해 연안에 있는 하얀 별장이오. 거기서 행복하고 안전하게 살 수 있소. 내가 당신을 나쁜 길로 끌어들이거나 내 정부로 만들려 한다고 두려워하지 말아요. 왜 고개를 젓는 거요? 제인, 내 말을 잘 들어요. 안 그러면 정말 화낼 거요."

그의 목소리와 손이 떨렸다. 그의 콧구멍은 더 커지고 눈은 이글이글 불타올랐다. 그래도 나는 용기를 내어 말했다.

"당신 아내는 살아 있어요. 오늘 아침 당신 입으로 그렇게 말씀하셨잖아요. 당신이 원하는 대로 함께 산다면 저는 당신의 정부가 되는 거예요. 아무리 아니라고 우겨도 그건 궤변일 뿐이에요. 거짓말이죠."

"제인, 나는 성질이 순한 사람이 아니라는 사실을 잊지 마시오. 나는 참을성이 없소. 침착하고 냉철하지 못하다고. 나를 불쌍히 여기고 당신 자신도 가엾게 여긴다면 내 맥박을 짚어보시오. 얼마나 세차게 뛰고 있는지 직접 확인해요. 이건 조심하라는 말이오."

그가 소매를 걷고 팔을 내밀었다. 그의 뺨과 입술에서 핏기가 사라지더니 서서히 흙빛으로 변해갔다. 나는 어떻게 해야 할지 몰랐다. 나는 그에게 저항하며 잔인하게 그의 마음을 뒤흔들고 있었다. 하지만 그의 말을 따를 수는 없었다. 결국 나는 인간이 궁지에 몰렸을 때 본능적으로 할 수 있는 행동을 할 수밖에 없었다. 인간보다 위대한 존재에게 도움을 청한 것이다.

"하느님! 도와주소서!"

그러자 별안간 로체스터 씨가 외쳤다.

"나는 바보 멍청이요. 아내가 없다고만 말했지 그 이유를 설명하지 않았소. 그 여자의 성격이나 지옥 같은 결혼생활 등 그 모든 내막을 당신이 전혀 모른다고 생각하지 않았어. 그래, 그 모든 사실을 알게 되면 당신은 분명히 내 의견에 찬성할 거요. 제인, 내 손 위에 손을 얹어요. 눈으로 보듯 손으로 만지면서 당신이 곁에 있다고 느끼고 싶소. 내 이야기를 들어줄 거요?"

"네, 원하신다면 몇 시간이라도요."

"몇 분이면 끝날 거요. 제인, 내가 이 집의 차남으로 형이 있었다는 이야기를 들었소? 알고 있소?"

"페어팩스 부인이 말씀하셨던 것 같아요."

"그럼 돌아가신 내 아버지가 탐욕스러운 사람이었다는 이야기도 들었소?"

"그런 비슷한 말을 들은 것 같아요."

"그러다 보니 선친은 재산을 한 군데 묶어두기로 마음먹었소. 재산을 공평하게 나눠줄 생각이 아예 없으셨지. 그래서 선친은 모든 재산을 형 롤런드에게 넘겨주기로 작정하신 거요. 그렇다고 해서 남은 아들을 가난뱅이가 되게 할 수는 없어 나를 부잣집에 장가보내기로 한 거요. 그리고 마침내 아버지는 내 배우자를 찾아냈소. 서인도제도의 농장주이자 상인인 메이슨 씨는 오래전부터 아버지와 알고 지내던 사이였소. 아버지는 그 사람이 엄청난 재산을 가지고 있다는 것을 알고 뒷조사를 했지. 알고 보니 메이슨 씨는 딸과 아들이 한 명씩 있었소. 그리고 메이슨 씨한테서 3만 파운드에 달하는 재산을 딸에게 물려주려 한다는 사실을 직접 듣게 되었지. 그걸로 충분했소. 나는 대학을 졸업한 후 이미 정혼한 신부를 맞이하러 자메이카로 떠났소. 아버지는 신부의 재산에 관해서는 전혀 언급하지 않았지만, 스패니시타운에서 내로라하는 미인이라고 하셨소. 그건 거짓이 아니더군. 블랜치 잉그램 양과 비슷한 유형의 아름다운 여성이었소. 키가 크고 가무잡잡한 피부에 위엄이 있었지. 그녀의 가족들은 훌륭한 가문 출신인 나를 놓치고 싶어 하지 않았소. 그들은 그녀를 화려하게 꾸며 내가 참석하는 파티에 보냈소. 그녀와 단둘이 만난 일은 거의 없고 대화를 나눈 적도 없었소. 그녀는 내 마음에 들기 위해 매력과 재능을 마구 뽐냈고 나는 그 모습을 보며 우쭐했지. 주변 사람들 모두가 그녀를 찬양하며 나를 부러워했으니까. 나는 그녀에게 매혹되었고 한껏 달아올랐고 모든 감각이 들떠 있었소. 세상 물정 모르던 나는 그녀를 사랑한다고 믿었소. 아무리 어리석은 남자라 해도 사교계의 바보 같은 경쟁심, 젊은 시절의 욕정, 경솔함과 맹목에 떠밀리면 일을 저지르게 마련이지. 그녀의 친척들은 나를 부추겼고 경쟁자들은 나를 자극했으며 그녀는 나를 유혹했소. 그러다가 나는 무슨 짓을 하고 있는지도 모르는 채 그만 결혼하고 말았소. 아, 그 일만 생각하면 나 자신이 경멸스럽고 스스로에 대한 모멸감으로 고통밖에 느껴지지 않소. 나는 그녀를 전혀 사랑하지 않았고 존경하지도 않았소. 심지어 그녀가 어떤 여자인지도 몰랐소. 그녀가 좋은 성품을 한 가지라도 가졌는지 확실치 않소. 마음씨와 태도로 보아 겸손하거나 정이 많다거나 솔직하다거나 고상한 면은 전혀 없었소. 그런데도 나는 그녀와 결혼한 거요. 어쩌면 그렇게 미련하고 비굴하고 천박하고 눈이 어두운 얼간이가 또 있을까? 죄를 덜 지었다면 나는 아마도······ 아, 당신 앞이라는 걸 깜빡 잊을 뻔했군. 나는 신부의 어머니를 보지 못했소. 그래서 돌아가신 줄 알았지. 신혼여행을 마치고 나서야 나는 자신이 실수를 저질렀다는 걸 알았소. 신부의 어머니는 미쳐서 정신병원에 갇혀 있었소. 알고 보니 남동생도 있었는데 그 역시 완전히 백치였소. 당신도 본 적이 있는 그녀의 오빠도 언젠가는 그런 상태가 될 거요. 나는 그 집안사람들이라면 모두 혐오하지만 그 오빠만은 미워할 수가 없소. 왜냐하면 그는 만신창이가 된 누이동생한테도 관심을 가졌고, 또 한때는 강아지처럼 나를 따랐던 걸로 보아 유약한 마음에 조금이나마 애정이 있는 것 같거든. 내 아버지와 형은 이 모든 사실을 알고 있었지. 하지만 오직 3만 파운드라는 돈만 생각하며 내 의사와 상관없이 둘이 짜고 계획을 세웠던 거요. 절대로 용납

할 수 없는 이 사실을 알고 나서 나는 크게 분노했소. 하지만 그런 사실을 감췄다는 것에 배신감을 느끼면서도 아내를 비난하진 않았소. 아내의 성격이 나와는 전혀 다르며 취향은 천하고 저속하고 품위 없고 편협한 데다 생각이나 능력이 더 높아지거나 넓어질 수 없다는 걸 알았을 때도 말이오. 내가 단 하루도, 아니 단 한 시간도 그녀와 평온하게 보낼 수 없다는 걸 알게 된 때도 말이오. 우리 사이에 다정다감한 대화는 불가능했소. 그녀는 내가 무슨 화제를 꺼내든 간에 곧바로 조악하고 진부하며 비뚤어진 어리석은 대답을 늘어놓았지. 또 계속해서 폭력적이고 부당하게 화를 터뜨리거나 말도 안 되게 반대되고 까다로운 명령을 내려 짜증 나게 굴었소. 그런 그녀를 하인들이 못 견딜 때도, 조용하고 안정된 가정을 꾸릴 수 없다는 걸 깨달았을 때도 나는 참았소. 되도록 비난하지 않고 잔소리도 하지 않았지. 후회와 혐오감을 남몰래 삼키려고 했소. 너무나 싫었지만 애써 참았지. 제인, 이런 지긋지긋한 일들을 자세히 이야기해서 당신을 괴롭히지는 않겠소. 말은 거칠지만 꼭 해야 할 이야기만 하겠소. 나는 저 위에 있는 여자와 사 년을 살았는데, 그동안 그녀는 끔찍하게 나를 괴롭혔소. 그녀의 이상한 성격은 무서울 정도로 빠르게 악화되었지. 악행은 더 급속하게 늘어났소. 잔인하게 대응해야만 자제가 됐지만, 나는 그러고 싶지 않았소. 지능은 짐승처럼 낮은데 성질은 괴물처럼 괴팍했지! 그것 때문에 내가 얼마나 끔찍한 일을 당했는지! 버사 메이슨은 미치광이 어머니를 둔 딸답더군. 덕분에 나는 술주정뱅이에다가 정숙하지도 않은 아내에게 발이 묶인 남자가 겪는 온갖 끔찍하고 수치스러운 고통을 다 겪었소. 그동안 형이 죽었고 결혼한 지 사 년이 지날 무렵 아버지도 돌아가셨소. 나는 부유해졌지만 동시에 끔찍하게도 불행했소. 결혼을 통해 지금까지 겪어본 일들 중 가장 어이없고 역겹고 불순하고 저열한 행동을 하는 여자와 엮여 법적으로나 사회적으로 한 몸이 되어버린 거요. 나는 어떤 법적 절차를 취해도 빠져나갈 수가 없었소. 의사들이 내 아내가 미쳤다는 걸 알았기 때문이오. 무절제한 성격이 일찍부터 정신이상의 싹을 틔웠던 거요. 제인, 이런 이야기를 듣고 싶지 않나 보군. 어디 아파 보이는데 나머지는 그만하고 다음에 듣겠소?"

"아뇨, 지금 다 해주세요. 당신이 안됐어요. 진심으로 당신을 동정해요."

"제인, 어떤 이들한테서 동정을 받는 건 오히려 기분 나쁘거나 모욕적인 일이지. 그 말을 한 사람 입에 그대로 되받아쳐도 될 정도로 말이오. 냉정하고 이기적인 인간들이 이야기하는 동정 말이오. 고통스러운 일을 겪은 사람에게 잘 알지도 못하면서 경멸 어린 동정을 보내고 남의 불행한 이야기를 듣고 나서 자기중심적인 연민을 느끼는 거지. 하지만 당신의 동정은 그렇지가 않소. 제인, 지금 이 순간 당신의 얼굴에 넘치는 감정은 그렇지가 않아. 당신의 눈에는 눈물이 쏟아질 듯 고여 있고 가슴은 안타까움에 울렁거리며 당신의 손은 내 손안에서 떨리고 있소. 내 사랑! 당신의 동정은 고통받는 사랑의 어머니가 겪는 감정이고, 당신의 고통은 신성한 사랑을 낳으려는 산고와도 같은 것이오. 그러니 그걸 받아들이겠소. 사랑을 자유롭게 낳으시오. 내가 두 팔 벌려 받을 테니."

"이야기나 계속해보세요. 부인이 미쳤다는 걸 알고 어떻게 하셨어요?"

"나는 절망의 벼랑 끝에 다다랐소. 나와 심연 사이에는 이제 자존심의 찌꺼기만 남아 있었지. 세상 사람들이 보기에 나는 분명 더러운 불명예를 덮어쓰고 있었을 테지만, 나 스스로는 깨끗하게 남아 있기로 결심했소. 그녀의 죄악에 물들지 않고 그녀의 정신이상과 엮이지 않으려고 발버둥을 쳤소. 하지만 사회는 여전히 나와 내 이름을 그녀와 연결시켰소. 나는 매일 그녀를 보고 그녀의 말을 들어야 했소. 그녀가 내쉰 숨이 (젠장!) 내가 들이마신 공기에 섞여 있었소. 게다가 내가 그녀의 남편이라는 사실을 잊을 수도 없었지. 그 생각은 그때나 지금이나 혐오스러울 뿐이오. 게다가 그녀가 살아 있는 한 나는 다른 사람의 남편이 될 수 없고 더 훌륭한 아내를 맞이할 수도 없었소. 그녀는 나보다 다섯 살이나 많지만(그녀의 집안과 부친은 그녀의

294

나이마저 속였소) 심적으로는 약해도 육체적으로는 건강해서 나만큼 오래 살 것 같았소. 그래서 스물여섯 살이었던 내겐 희망은 남아 있지 않았지. 그러던 어느 날 밤 나는 그녀의 비명 소리에 잠에서 깼소. 의사가 그녀에게 정신이상이라는 진단을 내린 뒤 그녀는 감금되어 있었소.

그날 밤은 서인도제도 특유의 타는 듯 무더운 밤이었소. 폭풍우가 몰아치기 전에 종종 볼 수 있는 날씨였지. 나는 잠이 오지 않아서 일어나 창문을 열었소. 공기는 마치 유황 증기처럼 어디서도 상쾌함을 느낄 수가 없었지. 모기들이 앵앵거리며 방안을 날아다녔소. 바다에서 마치 지진이라도 난 듯 요란하게 파도치는 소리가 방까지 들렸소. 뜨거워진 포탄처럼 크고 붉은 달이 파도 속으로 가라앉고 있었지. 그리고 소란스러운 폭풍에 흔들리고 있는 세상에 마지막 핏빛 시선을 던졌지. 나는 그 분위기와 광경에 압도되었소. 그리고 미치광이가 절규하듯 외치는 저주가 내 귀를 채웠소. 그녀는 사이사이 내 이름을 섞어가며 증오심 가득한 목소리로 욕설을 퍼부었소. 매춘부라도 그 여자만큼 더러운 말은 입 밖에 내지 않을 거요. 방이 두 칸이나 떨어져 있었지만 단어 하나하나가 다 들릴 정도였지. 서인도제도 주택의 얇은 칸막이벽이 그녀의 늑대 같은 울부짖음을 제대로 막아주지 못한 거요.

마침내 나는 외쳤소. '이런 삶은 지옥이야. 이건 지옥의 공기야. 그리고 저 소리는 지옥에서 들리는 소리야! 나는 할 수만 있다면 이 지옥에서 빠져나갈 권리가 있어. 인간 세상의 이 고통도 내 영혼을 괴롭히는 이 무거운 육체와 함께 사라질 거야. 광신도들이 믿는 영원히 불타는 지옥 따윈 두렵지 않아. 지금보다 더 나쁜 미래는 없을 거야. 여기서 달아나 하느님께 가게 하소서!' 나는 이렇게 말하며 무릎을 꿇었소. 그리고 장전된 권총 두 자루가 들어 있는 트렁크의 자물쇠를 열었소. 그때 자살하려고 했지. 잠시 동안 그런 생각을 했을 뿐이오. 왜냐하면 나는 미치지 않았으니까. 자살하고 싶게 만들고 계획을 세우게 한 극단적 위기와 깊은 절망감은 순식간에 지나갔소. 유럽 쪽에서 대서양을 넘어 불어온 신선한 바람이 열린 창문으로 들어왔소. 그러다가 폭풍우가 몰아쳤지. 비가 쏟아지고 천둥이 치며 번갯불이 번쩍이고 공기가 맑아졌소. 나는 계획을 세우고 결심했소. 나는 열대 지방의 찬란한 아침이 내 주변을 밝히는 동안 비에 젖은 정원의 물방울이 똑똑 떨어지는 오렌지 나무 아래, 흠뻑 젖은 석류나무와 파인애플 나무 사이를 걸었소. 그러면서 이렇게 생각한 거요. 제인, 잘 들어요. 그때 나를 위로해주고 나아가야 할 길을 보여준 건 진정한 지혜였소. 유럽에서 불어오는 향기로운 바람은 싱싱해진 잎사귀에서 소곤거렸고 대서양은 마음껏 요란한 소리를 질러댔소. 긴 시간 메마르고 타버린 내 심장은 그 소리에 맞춰 부풀어 오르고 생기가 넘쳤소. 내 생명은 다시 태어나기를 간절히 바랐소. 내 영혼은 깨끗한 물 한 모금을 원했지. 희망이 살아나고 새롭게 태어날 수 있을 것 같았소. 나는 정원 아래편 꽃이 만발한 아치 밑에서 하늘보다 더 파란 바다를 바라보았소. 과거는 사라지고 빛나는 앞날이 내 눈앞에 펼쳐지고 있었소. 희망이 '가라'고 속삭이듯 말했소. 그리고 '다시 유럽에 가서 살아라. 그곳이라면 네가 어떤 불명예를 지니고 어떤 더러운 짐을 짊어졌는지 아무도 모를 거다. 저 미치광이를 영국으로 데려가라. 손필드에 괜찮은 하인들과 감시자를 붙여 가두면 된다. 그다음에는 네가 가고 싶은 곳으로 여행을 가고 좋은 인연을 만들어라. 네 끈질긴 인내심을 악용하고 네 이름을 더럽히고 네 명예를 모욕하고 네 청춘을 망쳐버린 그 여자는 네 아내가 아니다. 너는 그 여자의 남편도 아니다. 다만 그 여자의 상태에 맞게 돌봐주라. 그것만으로도 너는 하느님이 바라시고 인간적으로 해야 하는 도리를 다하는 것이다. 그녀가 누구인지, 또 너와 어떤 관계인지 세상 사람들이 잊어버리도록 그냥 둬라. 그 누구에게도 그 사실을 알리지 마라. 그녀를 안전하고 편안한 장소로 데려가 그 여자의 수치를 비밀로 덮어주고 너는 그 여자한테서 떠나라.'

나는 그대로 했소. 아버지와 형은 내 결혼 소식을 지인들에게 알리지 않았소. 내가 결혼 소식을 알리는 바로 첫 번째 편지에서 그 사실을 절대 비밀로 부쳐야 한다고 다급하게 부탁했기 때문이지. 그때 극도로 혐오스러운 결혼생활을 경험하기 시작했고, 그녀 가족의 성격과 기질로 보아 앞으로 끔찍한 미래가 펼쳐질 거라는 걸 알아챘소. 게다가 아버지도 얼마 되지 않아 자기가 고른 며느리의 행실이 나쁘다는 소문이 돌자 며느리라고 내세우기에 창피하다고 생각하셨소. 아버지는 사람들에게 결혼을 알리고 싶어 하기는커녕 나만큼이나 감추려고 급급해하셨지.

그래서 나는 그녀를 데리고 영국으로 왔소. 그런 괴물과 한 배를 타고 오느라 항해 또한 두려웠소. 마침내 손필드로 그 여자를 데려와 저 3층 방에 무사히 가두자 얼마나 기뻤는지 모르오. 그 방 안에 있는 비밀의 방이 야수의 소굴, 마귀의 감방이 된 지 이제 십 년이 되었소. 그녀 곁에 있을 간병인을 구하기도 꽤 어려웠소. 충직하고 신뢰할 수 있는 사람이어야 했으니까. 그렇지 않으면 헛소리를 해서 내 비밀을 폭로하고 말았을 거요. 그녀는 간혹 며칠에 한 번, 몇 주에 한번 맑은 정신일 때가 있었지. 그럴 때마다 내게 끝없이 욕설을 퍼부었소. 결국 그림스비 정신병원에서 일하던 그레이스 풀을 고용했소. 풀 부인과 메이슨이 칼에 찔리고 물어뜯겼을 때 치료해준 외과의사 카터한테만 유일하게 비밀을 알려줬지. 페어팩스 부인도 뭔가 눈치를 챘을 테지만 자세한 내막은 모르고 있소. 그레이스 풀은 대체적으로 훌륭한 간호사요. 물론 그녀 자신도 어찌하지 못하는 결점도 있소. 아무래도 힘든 직업이다 보니 밤중에 감시가 소홀해져 여러 번 말썽이 일어났지. 미친 여자는 교활하고 악의로 가득 차 있어 감시하는 사람이 잠시라도 한눈을 팔면 절대 기회를 놓치지 않소. 한번은 칼을 감추고 있다가 자기 오빠를 찔렀고 두 번이나 자기 방 열쇠를 찾아내 한밤중에 그 방에서 나왔소. 처음에는 침대에 있는 나를 태워 죽이려 했고 그다음에는 당신을 찾아가 끔찍한 행동을 했지. 그때 그 여자가 당신의 결혼 예복에 분노를 쏟아붓도록 만들어 당신을 지켜주신 하느님께 감사할 따름이오. 그 옷을 보자 자기 결혼식 날이 어렴풋이 떠오른 것 같소. 하지만 어떤 일이 벌어질 수도 있었다고 생각하면 참을 수가 없소. 오늘 아침 내 목을 향해 달려들던 것이 내 비둘기 같은 당신의 보금자리에 그 검붉은 얼굴을 들이밀었다는 생각을 하면 내 피가 꽁꽁 얼어붙고……."

"그러면 부인을 여기 데려다 놓고 뭘 하셨어요? 어디로 가셨어요?"

그가 잠시 말을 멈춘 사이 내가 물었다.

"뭘 했냐고? 난 도깨비불이 됐소. 어디로 갔냐고? 여기저기 떠돌아다녔소. 대륙으로 건너가 구석구석을 헤매고 다녔지. 그때도 착하고 현명한 아내를 찾고 싶다는 마음만은 변하지 않았소. 손필드에 두고 온 그 광포한 여자와 정반대인 사람 말이오."

"하지만 당신은 결혼할 수가 없잖아요."

"이미 결정을 내린 상태였소. 결혼할 수 있고 해야 한다고 확신했지. 당신을 속였지만 처음부터 속이려고 의도한 건 아니었소. 내 이야기를 숨김없이 털어놓고 청혼할 생각이었지. 나도 자유롭게 사랑하고 사랑받을 권리가 있다고 생각했으니까. 비록 내가 저주를 받고 있긴 하지만 내 상황을 이해하고 나를 기꺼이 받아줄 여자를 찾을 수 있을 거라고 생각했지."

"그래서요?"

"제인, 당신이 질문할 때면 나는 항상 미소를 짓게 되오. 눈을 동그랗게 뜨고 불안한 몸짓을 하거든. 마치 대답이 너무 느리니까 마음을 읽어내려고 하는 것처럼 말이오. 그런데 내가 이야기를 하기 전에 '그래서요?'라고 말한 이유를 알려줘요. 당신이 자주 쓰는 말이잖소. 들을 때마다 나는 끊임없이 계속 말을 하게 된단 말이오. 왜 그러는지는 모르겠지만."

"그다음에는요? 그래서 어떻게 됐나요? 결과적으로 어떻게 되었느냐는 뜻이에요."

"그렇군. 지금은 알고 싶은 게 뭐요?"

"어떤 분을 만나 좋아하게 됐는지, 청혼은 했는지, 또 여자분은 어떤 대답을 했는지 알고 싶어요."

"내가 좋아하는 사람이 생겼는지 그리고 청혼했는지는 말해줄 수 있소. 하지만 그 사람이 어떤 대답을 했는지는 아직 내

300

운명의 책에 기록되어 있지 않소. 나는 십 년 동안이나 이 나라 도시에서 저 나라 도시로 떠돌아다녔소. 상트페테르부르크에 머물기도 하고 파리에는 더 자주 갔지. 로마, 나폴리, 피렌체에서도 살았고. 넘치는 돈과 유서 깊은 가문이라는 통행증이 있으니 내 마음대로 어느 나라를 가던 사교계를 골라 드나들었고, 어느 곳에서도 나를 거부하지 않았소. 나는 영국의 귀부인들과 프랑스의 백작 부인들, 이탈리아의 귀부인들, 독일의 백작 부인들 가운데 내 이상형을 찾아봤소. 하지만 찾을 수 없었지. 꿈을 실현시켜줄 여자를 발견했다 싶어 그 목소리를 듣고 모습을 보면 금방 아니라는 걸 알게 되었소. 그렇다고 얼굴과 성격이 모두 완벽한 여자를 바란 건 아니었소. 다만 나와 어울리는 여자를 원했던 거요. 저 서인도제도의 크레올 사람과는 정반대되는 여자 말이오. 하지만 모두 허사였지. 설령 내가 자유로운 몸이라 해도 청혼할 만한 여자는 없었소. 나는 이미 어울리지 않은 사람과의 결혼이 얼마나 위험하고 혐오스러운지 호되게 당해봤으니까. 실망은 나를 무모하게 만들었소. 나는 흥청망청 돈을 낭비하기 시작했지. 그렇다고 절대 방탕하게 지내지는 않았소. 그건 예전이나 지금이나 질색이지. 서인도제도의 메살리나(황후로 과도한 성욕과 허영심으로 유명함—옮긴이) 같은 내 아내가 즐겼지.

방탕한 생활과 아내를 깊이 혐오했기 때문에 쾌락에 빠져 있을 때도 자제했소. 방탕에 가까운 향락은 부도덕한 그 여자와 그녀의 수준으로 나를 타락시키는 것 같아 가까이 하지 않았소. 하지만 나는 혼자 살 순 없었소. 그래서 애인을 사귀기로 했지. 가장 처음 고른 상대가 셀린 바렝이었소. 떠올릴 때마다 내 발등을 찍게 만드는 지워버리고 싶은 여자들 중 한 명이지. 그녀가 어떤 여자였는지, 그 여자와의 관계가 어떻게 끝났는지는 당신도 이미 알고 있을 거요. 그다음에 만난 여자들은 이탈리아의 자친타와 독일의 클라라였소. 둘 다 굉장한 미인이었지만 몇 주 지나 무슨 일이 있어났는지 아시오? 의미가 없더군. 자친타는 제멋대로인 데다가 사나운 여자였소. 나는 석 달 만에 그녀가 지긋지긋해졌지. 클라라는 정직하고 얌전했지만 둔하고 어리석은 데다 취향이 맞지 않았소. 나는 그녀에게 괜찮은 장사를 할 수 있을 만큼 충분한 돈을 주고 관계를 정리했소. 깨끗이 정리하고 나니 마음이 편하더군. 그런데 제인, 당신 표정을 보니 나를 좋게 생각하지 않는 것 같구려. 나를 매정하고 행실도 나쁜 난봉꾼으로 생각하고 있는 거요, 그렇소?"

"물론 예전만큼 당신이 좋지는 않네요. 처음엔 이 여자 다음엔 저 여자, 이렇게 살아가는 게 조금도 나쁘지 않다고 생각하는 건가요? 마치 당연한 것처럼 말하시네요."

"나한테만 당연했지. 좋아서 그런 건 아니었지만 말이오. 살기 위한 비굴한 방식이었소. 절대 그때로 돌아가고 싶지는 않소. 돈을 주고 정부를 만든다는 건 노예를 사는 것만큼이나 악한 짓이오. 정부나 노예는 태생적으로 열등하고 지위도 낮지. 그런 사람들과 스스럼없이 지낸다는 것 자체가 타락이오. 셀린이나 클라라 같은 여자들과 함께했던 때는 떠올리기조차 싫소."

그의 말에서 진심이 느껴졌다. 그리고 나는 한 가지 확실한 결론을 내렸다. 내가 지금까지 얻은 모든 교훈을 무시하고, 어떤 구실이나 정당화 또는 어떤 유혹에 넘어가 나 자신을 잊어버린 채 이 가엾은 여자들의 뒤를 잇게 된다면 그는 그 여자들을 떠올리며 모독할 때와 똑같은 마음으로 나를 보게 될 것이라는 사실이었다. 그러나 나는 이런 생각을 입 밖으로 발설하지 않았다. 내가 느꼈다면 그것으로 충분했다. 나는 언젠가 시련이 찾아왔을 때 도움이 되도록 이 같은 확신을 마음 깊이 새겼다.

"그런데 제인, 왜 지금은 '그래서요?'라고 말하지 않는 거요? 내 이야기는 아직 끝나지 않았는데 표정이 심각하군. 여전히 나를 못마땅하게 생각하는 거겠지. 요점만 간단히 이야기하겠소. 지난 1월에 나는 모든 애인을 정리하고 헛되이 방황하는 외로운 생활을 했지. 그리고 쓸쓸하고 비통한 마음에 상처까지 받고 이 세상의 모든 인간, 특히 여자들을 미워하며(지적이고 정숙하고 사랑스러운 여성은 한낮 꿈에 불과하다는 생각이 들기 시작했소) 영국으로 돌아왔소. 영국에서 사업상 볼일이 있었거든.

서리가 내린 어느 겨울 오후, 나는 손필드 저택이 보이는 곳까지 말을 타고 달렸소. 이 혐오스러운 곳! 나는 평화나 기쁨 같은 건 기대도 하지 않았소. 그때 헤이 오솔길의 계단에 자그마한 사람이 앉아 있는 걸 봤소. 나는 말을 타고 가지치기를 한 버드나무 옆을 지나치듯 무심하게 그 앞을 지나쳤소. 그 사람이 내게 어떤 의미가 될지 전혀 예감하지 못한 채 말이오. 내 인생의 중재인이자 수호신(좋고 나쁜 건 알 수 없으나 영향을 미치게 될 여성)이 수수한 모습으로 변장하고 기다릴 줄은 꿈에도 생각하지 못했소. 메스루어가 넘어지자 그 사람이 다가와 진지하게 도와주겠다고 했을 때도 나는 전혀 알아차리지 못했소. 어린아이처럼 가냘픈 사람이었으니까! 마치 홍방울새가 내 발밑으로 깡충거리며 뛰어와 그 조그만 날개에 나를 태워주겠다고 하는 것 같았지. 나는 퉁명스럽게 굴었소. 그럼에도 그 사람은 가지 않고 별난 참을성으로 무장한 채 내 곁에 서서 위엄 있는 표정과 말투로 틀림없이 도움이 필요할 거라고 우기더군. 그리고 나는 결국 도움을 받게 됐지.

가녀린 어깨를 잡는 순간 무언가 새롭고 신선한 생기와 감각이 내 몸에 스며들었소. 그때 이 요정이 내게 되돌아올 것이고, 저 아래 내 집에 고용된 사람이라는 사실을 알고 무척 기뻤소. 그렇지 않았다면 그 사람이 내 손에서 벗어나 어두운 울타리 너머로 사라지는 모습을 보며 묘하게 아쉬워할 뻔했지. 그날 밤 나는 당신이 집에 들어오는 소리를 들었소. 당신은 내가 당신을 생각하고 또 지켜보고 있는지 몰랐을 거요. 다음 날 나는 몰래 당신이 2층 복도에서 아델과 노는 모습을 삼십 분이나 지켜보았소. 내 기억에 그날은 눈이 내려 밖으로 나갈 수 없었지. 나는 내 방에 있었소. 방문이 살짝 열려 있어 당신의 모습을 볼 수 있었고 목소리도 들을 수 있었지. 당신은 겉보기에 아델을 지켜보고 있는 듯했지만 마음은 다른 데 가 있는 것 같았소. 하지만 참을성 있게 그 애와 놀아주더군. 나의 귀여운 제인, 당신은 꽤 오랫동안 그 애와 대화하며 재미있게 놀아주었지. 마침내 아델이 다른 곳으로 가자 당신은 곧바로 깊은 생각에 빠졌소. 당신은 2층 복도를 천천히 걷기 시작했지. 창가를 지나치면서 쏟아지는 눈을 바라보기도 하고 흐느끼는 듯한 바람 소리를 듣다가 다시 천천히 걸으면서 공상에 빠져 있더군. 그리 암울한 상상은 아닌 듯했소. 쓰라리고 우울한 상념에 빠진 것 같진 않았소. 때때로 당신의 눈에 즐거운 빛이 돌고 얼굴에는 흥분한 기색이 나타났거든. 당신 모습은 감미로운 명상에 잠긴 청춘의 영혼이 의지의 날개를 펼치고 희망을 따라 이상의 천국을 향해 높이 날아오르는 모습 같았소. 홀에서 페어팩스 부인이 하인을 부르는 소리에 당신은 깨어났지. 그때 혼자 묘한 미소를 짓더군. 그 미소에는 깊은 뜻이 담겨 있었소. 마치 '아름다운 상상을 하는 건 좋지만 결코 현실이 아니라는 걸 잊지 마.

내 머릿속에는 장밋빛 하늘과 꽃들로 뒤덮인 푸른 에덴동산이 펼쳐져 있어. 하지만 사실 내 발밑으론 험한 길이 놓여 있고 시커먼 폭풍이 몰려오고 있다는 걸 나는 알고 있지'라고 말이오. 당신은 아래층으로 달려가 페어팩스 부인에게 할 일을 달라고 했지. 주별 가계부 정리 비슷한 걸 하게 된 것 같더군. 그때 당신이 보이지 않자 내 마음은 초조해지더군.

당신을 부르려고 나는 이제나저제나 저녁이 되기만을 기다렸소. 당신은 그때까지 만난 여자들과는 전혀 다른 성격인 것 같았어. 수줍지만 당당한 모습과 분위기로 방에 들어섰지. 지금 입고 있는 그 예스러운 옷을 입고 있었소. 당신한테 말을 시켜보았지. 그러자 금세 당신한테 기묘하게 대조되는 점이 많다는 걸 알았소. 당신의 옷차림이나 태도는 규칙에 제한되어 있었소. 품위 있고 조심스러운 분위기에 천성적으로 고상하지만, 사교성이 부족해 어떤 결례나 실수를 범해 난처해지지 않을까 무척이나 두려워했소. 하지만 말할 때는 날카롭고 대담한 시선으로 상대를 바라봤지. 당신의 모든 시선에는 통찰력과 힘이 있었소. 까다로운 질문에도 곧바로 솔직하게 대답했지. 당신도 금방 내게 익숙해진 듯했소. 험상궂고 성질이 불같은 주인과의 사이에 있는 공감대를 발견했다고 믿게 되었소. 무언가 기분 좋은 편안함에 당신의 태도가 어찌나 빨리 진정되던지 나도 놀랄 지경이었지. 나는 호통을 치고 싶었지만 내가 까다롭게 굴어도 당신은 전혀 놀라거나 두려워하거나 불쾌해하지 않았소. 당신은 그저 나를 바라보면서 말할 수 없이 순수하고 총기 넘치는 애교를 보냈소. 그런 당신을 볼 때마다 내 마음은 흡족했고 흥분되었지. 좋아서 자꾸 다시 보고 싶어졌소. 그러나 나는 당신을 멀리한 채 자주 만나려고 하지 않았지. 지적 쾌락주의자인 나는 이 새롭고 톡 쏘는 매력을 가진 관계를 맺어가는 만족감을 되도록 길게 느끼고 싶었소. 게다가 내 멋대로 꽃을 만지다가 꽃이 금방 시들어버리지 않을까, 신선함이라는 기분 좋은 매력이 사라지지 않을까 하는 두려움이 꽤 오랫동안 머릿속에서 떠나지 않았소. 그때 나는 그것이 잠깐 피고 지는 꽃이 아니라 절대 깨지지 않는 보석에 새겨진 눈부신 꽃이라는 사실을 몰랐던 거요. 게다가 내가 당신을 피하면 당신이 나를 찾을지 알고 싶었소. 물론 당신은 나를 찾지 않더군. 당신은 책상이나 화구와 함께 꼼짝하지 않고 공부방에서만 지냈소. 우연히 마주치기라도 하면 당신은 최소한의 인사만 하고 지나갔소. 그 당시 당신의 표정은 늘 생각에 잠겨 있는 듯했지. 아파서 기운이 없어 보인 건 아니지만 어쨌든 쾌활하지는 않았소. 희망도 없고 즐거움도 없었으니까. 나는 당신이 나를 어떻게 생각하는지, 아니면 내 생각을 하기는 하는지 궁금해 주의 깊게 살펴보았소. 당신의 눈빛엔 기쁨이, 태도에는 즐거움이 담겨 있었소. 당신이 사교적이고 따뜻한 마음씨를 지녔다는 걸 알았소. 당신을 슬퍼 보이게 한 건 적막한 공부방과 지루한 일상이었소. 나는 당신한테 친절하게 대하기로 마음먹었소. 그 친절은 곧 당신의 마음을 흔들어놓았지. 당신의 표정은 한결 부드러워지고 말투도 상냥해졌소. 유쾌하고 행복한 말투로 내 이름을 부르면 듣기에 좋았소. 그리고 당신을 만나는 시간이 항상 즐거웠소. 반면 이상하게 당신은 머뭇거렸소. 나를 바라볼 때 약간 괴로워하거나 의심스러워하기도 했지. 그때 당신은 내가 어떤 변덕을 부릴지, 주인 노릇을 하며 엄하게 나올지 아니면 친구처럼 상냥하게 대할지 알 수가 없었던 거요. 하지만 나는 더 이상 주인 노릇을 하며 엄하게 굴 수가 없었소. 그래서 진심으로 손을 내밀었을 때 어리지만 생각에 잠긴 당신의 앳된 얼굴이 활짝 피어나며 행복에 넘치는 걸 보고 나는 당신을 끌어안고 싶은 충동을 애써 참아야 했소."

"그때 이야기는 더 이상 하지 마세요."

나는 흐르는 눈물을 몰래 닦아내며 그의 말을 가로막았다.

그의 말 한 마디 한 마디가 나를 괴롭혔다. 내가 해야 할 일, 그것도 당장 해야 할 일을 알고 있었기 때문이다. 지난날을 떠올리거나 그가 자신의 마음을 고백할수록 그 일을 실행에 옮기기가 더 힘들었다.

"제인, 알았소. 현재는 확실하고 미래는 더 밝게 빛나는데 과거 따위에 연연해할 필요는 없지."

그의 말을 듣는 순간 나는 몸서리를 쳤다.

"이제 어떤 상황이었는지 알겠소? 나는 청춘과 성년기의 절반은 말로 다 할 수 없는 비참한 삶 속에서 보내고, 나머지 절반은 쓸쓸한 고독 속에서 보내고 나서야 처음으로 정말 사랑하는 사람을 찾았소. 바로 당신이오. 당신은 나와 공감할 수 있는 나의 선한 면이자 나의 천사요. 나는 당신을 열렬하게 사랑하오. 당신은 착하고 재능이 뛰어나며 사랑스럽소. 내 가슴속에 품은 뜨겁고 소중한 열정이 당신에게만 향하고 있소. 당신을 삶의 중심이자 생명의 원천으로 끌어당겨 내 존재로 당신을 감싼 뒤 순결하고 강렬한 불길 속에서 타오르며 당신과 나를 녹여 하나로 만들려 하고 있소. 나는 이런 감정을 느꼈기 때문에 당신과 결혼하기로 결심한 거요. 내게 이미 아내가 있다고 말하는 건 무의미한 조롱밖에 되지 않소. 당신도 알다시피 그것은 아내가 아니라 흉측한 악마일 뿐이오. 물론 당신을 속이려 한 건 잘못이오. 하지만 나는 당신의 고집스러운 성격이 두려웠소. 미리 편견부터 가질까 봐 두려웠지. 그래서 우선 당신을 내 것으로 만들고 나서 용기 내어 비밀을 말하기로 했소. 비겁했지. 애초에 당신의 고귀하고 너그러운 마음에 호소했어야 했는데 말이오. 고통스러운 삶을 솔직히 털어놓고 좀 더 고귀하고 가치 있는 삶을 갈망하는 내 마음을 알려줘야 했소. 나는 성실하고 깊이 사랑하겠다는 결심이 아니라 거역할 수 없는 타고난 성향을 보여주어야 했소. 그다음 진심 어린 내 맹세를 받아주고 당신도 그런 맹세를 해달라고 부탁해야 했소. 제인, 지금 내가 그럴 수 있게 해줘요."

잠시 침묵이 흘렀다.

"제인, 왜 말이 없소?"

나는 시련을 겪는 중이었다. 시뻘겋게 달아오른 무쇠 손이 내 심장을 움켜잡았고, 나는 암담하고 격렬한 고통 속에서 사투를 벌여야 했다.

끔찍한 순간이었다. 나는 이 세상에서 누구보다 사랑받기를 원했다. 그래서 나를 사랑하는 사람을 전적으로 숭배했지만, 이제 그 사랑과 우상을 버려야 했다.

'떠나라!', 씁쓸한 이 한 마디가 견딜 수 없을 정도로 아팠지만 내가 해야 할 일이었다.

"제인, 내가 뭘 원하는지 아시오? '로체스터 님, 나는 당신 거예요'라는 약속, 그거 하나뿐이오."

"로체스터 님, 저는 당신 것이 아니에요."

다시 오랜 침묵이 흘렀다.

"제인."

그가 내 이름을 불렀다. 부드러운 목소리에 내 가슴은 슬픔으로 무너져내렸고 불길한 공포로 나는 돌처럼 차갑게 굳어버렸다. 마치 그 목소리는 자리를 박차고 일어나려는 사자가 숨을 고르는 소리 같았다.

"제인, 당신은 자신의 길을 가겠으니 나는 내 길을 가라고 말하고 있는 거요?"

"네."

"지금 진심이오?"

그가 몸을 숙여 나를 끌어안으며 말했다.

"네."

"지금도?"

그가 내 이마와 뺨에 부드럽게 입을 맞추며 물었다.

"네."

나는 재빨리 그의 품에서 빠져나오면서 말했다.

"제인, 가혹하오. 이럴 수는 없소. 나를 사랑하는 게 나쁜 일은 아니잖소."

"당신 말씀대로 하는 건 나쁜 일이에요."

그때 그가 눈을 치켜뜨는 순간 사나운 표정이 스쳐 지나갔다. 그는 일어났다. 아직은 애써 참고 있는 듯했다. 나는 의자 등받이를 잡고 몸을 버티고 섰다. 몸이 떨리고 두려웠지만 굳게 마음먹은 터였다.

"제인, 잠깐만. 당신이 떠난 뒤 내 삶이 얼마나 무시무시하게 변할지 생각해보시오. 당신과 함께 내 행복도 산산이 부서지고 말 거요. 그러면 뭐가 남겠소? 저 위층에 있는 미친 아내뿐이오. 만약 그렇게 된다면 차라리 저기 묘지에 있는 시체가 낫겠소. 제인, 이제 나는 어쩌란 말이오? 어디서 반려자를 찾고 어디서 희망을 찾을 수 있겠소?"

"저처럼 하세요. 하느님과 자신을 믿으세요. 천국을 믿으세요. 그곳에서 다시 만나기를 기도하세요."

"그럼 당신은 뜻을 굽히지 않겠다는 거요?"

"네."

"그럼 지금 나더러 평생 비참하게 살다가 불행하게 죽으라는 거요?"

그가 큰 소리로 물었다.

"당신이 죄를 짓지 않고 살다가 평온하게 죽음을 맞이하시길 바라요."

"지금 나한테서 사랑과 순수함을 빼앗아간 거요? 열정 대신 욕정을 품은 채 또다시 악행을 일삼는 생활에 나를 내팽개치라는 거요?"

"로체스터 님, 저 자신이 그렇게 살지 않듯 당신도 그런 삶을 살지 않기를 바라요. 당신과 나, 우리 모두 이 세상에 태어나 참고 노력해야 해요. 견뎌 나가시면 돼요. 제가 당신을 잊기도 전에 당신이 저를 먼저 잊으실 거예요."

"당신은 지금 나를 거짓말쟁이로 만들고, 내 명예를 더럽히고 있소. 나는 변치 않을 거라고 말했잖소. 그런데도 당신은 내 얼굴에다 대고 내 마음이 곧 변할 거라고 말하는군. 당신 판단이 얼마나 뒤틀리고 당신 생각이 얼마나 비뚤어져 있는지 당신의 행동을 통해 알 수 있소. 인간이 만든 법을 어기는 것보다 같은 인간을 절망에 빠뜨리는 게 더 낫다는 말이오? 그 법을 어긴다 해도 누구 하나 피해를 입지 않잖소. 당신이 나와 결혼한다고 해서 화낼 친척이나 지인도 없으니 말이오."

그것은 사실이었다. 그리고 그가 이야기하는 동안 내 양심과 이성은 나를 배신한 채 내가 그를 받아주지 않는 건 죄악이라고 비난하면서 '감정'만큼이나 요란스럽게 떠들어댔다.

'그냥 받아들여! 그가 겪을 고통을 생각해봐. 그리고 그가 처할 위험도 떠올려보라고. 홀로 남겨지면 그가 어떤 상태가 될지, 성급한 그의 성격이 어떻게 드러날지 생각해봐. 절망에 빠져 무분별한 삶을 살게 될지도 몰라. 그러니까 그를 달래고 구해줘. 그를 사랑해줘. 그에게 사랑하고 있으며, 그의 사람이 되겠다고 말해. 이 세상에서 누가 너를 신경이나 쓰겠어? 네가 그렇게 한다고 해서 누군가 피해를 입는 것도 아니잖아.'

그러나 대답은 변함이 없었다.

'내가 나 자신을 아껴야 해. 외로울수록, 친구나 의지할 사람이 없을수록 그리고 더 버티기 힘들수록 나는 더욱 스스로를 존중해야 해. 나는 하느님이 세우시고 인간이 정한 법을 지키겠어. 지금처럼 미치지 않고 맑은 정신을 가졌을 때 내가 인정한 원칙대로 살겠어. 유혹이 없다면 법과 원칙도 필요 없겠지. 오히려 지금처럼 몸과 마음이 엄중한 법과 원칙을 어기려 들 때 법과 원칙은 더욱 필요하다고. 이것은 준엄한 것으로 절대 침범해서는 안 돼. 개인의 편의를 위해 지키지 않는다면 법과 원칙이 무슨 소용이 있겠어? 나는 늘 법과 원칙에 가치가 있다고 믿어 왔어. 그런데 지금에 와서 그것을 믿을 수 없다면 제정신이 아니기 때문이다. 심각하게 미쳐 정신 나간 짓이라고. 피가 뜨겁게 달아오르고 심장이 비정상적으로 빨리 뛰고 있기 때문이라고. 나는 이미 생각하고 결심한 걸 지켜야 해. 거기에 꿋꿋하게 발을 디디고 서 있어야 해.'

나는 그렇게 했다. 로체스터 씨는 내 표정을 읽고 내가 그렇게 하기로 마음먹었다는 것을 알았다. 이미 결심했음을 짐작했다. 그는 극도로 분노했다. 그는 앞뒤 생각할 겨를도 없이 분노를 터뜨린 게 분명했다. 그는 방을 가로질러 오더니 내 팔을 붙잡고 내 허리를 움켜잡았다. 이글거리는 눈빛이 나를 집어삼킬 듯 했다. 그 순간 내 몸은 벌겋게 달아올라 열기를 내뿜는 용광로 앞에 놓인 볏짚처럼 무력하게 느껴졌다. 하지만 마음속으로는 아직 정신을 놓지 않았으므로 아무 일도 없을 거라고 확신했다. 다행히 영혼에게는 눈이라는, 무의식적이기는 하지만 충실히 작용하는 통역기가 있었다. 나는 고개를 들어 그의 눈을 바라보았다. 그의 얼굴을 보고 있으니 나도 모르게 한숨이 새어나왔다. 그가 너무 꽉 쥐고 있어 고통스러웠고 이제 힘이 다 빠져 기진맥진할 지경이었다.

그가 이를 갈며 다시 말했다.

"한 번도…… 이처럼 연약하면서도 꿋꿋한 사람은 처음 봐. 내 손안에서는 그저 갈대 같을 뿐인데!"

그는 나를 꽉 붙잡고 세게 흔들었다.

"당신 정도면 내 엄지손가락과 다른 손가락 하나만 갖고도 구부릴 수 있지만, 꺾고 찢고 으스러뜨린들 무슨 소용이 있겠어. 저 눈을 보라고. 저 단호하고 열정적인 자유로운 눈빛을. 단순히 용기를 넘어서 엄중하고 환희에 차서 내게 저항하고 있어! 내가 무슨 짓을 하더라도 우리 안에 들어 있는 아름답고 사나운 존재에게 다가갈 수 없어! 보잘것없는 감옥을 무너뜨린다 해도 그 때문에 결국 포로를 놓치고 말 거야. 그리고 그 집을 차지할 순 있겠지만 흙으로 지은 그 집이 내 집이라고 말해도 전에 거기 살던 사람은 천국으로 달아나고 말겠지. 내가 원하는 건 당신이오. 연약한 몸뿐 아니라 열정과 선함과 순결을 지닌 당신의 영혼까지 원하오. 당신이 원한다면 얼마든지 가볍게 날아와 내 가슴에 둥지를 틀 수 있소. 하지만 당신이 원치 않는데도 붙잡혀 있다면 당신의 영혼은 내 손아귀를 벗어날 것이오. 내가 당신의 향기를 맡기도 전에 사라지겠지. 오! 내게 와요, 제인. 내게로 와줘요!"

그는 이렇게 말하며 움켜쥐고 있던 손을 놓고 그저 나를 바라보기만 했다. 그 표정은 정신없이 나를 끌어안으며 저항하던 모습보다 더 거부하기 어려웠다. 하지만 지금 와서 굴복하는 것은 너무도 어리석은 짓이었다. 지금까지 나는 용기를 내어 그의 분노를 꺾었다. 그러니 그의 슬픔도 피해야만 했다. 나는 문쪽으로 갔다.

"제인, 가는 거요?"

"네, 갈 거예요."

"나를 남겨두고?"

"네."

"오지 않을 건가? 나를 위로하고 구해주지 않을 거요? 내 깊은 사랑과 격렬한 슬픔, 미칠 듯한 바람이 당신한테는 아무것도 아닌 거요?"

그의 목소리에서는 말로 다 표현할 수 없는 비애가 느껴졌다.

"갈게요."

다시 한 번 단호하게 말하는 것이 너무나 힘들었다.

"제인!"

"로체스터 님!"

"그렇다면 보내주지. 하지만 기억해요. 당신은 나를 괴로움 속에 버려두고 가는 거요. 당신 방으로 올라가요. 그리고 생각해봐요. 내 고통을 잠시라도 들여다봐줘요. 나를 생각해줘요."

그는 돌아섰다. 그리고 소파에 쓰러져 얼굴을 파묻었다.

"오, 제인! 나의 희망, 나의 사랑, 나의 생명!"

그는 괴로워하며 절규를 토해냈다. 그러고는 나직하지만 격하게 흐느끼기 시작했다.

나는 이미 문 앞까지 와 있었다. 그러나 독자 여러분, 나는 그에게 돌아갔다. 뿌리치고 나갈 때처럼 결연하게 돌아갔다. 나는 그의 옆에 무릎을 꿇고 그의 얼굴을 내 쪽으로 돌려 뺨에 입을 맞추고 머리를 쓰다듬었다. 그리고 조용히 말했다.

"내 소중한 주인님, 하느님의 축복이 있으시기를. 하느님께서 당신을 위험과 죄악으로부터 지켜주시고 이끌어주시며 그동안 제게 베풀어준 친절에 후하게 보답해주실 거예요."

"귀여운 제인의 사랑이 최고의 상이오. 당신의 사랑이 없다면 내 가슴은 무너져내릴 거요. 하지만 제인은 나를 사랑해주겠지? 그럴 거야. 물론이지, 고귀하고 아낌없는 사랑이 없다면……."

그의 얼굴에 피가 쏠리는 듯 붉어지더니 눈에서 불꽃이 일었다. 갑자기 그는 벌떡 일어나더니 두 팔을 뻗었다. 하지만 나는 그의 포옹을 피했다.

그의 방을 나서며 나는 마음속으로 외쳤다.

'안녕히 계세요!'

그리고 절망을 더해 한 번 더 다시 외쳤다.

'안녕히 계세요! 영원히!'

그날 밤 나는 잠을 잘 생각이 없었다. 그러나 침대에 눕자마자 어느새 잠들어버렸다. 꿈속에서 나는 어린 시절로 돌아가 게이츠헤드의 붉은 방에 누워 있었다. 깜깜한 밤이었고 묘하게 공포스러웠다. 오래전 나를 기절하게 만든 그 불빛이 다시 나타나 벽을 타고 미끄러지듯 올라와 흐릿한 천장 한가운데 멈춰서더니 흔들리고 있었다. 나는 고개를 들고 천장을 올려다보았다. 그러자 천장이 높고 어두운 구름으로 변했다. 그 희미한 불빛은 달이 이제 막 구름을 갈라놓으려고 비추던 은은한 달빛이었다.

나는 구름을 뚫고 나오는 달을 바라보았다. 마치 달 표면에 무슨 운명을 예고하는 말이라도 쓰여 있는 듯 기대하는 마음으로 달을 지켜보았다. 달은 지금까지와는 전혀 다른 모습으로 나타났다. 여러 층의 구름 속으로 한 손을 쑥 찔러넣고 멀찍이 흐트려놓았다. 그러자 달이 아닌 하얀 사람의 모습이 하늘에서 빛났다. 찬란한 이마는 땅을 향해 있었다. 그리고 우리는 서로 쳐다보았다. 그 순간 그것이 내 영혼에게 말을 걸었다. 까마득히 먼 곳에서 들리는 목소리였지만 마치 내 마음속에서 속삭이는 듯했다.

'내 딸아, 유혹에서 달아나라!'

"그럴게요, 어머니."

나는 꿈에서 깨어난 뒤 이렇게 대답했다. 아직 어두운 밤이었지만 7월의 밤은 짧았다. 자정이 지나자 곧바로 동이 텄다.

'꼭 해야 할 일을 하는데 너무 빠른 건 없지'라고 생각하며 나는 자리에서 일어났다. 옷은 어제 입은 채 그대로였다. 어젯밤에 신발만 벗었기 때문이다. 그리고 서랍에서 속옷, 로켓, 반지 등을 꺼냈다. 그러다가 며칠 전 로체스터 씨에게 어쩔 수 없이 받은 진주 목걸이를 발견했다. 그 목걸이는 서랍 속에 그대로 남겨두었다. 내 물건이 아니기 때문이다. 그것은 사라져버린 환상 속 신부의 것이었다. 다른 물건을 챙겨 한 꾸러미로 묶었다. 내 전 재산인 20실링이 들어 있는 지갑은 주머니에 넣었다. 밀짚모자를 끈으로 동여매고 단단히 여민 뒤 짐꾸러미를 들고 신발을 손에 든 채 살그머니 방에서 빠져나왔다.

"친절한 페어팩스 부인, 안녕히 계세요."

나는 그녀의 방 앞을 지나가며 속삭였다.

"사랑스러운 아델, 잘 지내."

아델의 방을 바라보며 말했다. 방에 들어가 아델과 이별의 포옹을 할 수는 없었다. 예민한 귀를 가진 사람에게 들키지 말아야 했다. 지금 그는 귀를 기울이고 있을지도 몰랐다. 나는 로체스터 씨의 침실 앞을 머뭇거리지 않고 그대로 지나치려 했다. 그러나 그 방 앞을 지나는 순간 내 심장 박동이 멈추고 자연히 발걸음도 멈췄다. 그는 깨어 방 안 이쪽저쪽을 왔다 갔다 하고 있었다. 쉬지 않고 한숨을 내쉬는 소리도 들렸다. 내가 마음만 바꿔먹으면 비록 잠시나마 이 방 안은 천국이 될 터였다. 나는 그저 들어가서 이렇게 말하기만 하면 됐다.

'로체스터 님, 죽는 날까지 당신을 사랑해요. 당신과 함께 살 거예요.'

그러면 내 입술에서 환희의 샘물이 솟구칠 것이다. 나는 이런 생각도 했다.

'지금 잠 못 이루는 자상한 주인은 초조하게 아침이 오기만 을 기다리고 있어. 아침이 되면 나를 부르러 사람을 보내겠지. 하지만 나는 떠나고 없을 거야. 나를 찾아보았지만 소용이 없 자 그는 버림받았다고 생각하겠지. 그래서 슬퍼하다가 결국 자포자기하게 될지도 몰라.'

이런 생각이 들자 손이 문고리를 향해 저절로 움직였다. 그러 나 나는 손을 도로 내리고 발소리가 나지 않도록 걸었다.

나는 쓸쓸히 계단을 내려왔다. 무엇을 해야 할지 알고 있었기 때문에 자동적으로 움직였다. 우선 부엌에서 쪽문 열쇠를 찾았 다. 기름병과 깃털도 찾아 열쇠와 자물쇠에 칠했다. 최근 기력 이 약해져 쓰러지기라도 할까 봐 먼 길을 걷기 전 물을 마시고 빵도 좀 먹었다. 나는 작은 소리조차 내지 않고 일을 마쳤다. 그러고는 문을 열고 밖으로 나가 살며시 문을 닫았다. 어느새 마당에는 새벽 어스름이 깔리고 있었다. 정문은 자물쇠로 잠겨 있었지만 샛문에는 빗장만 질러져 있었다. 나는 샛문으로 나와 다시 문을 닫았다. 이제 나는 손필드 밖으로 나와 있었다.

들판 너머로 1.6킬로미터쯤 가면 밀코트 반대 방향으로 나가는 길이 있었다. 가본 적은 없지만 어디로 가는 길인지 궁금해한 적이 있다. 나는 그쪽 방향으로 걸어갔다. 이제부터 절대 지난 일을 떠올려서는 안 된다. 뒤돌아봐서도 안 되고 앞을 봐서도 안 된다. 과거뿐 아니라 미래도 전혀 생각하지 말아야 한다. 과거라는 책장은 천국처럼 달콤하고 지독하게도 슬픈 페이지였다. 그중 한 줄이라도 읽었다가는 내 용기는 모두 사라지고 힘도 빠져버릴 것이다. 그리고 미래는 무시무시하게 빈 페이지다. 홍수가 휩쓸고 지나간 뒤의 세상처럼 말이다.

해가 뜰 때까지 나는 들판과 산울타리, 오솔길을 따라 걸어갔다. 아름다운 여름날 아침이었다. 집을 나서며 신은 신발이 어느새 젖어 있었다. 나는 환하게 미소 짓는 하늘과 잠에서 깨어나는 자연을 돌아보지 않았다. 단두대로 끌려가는 사람은 아름다운 풍경을 지나면서도 길가에 핀 꽃 따위는 생각할 겨를이 없다. 오직 단두대와 도끼날, 뼈와 혈관이 잘려나가는 순간과 마지막으로 입을 쩍 벌린 무덤만 떠오른다. 나 또한 외로운 도피와 오갈 데 없는 방랑생활만을 생각했다. 그리고 두고 온 사람을 생각하며 괴로워했다. 그것만큼은 마음대로 되지 않았다. 지금쯤 방에서 떠오르는 해를 보며 내가 어서 자신과 함께 살겠다고, 자신의 사람이 되겠다고 말하기만 바라고 있을 그를 생각했다. 나는 그의 사람이 되고 싶었다. 돌아가기를 간절히 바랐다. 지금도 늦지 않았다. 아직 그에게 헤어짐의 쓰라린 고통을 주지 않을 수 있다. 내가 떠난 줄도 모를 테니까. 나는 돌아가서 그를 위로하고 그의 자부심을 세워주고 불행과 고통으로부터 그를 구해주고 싶었다. 아, 그가 자포자기할 거라는 두려움에 (내 자포자기보다 훨씬 두려운) 얼마나 괴로웠던가. 마치 가시 돋친 화살촉이 가슴에 박힌 듯했다. 뽑으려 할수록 더욱 찢어지고, 떠올릴수록 더욱 깊이 박혀 나를 아프게 했다. 풀숲과 잡목 숲에 있던 새들이 노래를 부르기 시작했다. 새들은 제 짝에게 충실하다. 그래서 새들을 사랑의 상징이라고 하지 않던가. 그런데 나는 뭐지? 나는 가슴속으로 고통스러워하면서까지 원칙을 지키려고 미친 듯이 애쓰는 나 자신을 증오했다. 내 행동을 정당화해도 전혀 위로가 되지 않았다. 심지어 자존심조차 아무 위로가 되지 못했다. 나는 주인을 다치게 하고 상처 입힌 채 버렸다. 내가 생각해도 그런 나 자신이 혐오스러웠다. 그러나 나는 한 발짝도 되돌아가지 않았다. 하느님이 틀림없이 나를 인도해주실 것이다. 그럼에도 엄청난 슬픔이 내 의지를 짓밟고 양심을 눌렀다. 나는 고독한 길을 걸으며 미친 듯이 울었다. 정신 나간 사람처럼 휘적휘적 걸어갔다. 그러다가 속에서부터 점점 힘이 빠지더니 팔다리에 기운이 없어져 쓰러지고 말았다. 나는 아침 이슬이 내려앉은 잔디에 얼굴을 묻고 한참을 바닥에 엎드려 있었다. 여기서 죽을지도 모른다는 두려움, 아니 그런 희망이 생겼다. 하지만 나는 곧 일어섰다. 두 손과 두 무릎으로 기어가다가 다시 두 다리로 일어나 걸었다.

드디어 큰길에 도착했을 때 나는 산울타리 밑에 주저앉아 쉬어야 했다. 잠시 후 역마차 바퀴 소리가 들리더니 곧이어 마차 한 대가 다가왔다. 일어나 손을 들자 마차가 멈췄다. 어디까지 가는지 묻자 마부는 머나먼 지명을 이야기했다. 분명 로체스터 씨와는 아무런 관련도 없는 곳이었다. 얼마면 거기까지 태워다 주겠느냐고 묻자 그는 30실링이라고 대답했다. 내가 20실링밖에 없다고 하자 마부는 어떻게든 해보자며 태워주겠다고 했다. 게다가 마차 안이 비어 있어 안으로 들어가게 해주었다. 마차 문이 닫히고 마차는 달리기 시작했다.

친애하는 독자 여러분, 그때 내 심정을 여러분은 절대 느끼지 않기를 바란다. 여러분의 두 눈에서 가슴 쥐어짜는 듯 폭풍처럼 흘러내리는 이 뜨거운 눈물을 결코 흘리지 않기를! 그때 내 입술에서 흘러나온, 절망과 고뇌에 가득 찬 기도를 하지 않기를! 그리고 나처럼 진심으로 사랑하는 사람에게 불행을 가져다주었다고 두려워하지 않기를!

옮긴이 최인하

이화여자대학교 국어국문학과를 졸업하고 미국에서 어학연수를 한 뒤, 수년간 국내외에서 통번역 및 국제 인턴으로 활동하면서 경력을 쌓았다. 성균관대학교 번역대학원에서 본격적으로 번역 공부를 한 뒤 번역학과 석사학위를 취득하고 현재 출판번역에이전시 베네트랜스에서 전문 번역가로 활동 중이다

제인 에어 2

큰 글씨 책

1판 1쇄 발행 2015년 9월 21일

지은이 샬럿 브론테
옮긴이 최인하
발행인 오영진 김진갑
발행처 (주)심야책방

출판등록 2013년 1월 25일 제2013-000028호
주소 서울시 마포구 월드컵북로5가길 12 서교빌딩 2층
전화 02-332-3310 **팩스** 02-332-7741

ISBN 979-11-5873-011-6 04840
       979-11-86283-76-9 (set)

내 인생을 위한 세계문학 시리즈 (큰 글씨 책)

이방인 알베르 카뮈 | 김옥진 옮김 | 24,000원

"빈손처럼 보일지 몰라도 확신이 있다. 나 자신에 대한, 모든 것에 대한."

부조리에 저항하라. 무의미한 삶이기에 우리에겐 '의미'가 필요하다

젊은 베르터의 슬픔 요한 볼프강 폰 괴테 | 김해생 옮김 | 28,000원

"빌헬름, 사랑 없는 세상이 무슨 의미가 있지?"

사회적 부조리와 모순에 갇혀 더 이상 나아가지 못한 열정과 순수의 모든 것

사람은 무엇으로 사는가 레프 톨스토이 | 김환 옮김 | 32,000원

"자신에 대한 돌봄이 아니라 사랑으로 산다는 것을 알았노라."

왜 사는지, 자신의 존재는 이 세상에서 어떤 의미를 갖는지 질문에 답하다

위대한 개츠비 프랜시스 스콧 피츠제럴드 | 김소연 옮김 | 32,000원

"그렇게 우리는 싸울 것이다. 과거로 끊임없이 떠밀려가면서."

내 인생은 나의 것, 이룰 수 없는 꿈이라도 그곳을 향해 돌진하라

동물 농장 조지 오웰 | 우진하 옮김 | 24,000원

"그렇지만 어떤 동물은 다른 동물보다 더 평등하다."

최고의 정치우화가 말하는 권력의 타락과 속임수, 착취의 공식

마지막 잎새 오 헨리 | 이미정 옮김 | 28,000원

"마지막 잎사귀가 떨어졌던 날 밤에, 저걸 그린 거야."

아무리 얇게 잘라내도 삶에는 언제나 희망과 절망의 양면이 존재한다

어린 왕자 앙투안 드 생텍쥐페리 | 박효은 옮김 | 24,000원

"마음으로 보아야 해. 중요한 것은 눈에 보이지 않아."

존재를 마음으로 대하는, 관계의 미학을 이야기하다

노인과 바다 어니스트 헤밍웨이 | 정지현 옮김 | 24,000원
"인간은 파멸당할 수 있을지언정 패배는 하지 않아."
도전이 두려운 이들에게 보내는, 절망의 끝에서 희망을 노래하는 법

키다리 아저씨 진 웹스터 | 이선희 옮김 | 28,000원
"나는 우리 모두 왕처럼 행복해야 한다고 믿는다."
작고 순수한 행복을 손에 쥐게 만드는 따뜻하고 아름다운 고전

인형의 집 헨리크 입센 | 신승미 옮김 | 24,000원
"어느 쪽이 옳은지 밝혀낼 거예요. 세상인지, 아니면 나인지."
기적을 원한다면 왜곡된 틀을 깨고 바로 서야 한다

데미안 헤르만 헤세 | 김세나 옮김 | 28,000원
"내 속에서 저절로 우러나오는 삶을 살고자 했을 뿐이다. 그런데 그것이 왜 그토록
어려웠을까?"
알을 깨고 나와 완전한 자신에게로 들어갈 때, 바로 그곳에 '진정한 삶'의 문이 존재한다

이상한 나라의 앨리스 루이스 캐럴 | 최지원 옮김 | 28,000원
"밤새 내가 변한 건가? 가만 보자. 내가 변했다면 지금의 나는 누구지?"
나를 찾아 떠나는 수수께끼와 농담으로 가득 찬 이상한 세계로의 여행

거울 나라의 앨리스 루이스 캐럴 | 최지원 옮김 | 28,000원
"여기선 보다시피 같은 곳에 머물러 있으려면 쉬지 않고 달려야 해."
거울 속에 숨겨진 거꾸로 된 세상, 그 속에서 만나는 매력적인 부조리의 법칙

오만과 편견 1, 2 제인 오스틴 | 엄자현 옮김 | 각 권 28,000원
"지위, 명예, 재력을 갖춘 사람의 오만과 이에 대한 편견은 과연 정당한가?"
결혼이라는 제도와 낭만적 사랑에 대해 본질적으로 접근하다

제인 에어 1, 2, 3 샬럿 브론테 | 최인하 옮김 | 각 권 28,000원

"제가 가난하고 미천한데다가 작고 못생겼다고 영혼이나 감정도 없는 줄 아세요? 잘 못 생각하셨어요!"

영국 빅토리아 시대를 뒤흔들었던 '불온하고 위험한' 사랑 이야기

* 내 인생을 위한 세계문학 시리즈(큰 글씨 책)는 계속 출간됩니다.

토네이도 큰 글씨 책

내가 알고 있는 걸 당신도 알게 된다면 칼 필레머 | 박여진 옮김 | 30,000원

"8만년의 삶, 5만년의 직장생활, 3만년의 결혼. 그들에게 길을 묻습니다."

미국 〈라이브러리 저널〉이 선정한 2011년 최고의 책!

이 모든 걸 처음부터 알았더라면 칼 필레머 | 김수미 옮김 | 30,000원

"삶, 사랑 그리고 사람에 대한 30가지 지혜"

세계를 감동시킨 코넬대학교 인류 유산 프로젝트